흡혈왕
Bahamoont the Blood
바하문트

FANTASY STORY & ADVENTURE

쥬논 판타지 소설

흡혈왕 바하문트 2
메터몰퍼시스(Metamorphosis)

초판 1쇄 인쇄 / 2008년 1월 20일
초판 1쇄 발행 / 2008년 1월 30일

지은이 / 쥬논

발행인 / 오영배
편집장 / 김경인
펴낸 곳 / (주)삼양출판사 · 드림북스

주소 / 서울특별시 강북구 미아8동 322-10호
대표 전화 / 02-980-2112~4 팩스 / 02-983-0660
편집부 전화 / 02-980-2116 팩스 / 02-983-8201
홈페이지 / www.sydreambooks.com

등록번호 / 제9-00046호
등록일자 / 1999년 3월 11일

ⓒ 쥬논, 2008

값 8,000원

(주)삼양출판사 · 드림북스의 서면 허락 없이는 어떠한
형태나 수단으로도 이 책의 내용을 이용하지 못합니다.

ISBN 978-89-542-2458-1 04810
ISBN 978-89-542-2456-7 (세트)

* 지은이와 협의하에 인지는 생략합니다.
* 잘못된 책은 구입한 곳에서 바꾸어 드립니다.

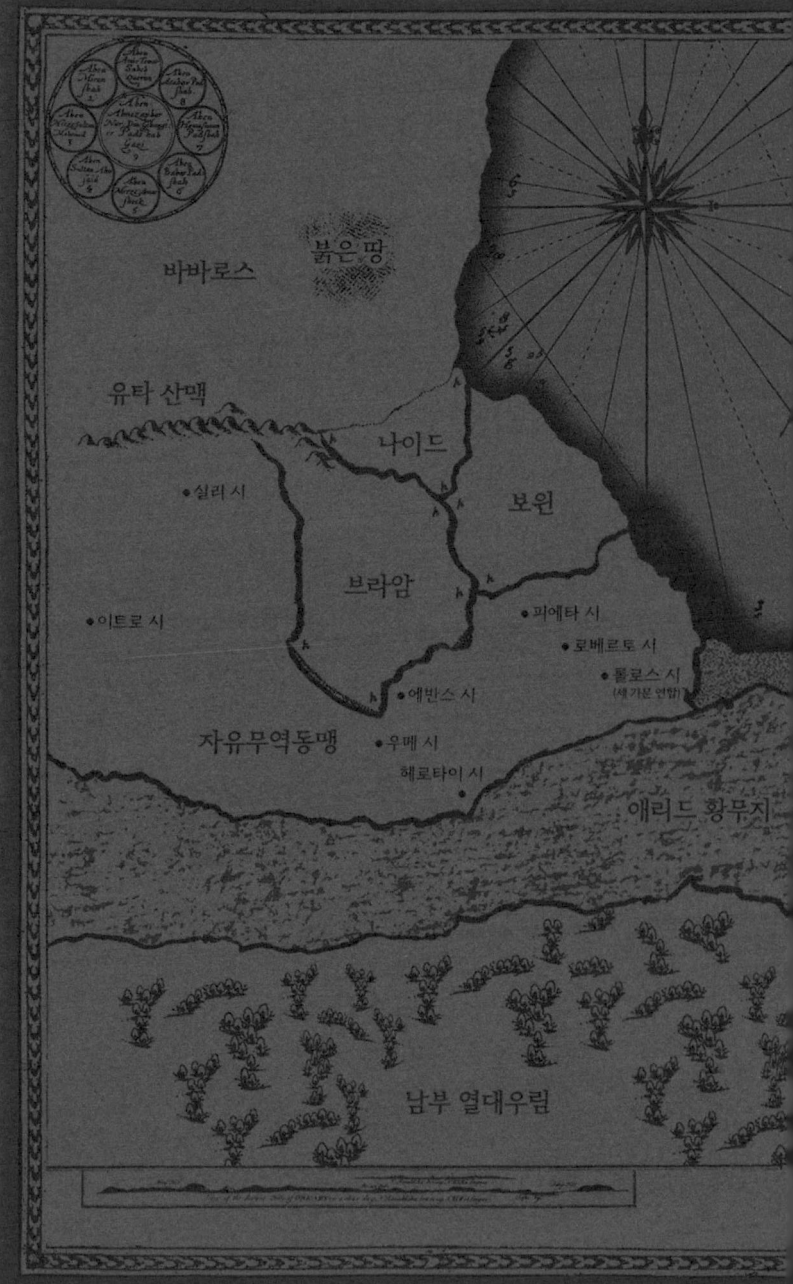

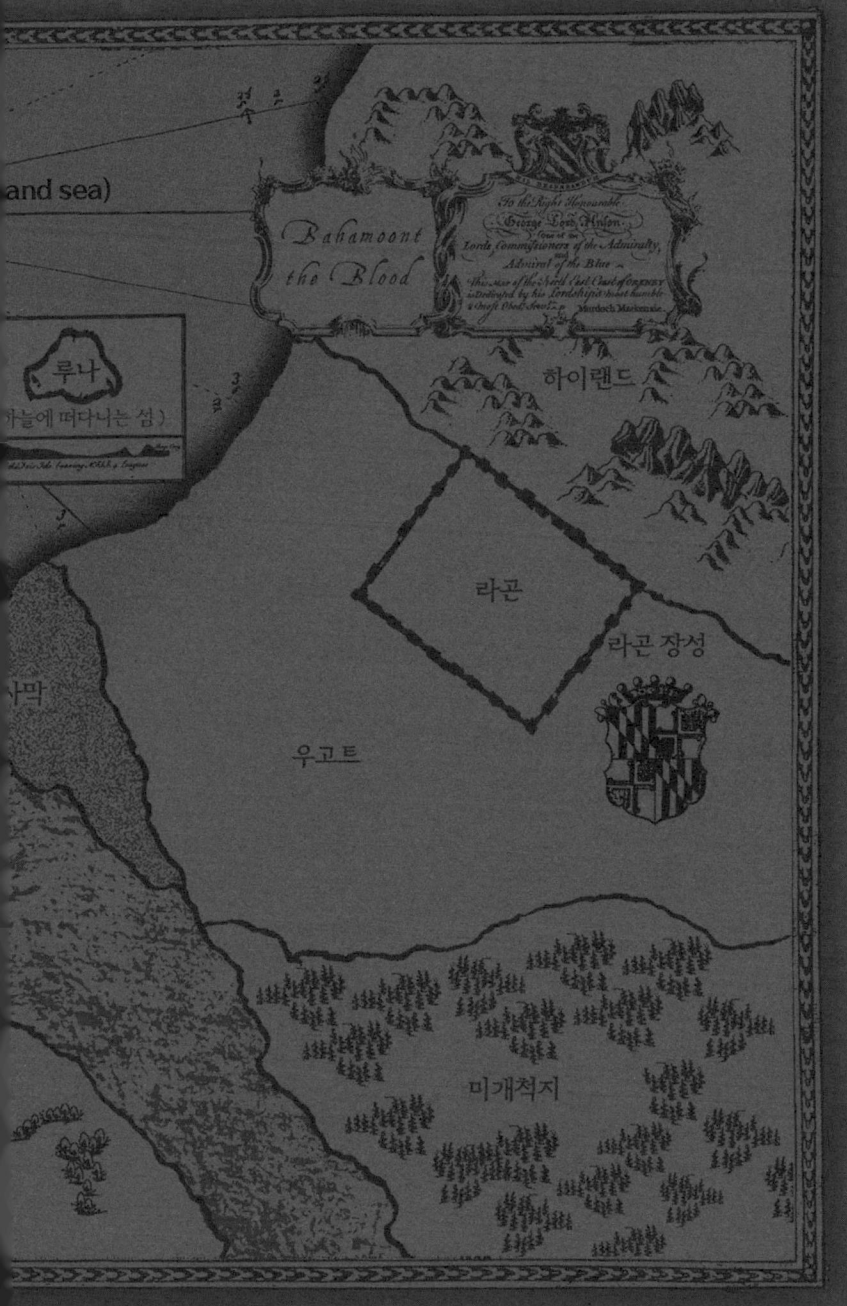

FANTASY STORY & ADVENTURE

Bahamoont the Blood

흡혈왕 바하문트

2

| 메타몰퍼시스 |

쥬논 판타지 장편 소설

목차

제1화 불길한 먹구름 · *007*

제2화 피습 · *039*

제3화 두 명의 현상수배범 · *097*

제4화 만드라고라 길드 · *135*

제5화 네 가지 선물 · *179*

제6화 바하문트의 복수 · *213*

제7화 말괄량이 시집보내기 · *263*

제8화 누마하 셰로키 · *291*

부록 : 자유무역동맹의 10대 가문 분석 보고서 · *327*

제1화
불길한 먹구름

플루토의 출력과 크기에 관한 함수관계 정리.

1. 플루토의 최소 크기는 4.5미터다. 4.5미터보다 더 작은 플루토에는 사람이 탑승할 수 없다. 방진장치와 완충장치를 설치할 최소한의 공간이 필요하기 때문이다.

2. 플루토의 최대 크기는 5미터다. 5미터가 넘는 플루토는 동작이 느려서 쓸모가 없다. (둔탱이 플루토, 멍텅구리 플루토.)

3. 한편, 플루토의 최소 출력은 45만 차지다. 45만 차지보다 낮은 출력으로는 4.5미터 크기의 플루토를 구동하지 못한다. 만약 5미터짜리 플루토를 제작했다면 최소한 50만 차지 이상의 에너지를 공급해야 원활히 동작한다.

(내가 다 실험해 봤으니까 의심하지 마라. 별표! 별표!)

4. 하지만 플루토의 최대 출력에는 한계선이 없다. 만약 S급 마정석, 즉 신비의 돌만 구할 수 있다면 100만 차지가 넘는 괴물 플루토도 제작 가능하다. 물론 100만 차지의 플루토도 그 크기는 5미터로 제한해야 좋다.

5. 이제 나에게 남은 목표는 신비의 돌을 구해서 최강의 플루토를 만들어 보는 것이다. 내 생명의 불이 꺼지기 전에 그 일을 할 수 있을까? 과연?

— 콘라드 대제가 끼적거린 연구노트 가운데 발췌. 괄호 안의 내용은 콘라드 대제의 품위를 고려해서 제3대 왕립박물관장의 직권으로 삭제처리 했음. [출처 : 라곤 왕국 왕립박물관]

Chapter 1

무더위가 시작되는 초여름이다.

"헉, 헉헉, 헉."

크라옌은 땀을 뻘뻘 흘리며 땡볕이 내리쬐는 거리를 내달렸다.

우고트 왕국 정보청 총수인 크라옌을 이렇게 달음박질치게 만들 일은 세상에 흔치 않다. 하지만 이번만큼은 예외였다. 악마의 병기 플루토와 관련된 일이 터졌기 때문이다.

크라옌이 찾아간 곳은 우고트 왕국의 4대 플루토나이트 집단 가운데 하나인 염부였다.

얼마 전, 크라옌은 이상한 예감을 느꼈다. 그래서 나이드 왕국 상층부를 푹 찔러 보았었다. 혹시나 싶어 건드려 본 것이었는데 정말 소스라치게 놀랄 사건이 드러났다. 지금 그 대책을 의논하기 위해서 염부의 총수를 찾았다.

염부의 총수 크라눔은 크라옌의 친형이다. 동생 크라옌으로부터 앞뒤 사정을 듣자 크라눔도 깜짝 놀랐다.

"뭐랏? 나이드 왕국이 이미 다섯 기의 플루토를 완성했다고?"

"그렇습니다. 형님, 이 일을 어떻게 하면 좋습니까? 먼저 폐하께 고하고 플루토평의회에 안건을 올려야 할까요?"

크라옌은 심각한 얼굴로 물었다.

평소 다른 왕국에서 플루토를 개발 중이라는 첩보를 입수했을 경우, 크라옌은 굳이 플루토평의회에 안건을 올리지 않았다. 그냥 덜 바쁜 플루토나이트를 찾아서 출격을 요청했을 뿐이다.

그런 다음 플루토나이트가 적국의 미완성 플루토를 빼앗아 오면, 그제야 플루토평의회에 최종 결과를 보고했다. 그리고 마지막으로 고담 왕에게 자세한 과정을 적어서 장계를 올리는 것으로 모든 보고절차를 마쳤다.

하지만 이번엔 경우가 달랐다.

현재 나이드 왕국이 보유한 것은 미완성 플루토가 아니었다. 그들은 이미 5기의 플루토를 완성했다.

게다가 플루토나이트 훈련도 거의 마무리 단계란다. 그러니

일처리를 다르게 할 수밖에.

플루토평의회에 보고를 해야 하냐는 동생의 질문에 화염의 사자 크라눔은 시뻘건 눈썹을 찌푸렸다.

참으로 고민스러운 일이다. 하지만 고민스러워도 결론은 이미 정해져 있었다. 크라눔은 단호하게 고개를 내저었다.

"아니, 평의회엔 보고하지 마라. 괜히 일만 복잡해진다. 분명 호부와 표부의 트집쟁이들이 시끄럽게 들고일어날 게야."

"형님! 보고를 미뤘다가는 나중에 더 큰 추궁을 받을 수 있습니다."

"내 말대로 해."

크라눔은 위압적인 말투로 명령했다. 그리곤 의자에서 몸을 일으키더니 계단 아래로 내려와 동생 코앞에 섰다. 계단을 내려오는 동안 크라눔의 갑주에 매달린 시뻘건 비늘이 철그럭 철그럭 요동쳤다.

크라옌은 형을 올려다보았다.

"형님……."

"일단 플루토평의회에서 논쟁을 시작하면 결론이 나기까지 족히 한 달은 걸린다. 그렇게 시간을 끄는 동안 나이드 왕국은 플루토 체제를 완벽하게 구축할 게야. 그땐 그 얍삽한 나이드 녀석들을 플루토 보유국으로 인정할 수밖에 없어."

크라눔의 말이 옳았다. 플루토나이트 훈련이 마무리되면 나이드 왕국은 정식으로 플루토 보유 사실을 공표할 터다. 일이 그렇게까지 진행되면 그 이후엔 나이드를 함부로 건드리기 힘들다.

크라엔은 심각한 표정으로 입술을 꾹 다물었다.

크라눔은 크라엔 앞에 쪼그려 앉더니 동생의 목에 굵은 팔을 둘렀다. 그리곤 와락 힘주어 잡아당기며 속삭였다.

"아우야, 폐하께선 더할 나위 없이 무섭고 엄격하시다. 나이드 왕국을 플루토 보유국으로 인정하는 날엔, 네 목이 무사하지 못할 게야. 대 우고트 왕국의 정보청 총수가 그것도 모르고 대체 뭐하고 있었느냐며 호통을 치시겠지. 그걸 바라냐?"

"으윽!"

크라엔은 진저리를 치면서 고개를 내저었다. 고담 왕의 무시무시한 호통을 떠올리자 등골이 오싹했다.

크라눔은 그럴 줄 알았다는 듯 붉은 턱수염을 위아래로 흔들었다.

"그래. 염부의 총수인 나도 폐하를 마주 대하면 오금이 저린다. 그러니 넌 오죽하겠냐."

"형님, 그럼 어떻게 합니까? 나이드 왕국은 이미 다섯 기의 플루토를 만들었습니다. 그 사실을 어떻게 덮어 버립니까?"

"이 형을 믿어. 내 너를 위해서 세 기의 플루토를 출격시키마."

크라눔은 총 20기의 플루토를 보유한 염부의 총수였다. 염부의 플루토나이트들은 화염의 사자 크라눔을 스승으로 여기며 절대복종했다.

그러나 크라눔도 염부를 마음대로 움직이진 못했다. 크라눔이 한 번에 움직일 수 있는 플루토는 딱 3기로 한정되었다. 만약 4기 이상의 플루토를 움직이려면 반드시 왕의 윤허를 받아야 했다.

크라옌이 조심스레 질문했다.

"고작 세 기로 괜찮을까요? 적은 다섯 기의 플루토를 보유했습니다. 물론 허접한 나이드 왕국 플루토가 우리 우고트의 플루토를 꺾을 순 없겠지만…… 그래도 만약 아군 플루토가 한 기라도 파손되는 날엔!"

괜한 걱정은 아니었다. 만약 아군 플루토에 피해가 발생하는 날엔 당장 플루토평의회가 소집될 것이다. 그리고 왕의 불호령이 떨어지겠지.

크라옌은 그 점을 우려했다.

걱정하는 동생과 달리 크라눔은 붉은 수염을 흔들며 껄껄 웃었다. 그리곤 동생의 등을 손바닥으로 탁 쳤다.

"이 녀석아, 걱정할 걸 걱정해라. 플루토라고 다 같은 플루토가 아니야. 급조한 나이드의 플루토가 어찌 우리의 상대가 되겠느냐? 단 한 기의 아군 플루토도 상하지 않고 적들을 쓸어버릴 테니 걱정 마라."

"그래도……."

"그렇게 걱정스러우냐? 좋다. 내 조론과 카고를 동시에 내

보내마. 그래도 걱정할 테냐?"

"조론과 카고를 동시에 말입니까?"

크라옌은 얼굴을 활짝 폈다. 형이 말한 두 사람을 믿을 수 있었기 때문이다.

조론과 카고는 각각 염부 서열 3위와 4위였다.

우고트 왕국의 플루토나이트들은 대부분 이름이 아니라 숫자로 불렸는데, 예를 들어서 염부 서열 5위의 호칭은 염부5호였고, 서열 6위는 염부6호였다. 서열 20위는 염부20호라고 불렸다.

이렇게 숫자를 사용하는 이유는 전투 시 빠른 명령을 내리기 위해서였다. 또 플루토나이트에 대한 개인정보를 보호하려는 의도도 포함되어 있었다.

여기에 더해서, 각 부의 5호부터 20호까지는 똑같은 가면을 써서 얼굴을 가렸다. 그런 다음 가면에 숫자를 적어서 서열을 구분했다. 5호는 5자를 썼고, 20호는 20이라는 숫자가 적힌 가면을 착용했다.

하지만 서열 1위부터 4위까지는 번호를 매기지 않았다. 그 뛰어난 무력을 인정해 주는 차원에서 원래 이름을 쓰도록 허락했다.

게다가 서열 4위까지는 가면도 쓰지 않고 맨얼굴을 그냥 드러내었다. 그들은 그런 대접을 받을 만큼 강한 플루토나이트였다.

상위 서열의 플루토나이트를 출격시키겠다는 말에 크라옌은 흥분했다.

마음이 급했는지 형의 손을 움켜쥐며 재촉했다.

"형님, 이왕이면 빨리 출격시켜 주십시오. 나이드 왕국의 플루토를 몽땅 박살내야 제가 발 뻗고 잘 수 있습니다."

"염려 마라. 아군 플루토는 단 한 기도 상하면 안 되니까 몽땅 상위 서열로 보내마. 조론과 카고, 그리고 염부7호면 어떠냐? 이만하면 믿을 수 있지?"

"물론입니다."

크라옌은 우렁차게 대답했다. 이렇게 신경을 써주는 형이 정말로 고마워서 절로 머리가 숙여졌다.

"형님, 고맙습니다."

크라눔은 씩 웃으며 동생의 어깨를 두드렸다.

"고맙긴. 형제 좋다는 게 뭐냐? 이 정도쯤이야 당연히 해 줘야지. 그리고 이건 단지 너를 돕는 차원이 아니다. 요새 호부의 떨거지들이 틈만 나면 우리 염부를 자극한단 말이야. 그들을 억누르고 견제하려면 네가 정보청 총수 자리에서 쫓겨나면 안 돼."

"네, 형님."

크라옌은 다시 한 번 크게 고개를 끄덕였고, 크라눔은 기운 내라는 듯 동생의 어깨를 툭툭 두드렸다.

그날 오후 4시.

염부 소속 플루토나이트 세 명이 우고트 왕국을 출발했다.

조론, 카고, 그리고 염부7호는 하나같이 눈빛이 날카롭고 기세가 강했다. 세 사람의 걸음걸음마다 비릿한 피냄새가 풍겼다.

목표는 나이드 왕국.

거센 바람이 동쪽에서 불어와 서쪽으로 밀려들었다.

Chapter 2

염부 서열 3위인 조론은 키가 컸다. 얼굴은 말처럼 길었고, 뺨에는 광대뼈가 툭 튀어나왔으며, 눈매는 가늘었다. 눈빛은 검날을 보는 듯 서늘했다.

또 어깨와 가슴은 적당히 넓었다. 손가락 마디가 굵고 손등이 거칠어 나무뿌리처럼 억센 느낌이 났다.

조론은 몸에 치렁치렁한 망토를 둘렀는데, 망토의 깃을 바짝 세워 얼굴 옆면을 가렸다. 검붉은 망토 뒤쪽엔 뭉툭한 검집이 툭 튀어나와 덜렁거렸다.

한편 서열 4위인 카고는 조론에 비해 30센티미터나 작았다. 그래도 키가 178센티미터였다. 카고가 작은 것이 아니라 조론이 워낙 컸다.

카고의 얼굴엔 시커먼 수염이 밤송이처럼 삐쭉삐쭉 돋았다.

눈썹도 수염만큼이나 숱이 많고 짙었다. 입술은 두껍고 코는 뭉툭했다.

카고도 조론처럼 검붉은 망토를 둘렀다. 하지만 깃을 세우지는 않았다. 망토 뒤쪽에 검집이 툭 튀어나온 것은 마찬가지였다.

염부7호도 검붉은 망토를 어깨에 걸쳤다. 염부7호는 조론을 흉내내어서 망토의 깃을 바짝 세웠다. 허리춤엔 대롱대롱 검을 매달았다.

아쉽게도 염부7호의 얼굴이 어떻게 생겼는지는 알 수 없었다. 얼굴에 붉은 가면을 썼기 때문이다. 가면 한복판엔 커다랗게 7자가 새겨져 있었다.

척척척.

조론, 카고, 염부7호는 발걸음을 맞춰서 일정한 보폭으로 걸었다. 그 동작이 너무나 똑같아서 마치 막대기 하나에 줄줄이 매달린 광대인형들 같았다.

나란히 걷는 중에 카고가 말문을 열었다.

"참 알 수 없어. 나이드 촌구석 녀석들이 어떻게 아르곤을 피했지? 플루토를 개발 중이라면 진작에 조사관들의 눈에 걸렸어야 하는데······."

"땅을 깊이 파고 그 속에서 몰래 개발했나 보지."

조론이 쇠 긁히는 걸걸한 목소리로 대꾸했다.

허나 카고는 그 말을 납득하지 못했다.

"아무리 땅을 팠어도 그렇지, 아르곤은 15킬로미터 밖의 플루토도 귀신처럼 잡아낸다고. 땅을 15킬로미터 이상 깊게 파지 않으면 아르곤의 감시망을 피할 수 없어."

"그럼 뭐 15킬로미터보다 더 깊게 팠나 보지."

조론의 대답은 시큰둥했다.

카고가 툴툴거렸다.

"말도 안 돼. 1킬로미터를 파내려가는 것도 장난이 아닌데, 어떻게 지하로 15킬로미터나 파? 뭔가 이상해."

"카고, 뭘 그렇게 고민해? 나이드 왕국에 가보면 알 것 아니야. 1킬로미터건 15킬로미터건 눈으로 확인한 다음 모조리 지워 버리면 그만이지."

조론은 지워 버린다는 말을 하면서 하얗게 웃었다. 솔직히 조론은 흥겨웠다. 생생하게 움직이는 플루토를 박살낼 생각에 가슴이 두근거리고 손이 가늘게 떨렸다.

카고도 흥분되기는 매일반이었다. 카고는 혀를 내밀어 두꺼운 입술을 핥으면서 나직하게 뇌까렸다.

"모조리 지워 버린다고? 좋은 말이야. 모처럼 몸 좀 풀겠군."

카고는 머릿속으로 플루토와 플루토가 맞부딪치는 장엄한 광경을 상상했다.

그 육중한 타격 감촉! 벼락처럼 떨어 울리는 굉음!

생각만 해도 살이 떨렸다. 근육에 뻐근하게 힘이 들어갔다.

18 흡혈왕 바하문트

사실 플루토끼리 작정하고 부딪칠 기회란 흔치 않았다. 아군끼리 훈련할 때는 값비싼 플루토가 상할까 봐 최대 파워를 내지 못했다.

딱 한 번.

카고는 몇 년 전 호부의 서열 4위인 진과 비공식적으로 한 판 붙었었다. 그때 처음으로 싸움다운 싸움을 해 봤다. 허나 그 다음부턴 제대로 싸워볼 기회가 없었다.

이번에 나이드 왕국에서 플루토끼리 맞부딪칠 거라 생각하니 저절로 가슴이 뛰었다. 카고는 입맛을 다시며 발걸음을 재촉했다.

조론과 염부7호도 카고와 속도를 맞추기 위해 보폭을 늘렸다.

이제 나이드 왕국까지 얼마 남지 않았다.

새벽 공기가 찼다.

"스읍."

바하문트는 가슴을 부풀리며 청량한 산소를 빨아들였다. 허파꽈리에 맑은 공기가 들어오면서 숨관이 열렸다.

목검을 가볍게 쥐고 눈앞에 세웠다. 눈은 목검 끝에 두었다.

시선을 검끝에 모으자 주변 사물은 달무리에 잠긴 별빛처럼 서서히 사그라졌다. 바하문트는 마음을 하나로 모으고 차분히 몸 내부를 들여다보았다.

근육을 한 올 한 올 뜯어보고, 신경다발도 세세히 관조하고, 뼈도 보고, 장기도 보고, 뇌도 보고, 심장도 보았다.

아니다. 보았다는 말은 어폐가 있다. 바하문트가 의도적으로 본 것이 아니기 때문이다. 무의식 상태에서 이 모든 것들이 저절로 뇌에 들어왔다.

순간,

쭈웅—

목검이 일직선으로 뻗었다.

바하문트가 내뻗은 것이 아니었다. 목검이 저절로 튀어나갔다. 바하문트의 근육은 목검의 움직임을 전혀 방해하지 않은 채 그냥 따라붙기만 했다.

검끝이 그리는 궤적은 요사할 정도로 깔끔했다. 공간이 매끈하게 둘로 갈렸다. 바하문트는 그 잘린 공간의 틈새에서 검의 악마를 보았다.

악마는 투명한 눈으로 바하문트를 노려보고 있었다. 공간의 틈새에 몸을 웅크린 채 숨죽이고 있다가 목검이 움직이는 순간 불쑥 모습을 드러냈다.

마치 어둠 속에 마귀가 웅크리고 있는데, 하늘에서 시퍼런 번개가 떨어지자 그 일부가 드러난 것 같았다.

바하문트는 숨을 훅 들이키면서 전의를 불태웠다. 근육이 팽팽하게 부풀었다.

술렁술렁.

바하문트는 의도적으로 목검을 휘저어 춤을 추었다. 검의 악마를 초대하는 춤이었다.

초대를 받은 악마는 공간의 틈새에서 몸을 일으켰다.

사실은 진짜 악마가 아니라 바하문트의 상상이었다. 하지만 바하문트는 생생한 현실로 느꼈다.

검의 악마가 눈앞에 우뚝 섰다. 악마는 팔이 여덟 개였다. 여덟 개의 팔에는 각각 여섯 개의 손톱이 매달렸는데, 그 손톱 하나하나가 시퍼런 검날이었다.

악마는 손목과 팔꿈치에도 긴 장검을 박아 넣었다. 툭 튀어나온 뿔처럼 보이는 것도 자세히 보면 날이 선 검이었다.

악마의 양쪽 어깨에도 날카로운 검날이 솟았다. 두 개의 무릎에도, 양 발목에도, 12개의 발톱에도, 심지어 머리에도 기다란 검이 거꾸로 박힌 채 요사한 빛을 뿌렸다.

바하문트는 악마가 지닌 검이 몇 개나 되는지 셈했다.

'손끝에 48개, 어깨와 팔꿈치, 손목에 6개, 두 무릎과 발에 16개, 머리에 한 개, 꼬리에 한 개. 다 합쳐서 72개다.'

그때 검의 악마가 손을 휘저었다.

씨잉, 씨이잉—!

무서운 소리가 나면서 24개의 검이 동시에 바하문트를 베었다. 어떤 검은 머리를 노렸고, 또 어떤 검은 목을 자르려고 달려들었다.

목표만 제각각이 아니라 동작도 다양했다. 검날로 베는 것도 있었고, 검끝으로 푹 찌르는 것도 있었고, 검자루로 때리는 것도 있었고, 검날 옆면으로 후려쳐서 기절시키려는 것도 있었다.

어떤 검은 톱질을 하듯 잡아당기면서 바하문트를 공격했다. 이 공격 한 방에 각기 다른 성질을 지닌 검술이 몽땅 포함되었다.

바하문트는 손아귀에서 힘을 뺐다.

'근육으로 검을 휘두르면 느리다. 느리면 24개나 되는 검을 다 막지 못한다. 목검이 자유롭게 움직일 수 있도록 풀어줘야 해.'

머릿속으로 생각을 하기 무섭게 근육이 말캉말캉 풀렸다. 손아귀 안에서 목검이 꿈틀 움직였다.

바하문트의 검은 소리를 내지 않았다. 공기를 가르면서 뻗어나갔다면 마찰 때문에 소리가 났을 것이다. 허나 바하문트가 휘두른 검은 공기를 가르지 않았다. 공기의 틈새로 그냥 파고들었을 뿐이다. 그리곤 사방으로 촤악 뻗었다.

푸화학―!

바하문트의 손끝이 빛무리를 빚어내었다. 힘찬 난초처럼 잎을 펼치며 일어난 빛무리는 사방팔방으로 뻗어나가며 검의 악마가 휘두른 24개의 검을 모조리 쳐냈다.

따앙!

검이 무려 스물네 번이나 부딪쳤다. 소리는 딱 한 번만 들렸다.

이번엔 검의 악마가 두 팔을 동시에 휘둘렀다.

한꺼번에 48개의 검이 쏟아졌다.

위에서 찍고 쑤시고, 아래서 쳐올리고 쥐어짜듯 비틀고.

이 하나하나의 검마다 무서운 파괴력이 실렸다. 나약한 인간쯤은 단숨에 가루로 바스러뜨릴 것 같았다.

바하문트는 입술을 지그시 깨물었다.

푸확—

바하문트의 손끝에서 또다시 빛이 터졌다.

휘황한 빛은 활짝 벌어진 난초마냥 사방으로 뻗어나가며 48개의 검을 동시에 쳐냈다.

따앙!

이번에도 소리는 한 번만 들렸다. 검끼리 부딪친 회수는 마흔여덟 번이지만 그 시간 차이가 너무나 짧아 구분이 되지 않았다.

검의 악마는 성큼성큼 바하문트에게 다가왔다. 그리곤 바하문트를 향해 두 팔을 휘젓고, 발등으로 차올리고, 무릎으로 찍었다. 어깨로 치받는가 싶으면 팔꿈치로 바하문트의 정수리를 가격했다.

그게 끝이 아니었다. 간혹 악마의 꼬리가 땅속에 푹 박힐 때가 있었다.

그러면 잠시 뒤엔 바하문트의 발밑에서 시퍼런 검날이 불쑥 튀어나와 사타구니를 노렸다. 긴 꼬리를 땅에 박은 뒤, 땅속에서 적을 공격하는 전략이었다.

때로는 악마의 꼬리가 하늘로 휙 솟구쳤는데, 곧이어 바하문트의 머리 위에서 시퍼런 검날이 짓쳐들었다.

검의 악마는 무려 72개나 되는 검을 한꺼번에 쏟아냈다. 바하문트의 주변은 온통 검의 그림자로 가득했다.

바하문트는 좀 더 속도를 내었다. 벼락 치듯 목검을 휘둘러서 72곳에서 쏟아지는 검을 전부 막았다.

악마도 물러서지 않았다. 검을 연이어서 휘둘렀다. 한 번 막히면 또 한 번, 그것도 막히면 다시 한 번, 바하문트가 마저 막아내면 또다시 연속 공격.

따앙! 따앙! 따다당!

짧은 시간 차이를 두고 세 번 소리가 났다.

바하문트는 72 곱하기 3, 그러니까 눈 깜짝할 새에 216번이나 목검을 휘둘러서 적의 공격을 막았다.

하지만 아직 끝나지 않았다.

따당! 따당! 따당! 따당!

이번엔 네 번 연속 금속음이 터졌다. 바하문트는 벌새가 날갯짓을 할 짧은 시간 동안 무려 288번이나 검을 휘둘러서 악마의 공격을 막았다.

바하문트의 근육은 인간으로선 도저히 불가능한 속도를 내었다. 바하문트의 눈과 귀도 인간으로선 도저히 쫓아갈 수 없

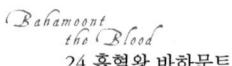

는 것을 쫓았다.

검의 악마는 점점 지치는 듯했다.

바하문트는 수비를 공격으로 전환했다.

처음 바하문트가 검의 악마를 초대했을 땐, 그 엄청난 위압감에 짓눌려 감히 쳐다보지도 못했었다.

헌데 이젠 척척 막아낼 뿐 아니라 거꾸로 상대를 밀어붙인다.

"하나로는 재미없다."

한순간, 바하문트는 목검을 크게 휘둘러 공간 한쪽을 또 찢었다.

그 시퍼런 공간의 틈새에서 또 다른 검의 악마가 눈을 번뜩였다. 바하문트가 초대를 하자 두 번째 악마도 슬금슬금 기어나왔다.

두 악마가 동시에 덤볐다. 한쪽에서 72개의 검을 휘두르는가 싶으면, 다른 악마가 땅속에 꼬리를 박고는 바하문트의 발바닥을 노렸다.

바하문트의 눈빛도 진하게 물들었다. 손끝에서 목검이 폭발적으로 꿈틀거리나 싶더니, 그 섬뜩한 검의 궤적이 주변을 휘감았다.

부왁!

바하문트는 또 공간을 찢었다. 두 마리로는 성이 안 찼다. 세 번째 악마를 초빙해서 동시에 셋을 상대했다.

216개의 검이 동시에 바하문트를 공략했다. 세 악마는 바하문트를 둥글게 에워싼 채 수없이 팔을 휘두르고 꼬리를 내치고 발길질을 했다.

바하문트는 폭풍처럼 쏟아지는 공세를 악착같이 받아냈다.

검의 악마들이 머리를 썼다. 분산 공격으로는 안 통하자 힘을 하나로 모았다.

그들은 216개의 검을 한자리에 겹치더니 바하문트의 머리통을 집중적으로 내리쳤다. 힘을 나눠서 공격하는 대신 한 점에 집중해서 뚫어 버리려는 의도였다.

바하문트도 똑같이 응수했다.

바하문트는 벼락이 떨어지는 듯한 짧은 순간에 무려 300여 번이나 검을 휘둘러서 적의 상단공격을 막았다. 그것도 똑같은 자리를 계속 겹쳐서 강타했다.

첫 번째 휘두른 검이 힘을 전달하기도 전에 두 번째 검이 힘을 보탰다. 세 번째, 네 번째, 다섯 번째, 여섯 번째 검이 힘을 합쳤다. 그렇게 300여 번의 검이 하나로 모였다.

콰앙!

검끼리 부딪쳤는데 폭음이 터졌다. 잔뜩 압축되었던 공기가 한꺼번에 방사형으로 퍼져나가면서 음파의 벽을 만들어내었다.

순간적으로 발생한 진공 속에서 바하문트는 한 발 앞으로 내디뎠고, 검의 악마들은 한 발 뒤로 물러섰다.

바하문트의 완력이 세 마리 악마를 이긴 것이다.

세 악마는 비틀거리다가 땅바닥에 주저앉았다.

바하문트는 씩 웃었다. 악마 셋까지 거뜬히 상대해냈다는 생각에 마음이 뿌듯했다.

'한 마리 더 불러볼까?'

이렇게 생각했지만 곧 마음을 바꿨다. 넷부터는 의미가 없기 때문이다. 바하문트를 에워싼 채 한꺼번에 공격할 수 있는 악마의 숫자는 셋이 한계였다. 네 마리 악마를 초대한들 셋과 다르지 않았다.

"후우우······."

바하문트는 폐에 쌓아두었던 탁한 공기를 입술 사이로 내뱉었다. 그러면서 생생했던 상상을 접었다.

주위가 뿌옇게 흐려졌다. 검의 악마들은 어느새 자취를 감췄다. 어차피 검의 악마는 바하문트의 상상 속 존재일 뿐, 현실을 직시하는 순간 눈 녹듯 사라지게 마련이었다.

허나 상상을 하는 동안에는 지독히도 실감났다. 악마가 휘두른 검에 베이면 살이 시뻘겋게 부풀어 올랐다. 지독한 통증이 심장을 찢었다.

바하문트는 그 무시무시한 고통을 감내하면서 악마를 불렀고, 악마와의 치열한 상상수련을 통해 스스로를 성장시켰다.

신체가 성장하면서 마음도 자랐다.

상상수련을 시작한 이래, 바하문트는 더 이상 악몽을 꾸지 않았다. 바바로스 땅에서 겪었던 끔찍한 기억들은 이젠 희미하게 퇴색되어 가슴 저 깊숙한 곳에 흔적으로만 남았다.

핀토에 대한 분노도, 일레나 여왕과 네스토에 대한 원한도 검에 몰입하면서 모두 녹여내었다. 바하문트의 마음은 암석처럼 단단하고 무쇠처럼 굳건했다.

이젠 악몽을 잊기 위해 검을 휘두르는 것이 아니었다. 그냥 검이 좋았다. 검을 휘두르는 것이 즐거웠다. 수없이 되풀이했던 훈련이 바하문트의 가치관을 바꿔놓았다.

5년이라는 시간은 소년을 어른으로 성장시켰다.

Chapter 3

"어디 보자. 이번엔 또 뭘 초대해 볼까?"

바하문트는 목검을 어깨에 걸친 채 책을 뒤적거렸다.

책 제목은 '계통별 악마사전.'

방금 전 바하문트가 펼쳐놓았던 페이지엔 72개의 검날을 곤두세운 검의 악마가 생생하게 그려져 있었다.

처음엔 이 그림을 보는 것만으로도 가슴이 섬뜩했었다.

허나 이제는 시시했다. 바하문트는 책장을 넘겨서 새로운 상대를 찾았다.

바하문트는 그림을 보는 것만으로도 실감나는 상상을 해냈다. 그것도 실제와 똑같은 무시무시한 상상을.

바하문트의 뇌가 그만큼 발달했다는 뜻이었다. 하긴, 바하문트는 뇌 전체에 마나가 가득 찼을 뿐 아니라, 대뇌, 소뇌, 전두엽 할 것 없이 뇌의 전 영역이 몽땅 개발되어 활발하게 활동 중이다.

그 활발한 뇌세포들이 책 속의 악마를 생생하게 재구성해냈다. 모양, 크기가 똑같을뿐더러 피부의 느낌이나 땀구멍까지도 생생한 악마들이 바하문트의 머릿속에서 태어났다.

부와악!

바하문트의 목검이 공간을 찢었다. 그 섬뜩한 틈새 안에서 시퍼런 눈동자들이 무수히 깜빡였다.

바하문트는 슬렁슬렁 춤을 추었다. 검끝으로 춤을 추어 새로운 악마를 초대했다.

끼야약—!

이번 악마는 끔찍한 소리를 냈다. 괴성이 터진 즉시, 공간의 틈새가 쩍 벌어지면서 수백 마리의 악마 무리가 동시에 튀어나왔다.

이것들은 '야키'라고 불리는 악마였다. 크기는 원숭이만 하고, 눈은 푸른색이며 몸에 가시가 숭숭 박혔다.

야키 선봉장이 번개처럼 움직였다. 달려드는 속도가 너무 빨라서 형체도 보이지 않았다. 그저 푸른 번개가 쫙 뻗는 느낌이었다.

까앙!

바하문트는 가까스로 검을 휘둘러 상대를 쳐냈다. 불똥이 확 튄 순간, 바하문트는 야키 선봉장의 입 속에서 시퍼런 검이 쏘아진 것을 보았다.

야키는 혀가 검이었다. 카멜레온처럼 긴 혀를 쭉 뻗어서 공격하는데, 그 속도가 섬전과 같았다. 아까 불러냈었던 검의 악마보다 세 배는 더 빨랐다.

빠른 대신 야키의 검은 단순했다.

무조건 찌르기!

공격방법이 딱 이것 하나여서 상대하기 쉬울 듯했다. 그러나 실제로 겪어보면 그 소름끼치는 속도에 혼이 쏙 빠졌다.

선봉장의 공격을 시작으로, 수백 마리의 야키가 동시에 바하문트를 향해 짓쳐들었다. 풍풍 쏘아지는 검이 바하문트를 정신없이 두드렸다.

까앙! 깡! 깡!

목검을 휘둘러서 가까스로 막아내었다. 야키의 공격은 바하문트가 예상했던 것보다 훨씬 더 빨랐다.

바하문트는 조금의 여유도 부리지 못했다. 정신없이 막고 또 막았다. 머리는 산발이 되었고 입에선 단내가 풍겼다.

눈이 야키의 공격을 쫓아가지 못했다. 그래서 막는 것이 부정확했다. 한 번은 비스듬하게 잘못 막았다가 야키의 혀가 목검을 타고 쭉 파고들었다.

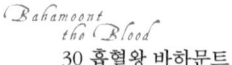

그 뾰족한 끝이 바하문트의 어깨를 찌르며 푹 박혔다.

'큽!'

바하문트는 속으로 신음을 삼켰다.

상상이지만 상상 같지 않았다. 야키는 허구였지만 바하문트의 어깨를 타고 흐르는 시뻘건 피는 진짜였다.

피를 보자 정신이 번쩍 들었다. 바하문트의 뇌 활동은 너무나 강력해서, 상상 속에서 다친 것만으로도 실제로 근육이 파열하고 피가 흘렀다.

또 하나의 검이 바하문트의 오른쪽 허벅지를 갈랐다. 살이 찢기고 근육이 파열되었다.

"제기랄, 아프잖아."

절로 욕이 나왔다. 욕을 하면서도 검은 쉬지 못했다.

깡! 까앙! 깡!

바하문트는 벼락처럼 쏟아지는 야키의 혀를 맞받아치며 조금씩 뒤로 물러났다. 일단 후퇴하면서 지혈을 하고, 그런 다음 반격에 나설 요량이었다.

시간이 조금 흘렀다. 바하문트는 차츰 야키의 공격 속도에 적응했다. 그동안 안 보이던 것이 시야에 잡혔다. 마음을 활짝 열자 벼락처럼 움직이는 야키의 모습이 뇌에 포착되었다.

바하문트의 검이 야키의 속도에 맞춰 반응했다.

물리적으로는 검 휘두르는 속도에 한계가 있겠지만, 바하문트의 검은 그 한계를 훨씬 넘어선 영역에서 노닐었다.

불길한 먹구름 31

까앙!

마침내 바하문트의 목검이 야키의 혀를 정확하게 받아치기 시작했다.

바하문트는 검을 한 번 뒤로 물렸다가 다시 뻗었다. 그리곤 입을 쩍 벌리며 공격하는 야키의 혀를 비스듬하게 흘려버리더니 상대의 입 속으로 검을 쑤셔 넣었다. 바하문트의 검이 야키의 목젖까지 파고들었다.

끼약!

야키는 비명을 지르며 나뒹굴었다.

한 번 성공하자 이길 수 있다는 자신감이 생겼다. 바하문트는 크게 발을 내디뎠다. 목검을 앞으로 쭉 뻗어 나아갈 길을 열었다.

바하문트의 손에서 한꺼번에 수백 개의 검이 피어올랐다. 목검 하나로 수백 곳을 동시에 찌르는 획기적인 검술이다.

한 발짝 떨어져서 보면, 바하문트는 마치 고슴도치처럼 생긴 방패를 들고 그걸 쭉 밀고나가면서 야키 무리를 상대하는 듯했다.

끼약!

끼야악!

야키 무리는 괴성을 지르며 사방으로 흩어졌다. 그들은 잠시 물러나서 호흡을 고른 다음, 다시 바하문트를 중심으로 둥그런 반구를 그리면서 공격했다.

쏟아지는 공격! 공격!

흡사 천체 모든 방위에서 시퍼런 번개 수백 발이 동시에 짓쳐들어오는 것 같다. 보는 것만으로도 현기증이 난다.

허나 바하문트는 한 발짝도 물러나지 않았다. 물러나기는커녕,

"와라!"

우렁차게 외치며 앞으로 뚫고 나갔다.

야키 무리는 기를 쓰고 달려들어 바하문트의 진격을 막았다.

바하문트는 적들의 무수한 공격을 맞받아치면서 조금씩 전진했다. 그러면서 뇌가 활짝 열리는 환희를 맛보았다.

화아악!

뇌세포로부터 아드레날린이 뭉텅뭉텅 쏟아지는가 싶더니 바하문트의 가슴께에서 새하얀 빛이 폭발했다. 빛은 하늘과 땅을 단숨에 휩쓸었다.

상상 속의 악마를 상대로 바하문트의 검은 무섭게 발전했다.

새벽 훈련을 마친 뒤, 바하문트는 숙소로 돌아왔다.

이곳 숙소는 나이드 왕국 동남쪽 국경으로부터 20킬로미터쯤 내륙에 위치한 빈의 비밀별장이었다.

별장 주변은 숲으로 둘러싸여 그늘졌고, 또 건물 전체가 지

하에 파묻혀 있어서 은신처로 쓰기에 딱 좋았다.

　젊은 시절, 빈은 이 비밀별장을 이용해서 보원 왕국과의 국경무역에 손을 댔었다. 그리고 지금은 바하문트가 도피처로 이용 중이었다.

　바하문트가 별장에 들어서자 새하얀 수리부엉이가 푸드덕 날아올라 주인을 반겼다.

　후우루루—

　수리부엉이는 바하문트의 어깨에 앉아 울음을 토하며 얼굴을 비볐다. 바하문트는 수리부엉이의 부리를 한 번 쓰다듬고는 곧장 침실로 향했다.

　침실은 어둡고 눅눅했다. 아무래도 지하이다 보니 환경이 쾌적하지 않았다.

　바하문트는 마른장작 몇 개를 벽난로에 넣어 화력을 돋웠다. 방 안 온도를 좀 따뜻하게 올려서 습기를 제거할 요량이었다.

　장작에 불이 옮겨 붙는 것을 확인한 다음, 바하문트는 침대로 다가가서 빈의 야윈 얼굴을 쓰다듬었다.

　"바하문트냐?"

　빈이 힘겹게 눈을 떴다. 그의 눈엔 눈곱이 가득했다.

　"네, 아버지. 저예요."

　바하문트는 나직하게 대답했다. 그리곤 수건을 물에 살짝 적셔서 아버지의 눈곱을 떼어주었다.

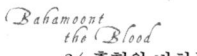

빈은 손을 들어 바하문트의 얼굴을 쓰다듬으려 했다. 허나 손에 힘이 없어서 자꾸 빈 허공만 훑었다.

바하문트는 아버지의 손목을 가만히 잡아 제 얼굴에 대주었다. 빈의 손이 바하문트의 얼굴을 더듬었다.

바하문트는 아버지의 야윈 손목에 가슴이 아렸다.

한편으론 이렇게 아버지의 손을 잡을 수 있어서 기뻤다. 만약 장갑을 완성하지 못했다면 손 한 번 못 잡아봤을 텐데, 참 다행이었다.

하지만 바하문트의 장갑은 아직 완벽하지 않았다. 오리하르콘 판을 삽입한 탓에 무척 차가웠다.

빈이 흠칫 몸을 떨었다.

"네 손이 왜 이렇게 차냐?"

바하문트는 적당히 얼버무렸다.

"아, 손이요? 조금 전까지 밖에서 목검을 휘둘러서 그런가 봐요."

"그러냐? 이렇게 얼음장인 걸 보니 밖이 추운가 보구나?"

"아직 새벽이거든요. 낮이 되면 따뜻해질 거예요."

"새벽이라고?"

"네. 아버지, 저 때문에 괜히 깨셨나 봐요. 좀 더 주무세요."

바하문트는 빈의 손을 가만히 내려놓으며 침대에서 일어났다.

빈은 조용히 눈을 감았다.

바하문트가 막 방에서 나가려는데 빈이 불렀다.

"바하문트야."

"네?"

"날 여기 두고 가면 안 되겠니? 올 겨울을 지낼 식량만 준비해 주면 나 혼자서 충분히 견딜 수 있을 것 같은데. 그런 다음 내년 봄에 네가 다시 와서……."

"아버지!"

바하문트는 버럭 소리쳐서 빈의 말을 끊었다. 진짜로 화났다. 짜증났다. 바하문트는 홧김에 험악한 인상으로 소리를 질렀다.

"저 미치는 꼴 보고 싶으세요? 아니시라면 제발 그런 말씀 마세요. 아버지를 두고는 저 한 발짝도 안 움직여요. 아시겠어요?"

"바하문트야……."

"그러니까 저를 살리시려거든 같이 가세요. 제가 아버지를 업고 국경을 넘을게요. 제가, 제가 꼭 아버지를!"

바하문트의 입술이 파르르 떨렸다. 시뻘겋게 충혈된 두 눈에선 금방이라도 피가 쏟아질 듯했다.

빈은 힘없이 눈을 내리깔았다.

"미안하다. 내가 괜한 소리를 했구나."

바하문트는 손으로 제 가슴을 꽉 쥐어뜯으며 폭발하려는 감정을 겨우겨우 추슬렀다. 그리곤 빈이 딴마음을 품지 않도록

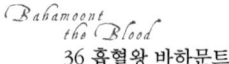

차분히 설득했다.

"아버지, 제겐 아버지가 필요해요. 생각해 보세요. 자유무역동맹에 간들 제가 거기서 어떻게 정착하겠어요? 완전 떠돌이 거지꼴이 될 거라고요."

빈은 묵묵히 듣기만 했다.

바하문트는 빈의 표정을 살피면서 말을 이었다.

"하지만 아버지가 계시면 이야기가 다르죠. 아버진 와인과 홍차 거래를 위해서 자유무역동맹에 수십 차례나 다녀오셨잖아요. 그곳에 숨겨둔 재산도 있고, 또 아는 분들도 많고요. 전 아버지의 도움이 절실하게 필요해요. 그러니까 기운 내세요. 아버지를 위해서가 아니라 저를 위해서요."

"허허……."

빈은 옅은 웃음을 흘리며 되물었다.

"녀석, 어떻게 눈치챘냐? 내가 자유무역동맹에 재산을 숨겨놓은 걸 어찌 알았어?"

"원래 제가 눈치 하나는 기막히게 빠르잖아요. 아버지가 자유무역동맹으로 가자고 하셨을 때부터 이미 짐작했다고요. 푸하하."

바하문트는 허리에 손을 얹고 일부러 과장되게 웃었다.

아들에게 짐이 된 것 같아 괴로웠던 빈의 마음도 조금은 편해졌다.

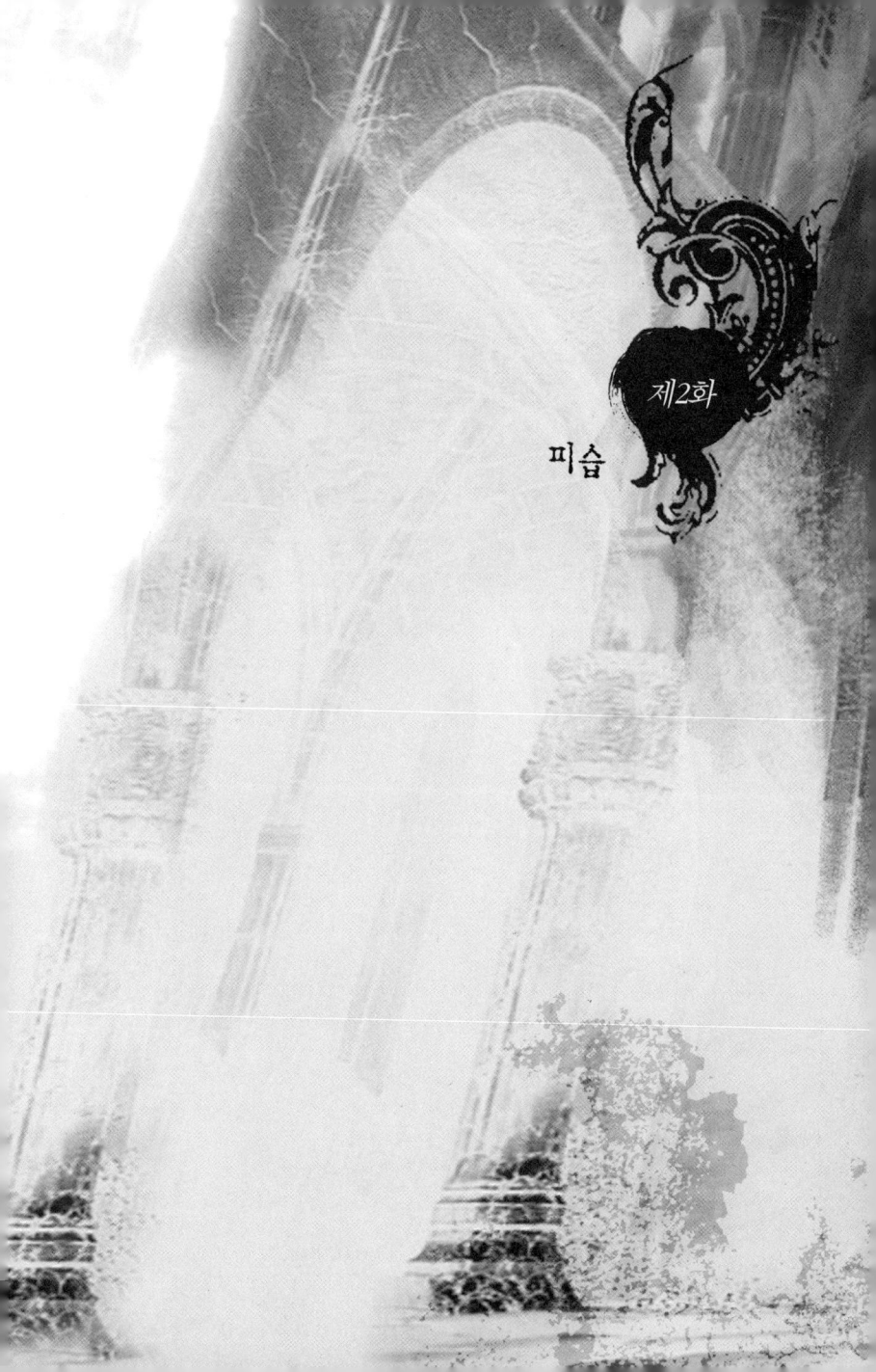

Chapter 1

네스토와 뱀부나이트의 추적은 집요했다. 그들은 바하문트와 모달의 흔적을 찾아 왕국 동남부 일대를 샅샅이 훑었다.

특히 핀토가 앞장서서 설쳤다.

"바하문트는 여우야. 그 여우가 남쪽 대로를 택했을 리 없어. 분명 동남쪽 산맥으로 갔을 거다."

핀토는 이렇게 주장했다.

처음에 동료들은 핀토의 의견에 동의하지 않았다.

"바하문트가 동남쪽으로 갔다고? 말도 안 돼, 핀토."

"맞아. 그곳은 보원 왕국과 맞닿은 지역이야. 국경을 지키는 병사들이 쫙 깔렸는데 왜 그런 험지로 갔겠어?"

하지만 동료들의 반대에도 불구하고 핀토는 고집을 꺾지 않았다.

"바하문트는 여우라고 말했지. 너희들 여우의 습성이 뭔지 알아?"

동료들이 고개를 가로저었다.

핀토는 입매를 고약하게 비틀며 뇌까렸다.

"여우는 세상에서 저만 똑똑한 줄 알거든. 그래서 쉬운 길을 선택하지 않고 일부러 어려운 길로 돌아가지. 그래야 남들을 감쪽같이 속일 수 있고, 남들을 속여야 제가 똑똑하다는 것이 증명되니까."

"그런가?"

여우는 일부러 어려운 길로 간다는 핀토의 말은 그럴 듯하게 들렸다. 뱀부나이트들의 마음이 흔들렸다.

네스토도 핀토의 주장에 동의했다.

"핀토, 그럴 듯한 분석이구나."

모두의 동의 아래 네스토 일행은 추적 방향을 바꿨다. 그들은 바하문트의 행적을 쫓아 동남부 끝자락의 산악지대로 향했다.

특히 핀토는 여우를 쫓는 사냥개가 된 심정으로 앞장섰다.

이틀 간 쉬지 않고 말을 달리자 산이 나타났다. 평평하던 땅이 갑자기 불쑥 일어나 산악을 이뤘다. 보원 왕국과 나이드 왕국을 가로지르는 산맥은 골이 깊고 숲이 울창했다.

네스토와 네 뱀부나이트는 불가피하게 말을 버렸다. 두 발로 걸어서 산을 타기 시작했다.

예전 같았으면 이 광활한 산맥을 뒤질 엄두가 안 났을 것이다. 허나 지금은 눈에 아르곤을 장착한 상태다.

이 신기한 마법아이템만 있으면 얼마든지 추적이 가능했다. 뱀부나이트들은 왼쪽 눈에 아르곤을 착용한 채 산맥을 따라 쭉 훑었다.

한창 추적에 열을 올리던 중, 아게나가 의문을 제기했다.

"과연 바하문트가 이 산속에 숨어있을까? 만약 그를 못 찾으면 어떻게 하지?"

"그럴 리 없다. 놈은 분명 여기에 있어. 내 목을 걸어도 좋아."

핀토가 자신 있게 대답했다.

아게나는 어깨를 으쓱하며 되물었다.

"핀토, 자신감이 너무 과한 것 아니야? 여우는 일부러 어려운 길로 간다는 네 주장은 그럴 듯해. 하지만 그것은 추측일 뿐이지 바하문트와 모달이 여기 있다는 증거가 될 수는 없어. 설령 네 말이 맞는다고 해도, 그들이 이미 국경선을 넘어 보원 왕국으로 들어갔을지도 모르잖아. 그럼 더 이상 추적할 수 없다고."

"아니. 놈들은 분명 이 산속에 있어."

"네가 그걸 어떻게 알아?"

"내가 어떻게 아냐고? 바로 이 손이 말해 줬다. 이 욱신거리는 손이 내게 속삭이고 있어. 바하문트 그 개새끼가 여기 있다고."

핀토는 바하문트에게 썽둥 잘린 손목의 단면을 내보이며 뿌드득 이빨을 갈았다. 핀토의 두 눈은 광기에 물들어 번들거렸다.

"윽!"

아게나는 핀토의 험악한 기세에 눌려 한 발짝 뒤로 물러섰다.

네스토도 아무 소리 하지 않았다. 지금 핀토를 말릴 수 있는 사람은 아무도 없었다.

핀토의 광기에 전염이 된 탓일까? 아니면 하루 빨리 플루토를 회수하고 시연을 준비해야 한다는 부담감 때문이었을까?

평소 침착하기 이를 데 없는 네스토마저 머리가 뒤숭숭했다. 그래서 누군가 그들의 뒤를 밟고 있다는 사실을 까맣게 몰랐다.

사마귀가 벌레를 막 잡아먹으려고 하는데, 그 등 뒤에서 참새가 군침을 삼키며 사마귀를 노려보는 것과 다를 바 없었다. 지금 네스토가 딱 그 짝이었다.

네스토는 바하문트를 잡을 생각만 했지, 누군가 자신들을 노릴 줄은 꿈에도 몰랐다.

네스토 일행이 지나간 뒤, 나뭇가지 위에서 바스락 소리가 났다.

조론은 가느다란 나뭇가지에 걸터앉은 채 기다란 머리통을 옆으로 까딱까딱 흔들었다. 그 옆에선 밤송이 턱수염을 기른 카고가 하얀 이빨을 드러내며 의견을 물었다.

"우리가 찾는 대상이 저놈들 맞지? 지금 덮칠까?"

"안 돼."

조론은 대뜸 고개를 가로저었다. 그리곤 지금 네스토 일행을 덮쳐선 안 되는 이유를 설명했다.

"지금 저놈들을 해치우면 일이 귀찮아져. 정보청에서 귀띔해 준 정보에 따르면, 나이드 왕국의 플루토나이트는 총 다섯 명이었어. 그런데 저긴 플루토나이트가 네 명밖에 없잖아."

놀라웠다. 조론은 이미 뱀부나이트에 대한 정보를 손바닥 들여다보듯 꿰고 있었다.

카고가 물었다.

"나머지 한 명은 어디 있지?"

조론은 히죽 웃으며 턱으로 네스토를 가리켰다.

"곧 나타날 거야. 아마도 이 근처에 저 플루토나이트들의 근거지가 있는 것 같아."

"오! 그게 정말이야?"

"당연하잖아. 그게 아니라면 저들이 왜 이 깊은 산속에 들어왔겠어? 설마 돼지도 아닌데 트러플(Truffle; 버섯의 일종, 땅속 수십 센티미터 깊이에서 자라므로 후각이 발달한 개나 돼지를 이용해서 캔다)을 캐려는 것은 아닐 테고. 크크크!"

조론은 쇠 긁는 소리를 내면서 킥킥거렸다.

카고도 뾰족한 이빨을 드러내며 씨익 웃었다.

그러는 사이 네스토 일행은 벌써 저만큼 멀어졌다. 조론은 목뼈를 좌우로 꺾더니 나뭇가지에서 풀쩍 뛰어내렸다.

"자, 놈들을 쫓아가자."

조론은 거의 3미터 높이에서 점프해서 바닥에 내려섰다. 그럼에도 발자국 소리가 나지 않았다. 몸이 깃털처럼 가볍다는 뜻이었다.

카고와 염부7호도 사뿐히 땅에 착지했다. 그들은 땅을 박차며 조론과 어깨를 나란히 맞췄다.

슈우욱—

염부의 세 플루토나이트는 바람처럼 부드럽게 내달렸다. 그들과 네스토 사이의 거리는 불과 50미터.

네스토 일행은 50미터 뒤에서 사신이 뒤쫓는다는 사실을 까맣게 몰랐다. 아마 사신의 낫이 목덜미에 드리워질 때까지도 모를 것이다.

만일 그날 바하문트가 한 발만 빨랐더라면, 그래서 네스토와 마주치지 않고 무사히 국경을 넘었다면 아마도 후대의 역사는 크게 바뀌었을 것이다.

어쩌면 바하문트는 평생 동안 평범한 상인으로 살아갔을지도 모른다. 만약 그랬다면 '흡혈왕'이라는 무시무시한 존재가 탄생하지도 않았을 것이다.

하지만 운명의 여신은 잔인했다.

여신은 커다란 날개를 나풀거리며 날아와 바하문트의 시간과 네스토의 시간을 교차시켰다.

더불어 우고트 왕국의 세 플루토나이트들도 같은 시간 축에 몰아넣었다.

도망자 바하문트 일행.

추적자 네스토 일행.

그리고 우고트 왕국의 조론 일행.

서로 다른 세 무리가 같은 시간, 같은 장소에서 마주쳤다. 그 순간부터 역사의 수레바퀴는 전혀 다른 길로 들어섰다.

그 운명의 순간!

상공 10킬로미터 높이에 위치한 루나 성국의 모래시계는 정각 6시를 가리키고 있었다.

뎅, 뎅, 뎅, 뎅, 뎅, 뎅.

루나 성국 법왕청의 종지기 노인은 종을 여섯 번 울려 시간을 알렸다.

쿠르르릉—!

하늘을 떠다니는 거대한 섬, 루나 성국은 종소리에 맞춰 크게 회전하며 달을 쫓았다.

마지막 종소리가 공기 중에 흩어지려는 찰나, 법왕청으로부터 수만 킬로미터 떨어진 산속에선 큰 전투가 시작되었다.

마침 바하문트 일행은 은신처에서 나오던 중이었다. 양쪽 어깨에 묵직한 배낭을 짊어진 모달이 앞장섰다. 바하문트는 아버지를 등에 업은 채 모달의 뒤를 따랐다.

그때, 네스토가 나타나 바하문트의 앞을 가로막았다.

"이놈들!"

네스토의 음성은 천둥이었다. 로브 그림자 속에선 청록색 눈이 번들거렸다.

"헙!"

모달은 새하얗게 질린 얼굴로 입을 다물었다. 어찌나 놀랐던지 몸이 바싹 얼었다.

"네스토!"

뒤따라 걷던 바하문트도 깜짝 놀라 소리쳤다.

'네스토가 어떻게 이곳 은신처를 발견했단 말인가? 여기는 사람들 눈에 안 띄는 비밀장소인데?'

바하문트는 저들이 어떻게 여길 찾았는지 도저히 알 수 없었다. 하지만 지금 그걸 따질 때는 아니었다. 우선 저들부터 물리치고 볼 일이었다.

바하문트는 아버지를 모달에게 건넸다. 그리곤 날카로운 눈으로 적들을 살폈다.

앞을 가로막은 네스토, 어느새 뒤로 돌아가서 퇴로를 차단한 아게나, 팔짱을 낀 채 양쪽 옆을 막은 그룸과 로가 눈에 들어왔다. 마지막으로 핀토는 아게나의 등 뒤에서 고개를 내밀 곤 기분 나쁘게 히죽거리는 중이었다.

'뱀부나이트 네 명, 그리고 네스토.'

바하문트는 빠르게 적의 전력을 헤아렸다. 한편으론 스스로의 전투력을 수치화해서 적의 전력과 비교했다.

결과는 당연히 승리!

현재 바하문트의 검술 실력이라면 이들 네 명과 네스토를 합쳐도 거뜬히 이길 만했다.

허나 플루토가 문제였다.

오로지 검술로만 겨룬다면 눈 깜짝할 새에 아게나의 팔을 자르고 이어서 그룹과 로를 무력화시킨 다음 네스토에게 집중 공격을 퍼붓겠는데, 이 모든 동작을 눈 깜짝할 새에 해치울 수 있겠는데, 플루토끼리 싸움이 붙으면 그리 만만하지 않았다. 플루토의 방어력은 상상을 초월했다.

물론 플루토끼리의 싸움도 결국엔 바하문트가 이길 것이다. 플루토의 전투력은 플루토나이트의 무력에 비례하니 말이다. 하지만 아게나와 그룹과 로의 플루토를 모두 물리치려면 시간이 꽤 오래 걸릴 듯했다.

'그 사이에 아버지가 공격을 받으면 어떻게 하나?'

바하문트는 빈이 다칠까봐 두려웠다.

더불어 루흘 연합국의 추적도 부담스러웠다. 플루토끼리 전투가 붙는 그 순간부터 바하문트는 평생 도망자가 될 수밖에 없었다.

　플루토와 플루토가 격돌하면 지축이 뒤흔들린다. 엄청난 굉음이 터지고 충돌 여파가 사방으로 뻗어나간다.

　30만 차지가 넘는 엄청난 에너지가 부딪치는데 주변이 멀쩡할 리 없다. 온 세상에 눈과 귀를 깔아놓은 루흘 연합국이 그 충돌을 모를 리도 없다.

　당연히 루흘 연합국에서 눈치를 챌 테고, 그때부터 지독한 추적이 뒤따를 것이다.

　바하문트는 그런 결과를 원하지 않았다. 그래서 일단 플루토의 소환은 보류했다. 대신 검을 뽑았다.

　훈련용으로 사용하는 목검이 아니라 날이 잘 벼려진 진검이었다. 그 섬뜩한 검날이 요사한 빛을 뿌렸다.

　네스토가 버럭 호통쳤다.

　"이놈! 감히 누구에게 검을 겨루느냐?"

　서슬 퍼런 위엄에 바하문트의 눈동자가 잠시 흔들렸다.

　허나 바하문트는 마음을 독하게 먹었다. 굳은 결의를 보여주려는 듯 검끝으로 대뜸 네스토의 목을 겨눴다.

　웅웅웅!

　바하문트의 검이 소리를 내면서 떨었다.

　검은 바하문트에게 어서 자신을 풀어달라고, 그러면 벼락 치듯 날아가 상대의 목줄기를 끊어 놓겠노라고 속삭였다.

　바하문트는 꿈틀거리는 검을 꽉 움켜쥐며 낮게 으르렁거렸다.

"네스토님, 내 앞을 막지 마십시오."

"이놈이!"

네스토는 두 눈을 부릅뜨며 바하문트를 노려보았다. 한편으론 뱀부나이트들에게 눈짓을 보냈다.

스윽—

아게나가 바하문트의 등 뒤에서 천천히 다가들었다. 아게나는 발을 바닥에 스치듯 끌며 발 하나 크기만큼 거리를 좁혔다.

한편 그룹은 왼쪽으로 천천히 돌았다. 그러면서 검을 뽑아 바하문트에게 겨눴다.

로도 바하문트를 중심으로 천천히 돌면서 공격 시점을 가늠했다.

팽팽한 긴장감이 조성되었다. 바하문트는 곁눈질로 사방을 동시에 살폈다. 일단 적들이 플루토를 불러낼 기미는 보이지 않았다. 그나마 다행이었다.

'하긴, 저들도 플루토를 꺼내기 부담스럽겠지. 플루토끼리 충돌하면 곧장 루흘 연합국에 정보가 들어갈 테니까.'

플루토를 소환하지 않고 싸운다면 저들을 순식간에 꺾어 버릴 수 있다. 바하문트는 아랫입술을 지그시 깨물며 숫자를 셌다. 하나, 둘, 셋 하고 몸을 뒤틀어 아게나의 팔부터 잘라 버릴 생각이었다.

'일단 팔을 자르고 플루토 반지를 빼앗자. 그럼 안심이다.'

바하문트는 침을 꿀꺽 삼켰다.

Chapter 2

바하문트의 검이 꿈틀거리며 길을 열려는 찰나, 네스토가 공격의 맥을 끊었다.

"바하문트."

막 검을 휘두르려는 순간 방해를 받았다. 바하문트는 이빨을 꽉 물며 공격을 멈췄다.

네스토는 바하문트에게 엄중히 경고했다.

"함부로 움직이지 마라. 네가 검을 휘두르는 즉시 플루토를 소환시킬 것이다."

역시 네스토는 노련했다. 그는 바하문트가 무엇을 두려워하는지 꿰뚫어 보았다.

바하문트는 가슴이 철렁 내려앉았다. 하지만 애써 당황한 표정을 숨기며 배짱을 부렸다.

"네스토님, 지금 플루토를 소환한다고 했습니까? 그럼 어디 한 번 플루토끼리 부딪쳐 볼까요? 일을 그렇게 크게 벌이면 나이드 왕국도 무사하지 못할 겁니다."

네스토의 얼굴이 험악하게 일그러졌다.

"이놈! 감히 나를 위협해?"

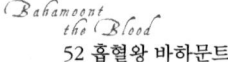
52 흡혈왕 바하문트

네스토는 분노를 속으로 삭이며 바하문트의 약점을 한 번 더 찔렀다.

"오냐, 좋다. 네가 끝까지 싸우려 들면 할 수 없지. 다같이 파멸의 길로 들어설 수밖에. 하지만 바하문트, 이것만은 똑똑히 알아둬라. 우리는 세 개의 플루토를 가졌지만 넌 하나뿐이다."

네스토의 말처럼 3대 1의 불리한 싸움이었다. 거기에 더해서 바하문트는 네스토의 마법도 신경 써야 했다. 현재 모달의 실력으로는 네스토를 막기엔 역부족이었다.

그러나 힘들다고 굴복할 바하문트가 아니었다. 그는 끝까지 버텼다.

"좋습니다. 그럼 3대 1로 한 번 싸워보죠."

진짜 하려는 듯, 바하문트는 반지를 낀 손을 천천히 가슴게로 모았다. 푸르스름한 마정석으로 빛이 모여들었다.

순간, 네스토는 질끈 입술을 깨물었다. 여기서 플루토끼리 부딪치면 곤란했다.

아직은 루흘 연합국의 주목을 받고 싶지 않았다. 네스토는 다급한 마음에 바하문트의 진짜 약점을 찔렀다.

"오냐. 네가 그렇게 원한다면 싸워주지. 바하문트, 네가 선택한 길이니 부디 나를 원망하지 마라. 그룸, 로, 너희들은 플루토를 소환해서 바하문트의 플루토에 맞서라. 그리고 아게나! 너는 바하문트의 플루토는 신경 쓰지 마. 모든 것을 무시하고 무조건 빈 남작부터 짓이겨 버려라."

네스토의 전략은 무자비하고 비열했다. 무조건 빈을 공격하라는 말을 듣는 순간, 바하문트는 피가 거꾸로 솟구쳤다.

하지만 화가 난다고 화를 내면 곤란했다. 이럴 때일수록 침착해야 했다. 바하문트는 빠르게 상황을 따졌다.

'플루토의 파괴력은 엄청나다. 내가 아무리 애써도 충격의 여파까지 막을 순 없어.'

플루토끼리 부딪치면 엄청난 폭음이 터지고 충돌에너지가 사방팔방으로 뻗을 터. 그 정도 충격이라면 빈의 상처를 악화시키기에 충분했다. 어쩌면 폐의 상처가 쭉 찢어져서 죽을 수도 있었다.

그 생각을 하자 아찔했다. 바하문트는 입술을 꽉 깨물고는 슬그머니 반지를 내렸다.

'휴우······.'

네스토는 속으로 안도의 한숨을 내쉬었다. 바하문트가 앞뒤 가리지 않고 플루토를 소환할까봐 조마조마했는데 겨우 한시름 덜었다.

아게나와 그룸, 로도 살짝 날숨을 쉬었다. 그들도 플루토끼리 맞붙을까봐 바짝 긴장했던 참이었다.

옆에서 간담을 졸이던 모달도 가슴을 쓸어내렸다. 하지만 아직 안심할 때는 아니었다.

모달은 마나를 끌어올린 뒤, 언제라도 바하문트에게 방어마

54 흡혈왕 바하문트

법을 걸어줄 수 있도록 준비했다.

네스토가 바하문트를 설득했다.

"바하문트, 지금이라도 마음을 고쳐먹어라."

바하문트의 눈매가 살짝 일그러졌다.

"무슨 뜻입니까?"

"너만 마음을 고쳐먹으면 모든 사람이 다 편하다. 한 번 주변을 둘러보아라. 지난 5년 간 너와 함께 훈련하고 피와 땀을 나누었던 동료들이다. 아게나, 그룸, 로의 얼굴을 한 번 똑바로 보란 말이다. 너는 정말로 그들에게 검을 겨눌 셈이냐? 지금이라도 마음을 고쳐먹고 투항한다면, 내가 폐하께 잘 말씀드려서 선처하겠다."

네스토의 말은 진심이었다. 그러나 바하문트를 설득하기엔 부족했다.

바하문트는 네스토의 제안을 냉정하게 잘랐다.

"달콤한 말로 나를 흔들려 하지 마십시오. 나는 이미 나이드 왕국을 떠나기로 마음먹었습니다."

"이유가 뭐냐? 너를 낳아준 조국을 왜 배신해?"

바하문트는 가슴을 쫙 펴고 외쳤다.

"네스토님. 나는 뇌에 바늘을 꽂은 채 개처럼 길러지기는 싫습니다. 내 자유의지를 갖고 이 세상을 살아갈 겁니다. 내 앞을 가로막는다면, 그건 동료가 아니라 적입니다."

그 말이 떨어지는 찰나, 아게나의 등 뒤에 숨어 있던 핀토가 튀어나오며 소리쳤다.

"오냐, 말 잘했다. 우리는 이미 동료가 아니라 적이다. 적!"

'적'이라는 말을 강조하는 것과 동시에 핀토의 손이 앞으로 쭉 뻗었다.

번쩍.

섬뜩한 빛살이 허공을 갈랐다.

바하문트는 벼락처럼 몸을 반 바퀴 돌렸다. 동시에 검을 크게 뻗어서 핀토가 날린 단검을 쳐내려고 시도했다.

허나 단검이 너무 빨랐다. 정상적으로 날아오는 것이 아니라, 마치 강력한 자석에 이끌리기라도 한 것처럼 눈 깜짝할 새에 쫙 빨려들었다.

물론 바하문트의 검은 핀토가 던진 단검보다 훨씬 더 빨랐다.

만약 핀토가 바하문트를 향해서 단검을 던졌다면 충분히 막았을 것이다. 하지만 핀토는 바하문트를 노리지 않았다. 그는 야비하게도 무방비 상태인 빈을 공격했다.

퍽!

둔탁한 소리가 났다. 빈의 왼쪽 가슴에 묵직한 단검이 박혔다. 빈은 두 눈을 부릅뜬 채 손을 허우적거렸다.

"안 돼!"

깜짝 놀란 모달이 빈을 끌어안으며 울부짖었다.

"저런!"

네스토도 안타까운 표정으로 손을 내저었다.
아게나도, 그룸도, 로도 깜짝 놀라서 소리를 질렀다.
"허엇?"
"안 돼! 핀토, 빈 남작을 공격하면 안 돼."
"핀토, 이게 무슨 짓이냐?"
다섯 사람의 목소리가 한꺼번에 뒤섞였다.
"끄으윽!"
이어서 쥐어짜는 듯한 빈의 신음소리가 들렸다.

그 시끄러운 난장판에서 바하문트만 유일하게 소리를 지르지 못했다.

빈의 가슴에 단검이 박히는 광경을 본 순간, 바하문트의 목구멍은 콱 막혔다. 성대를 쥐어짰지만 아무런 소리도 새어 나오지 않았다.

바하문트는 입을 딱 벌린 채, 경악에 가득한 눈으로 빈을 더듬으면서, 두 손으로 제 머리카락을 움켜쥘 뿐이었다.

이윽고 바하문트의 눈이 불뚝불뚝 뛰었다.

피! 피! 피!

빈의 가슴을 흠뻑 적신 피는 시리도록 선명했다. 뚝뚝 떨어지는 핏방울이 바하문트의 망막에 각인되더니 이윽고 뇌를 강타했다.

바하문트의 뇌 속에선 무언가가 툭 끊겼다. 강한 충격으로 영혼이 분리되는 듯한 착각에 빠졌다.

파국이다.

이제 끝났다. 이젠 전부 끝났다. 하늘이 무너졌으니 세상도 같이 무너져야 한다.

단단하던 이성의 껍질은 허무하게 붕괴되었다. 바하문트는 제 가슴속에 지옥을 끌어당겨 놓았다.

—크와아!

바하문트의 가슴 저 밑바닥에서 으스스한 포효가 터졌다.

바하문트가 내지른 포효는 소리가 아니었다. 오금 저리는 영혼의 울음이었다. 그 울음은 고막이 아니라 사람들의 가슴으로 전달되었다.

숲이 우르르 떨렸다. 새들이 놀라서 나무에서 떨어졌다. 온 숲의 짐승들이 소스라치게 놀라 몸을 움츠렸다.

네스토도 심장을 뒤흔드는 아찔한 포효에 놀라 저도 모르게 엉덩방아를 찧었다.

아게나와 그룹, 로도 몇 발짝 뒤로 물러나며 부르르 몸서리를 쳤다.

오로지 핀토만이 멀쩡했다.

아니, 멀쩡한 것이 아니었다. 핀토는 미쳤다. 미친 탓에 바하문트의 광포한 포효에 영향을 받지 않았다.

"크크큭! 바하문트, 네놈이 감히 내 팔을 잘랐지? 네 애비를 죽인 것은 그에 대한 복수다. 복수! 크크크."

핀토는 이렇게 뇌까리면서 혀를 내밀어 차가운 검날을 핥았다. 동시에 광기 번들거리는 눈길로 바하문트를 찾았다. 비통에 젖은 상대를 한바탕 비웃어 주려는 의도였다.

그러나 바하문트는 그 어디에도 보이지 않았다. 바하문트가 서 있던 공간은 어느새 텅 비었다.

'이놈이 어디로 갔지?'

핀토가 이런 생각을 하는 순간, 새하얀 빛이 그의 정수리로 뚝 떨어졌다.

써걱!

화끈한 감촉이 핀토의 두개골 사이로 파고들었다. 핀토는 비명 한 마디 내뱉지 못했다. 머리꼭대기부터 사타구니까지 그대로 둘로 쪼개지며 숨이 멎었다.

바하문트의 분노는 거기서 끝나지 않았다. 폭풍이 일었다. 바하문트는 시뻘겋게 충혈된 눈으로 아게나를 노려보더니 그대로 검을 휘둘렀다.

사악—

섬뜩한 소리가 났다. 공간이 매끈하게 잘렸다.

잘린 공간 속에서 하늘과 땅이 둘로 나뉘었다. 아게나의 몸뚱어리도 덩달아 둘로 나뉘었다. 상체는 하늘을 따라 뒤로 쓰러졌고, 하체는 땅과 함께 푹 꺼졌다.

아게나의 허리에서 피가 분수처럼 솟았다. 잘린 척추 단면을 중심으로 뿜어지는 핏물은 바하문트의 몸을 흠뻑 적셨다.

바하문트는 진득한 피를 온몸으로 뒤집어쓰면서 아게나에

게 달려들었다. 그리곤 상대의 손가락에서 플루토 반지를 빼냈다.

마침내 가슴속에 갇혀 있던 야수가 눈을 떴다. 바하문트는 한 마리 흉포한 야수로 돌변했다. 사나운 기파가 뻗어서 그룸과 로를 휘감았다.

"오, 오지 마! 다가오지 마!"

그룸이 뒷걸음질쳤다.

그 말이 채 끝나기도 전, 바하문트의 검이 그룸의 목젖을 푹 찌르며 파고들었다.

푸확!

그룸의 목에서 뿜어진 피가 바하문트의 얼굴을 때렸다.

"끄어……억."

그룸은 바람 빠지는 소리를 내면서 혀를 길게 빼어물었다.

바하문트는 조금의 망설임도 없이 검을 휘둘러 그룸을 목을 마저 베고는, 플루토 반지를 강탈했다. 그리곤 곧 이어서 로에게 공격을 퍼부었다.

눈 깜짝할 새에 뱀부나이트 세 명이 죽었다. 네스토는 그제야 정신을 차렸다. 얼른 플래쉬(Flash; 섬광) 마법을 캐스팅하며 고함쳤다.

"로, 정신차렷!"

역시 검보다는 빛이 빨랐다. 눈부신 섬광이 터져서 바하문트의 시력을 앗아갔다.

바하문트는 순간적으로 로를 놓쳤다. 하지만 그냥 물러나지는 않았다.

최대한 감각을 곤두세우더니 로가 있음직한 곳을 향해서 검을 끝까지 휘둘렀다.

씨이잉—!

바하문트의 검이 기괴한 궤적을 그리며 날아가서 로의 몸통을 갈랐다.

로도 이빨을 꽉 물며 마주 검을 휘둘렀다.

"이잇!"

까앙!

시퍼런 불똥이 튀었다. 로의 검과 바하문트의 검이 정면으로 부딪쳤다.

헌데, 로의 검은 둘로 잘렸고 바하문트의 검은 멀쩡했다. 힘의 차이, 속력의 차이, 기세의 차이가 이런 어처구니없는 결과를 만들었다.

바하문트는 검 손잡이를 빙글 돌려서 검을 거꾸로 잡았다. 그리곤 방금 휘두른 궤적을 따라 거꾸로 검을 회수하며 로의 몸을 베었다.

플래쉬 마법에 당해 앞이 보이지 않는데도 바하문트의 검은 소름끼치게 정확했다.

로는 바하문트의 두 번째 검을 막을 수 없었다. 그저 두 동강난 검을 움켜쥔 채 멍하니 서 있을 뿐이었다.

네스토가 또다시 힘을 보탰다. 네스토는 바인딩 마법으로 바하문트의 손놀림을 늦췄다. 이어서 에어쉴드(Air Shield)를 쳐서 로를 보호했다. 그런 다음 로에게 소리쳤다.

"로! 어서 플루토를 소환해. 바하문트를 막으려면 그 수밖에 없다."

"네넷!"

로는 얼이 쏙 빠진 표정으로 부랴부랴 반지를 심장에 대었다. 로의 마나가 마정석에 쭉 빨려 들어간다 싶더니, 곧이어 마정석으로부터 엄청난 에너지가 쏟아져 나왔다.

무려 30만 차지!

말 탄 기사 한 명이 전속력으로 돌파할 때 내는 에너지가 1차지다. 로의 반지는 그 30만 배에 달하는 어마어마한 에너지를 뿜어내며 증식금속을 활성화시켰다.

콰르르르—

증식금속에 새겨진 '형상기억마법'이 가장 먼저 발동했다. 형상기억마법은 3미터 크기의 플루토 형태를 잡았다.

이어서 '유연화마법'이 뒤를 이었다. 생고무처럼 유연하게 변한 증식금속은 넝쿨이 뻗는 것처럼 무럭무럭 자라나서 플루토의 몸뚱어리를 구성했다.

일반 사람들의 예상과 달리, 플루토는 금속처럼 딱딱하지 않았다.

물론 표피는 딱딱했다. 하지만 표피 안쪽은 생고무처럼 부드럽고, 질기고, 유연했다. 마치 몸뚱어리 전체가 근육으로 이루어진 것과 비슷했다.

세 번째로 '감각개통마법'이 플루토의 신경을 만들었다. 플루토의 눈 부위엔 시신경이 자랐고, 귀 부위엔 청각신경이 돋았다.

몸뚱어리 전체엔 촉감이 생겼다. 이런 감각과 신경다발들은 순식간에 로와 연결되었다.

로의 감각과 플루토의 감각이 하나로 일치했다.

이제 플루토가 보는 것을 로가 본다. 플루토가 듣는 소리를 로가 듣는다. 플루토가 느끼는 것을 로가 느낀다.

거기에 더해서, 플루토는 로의 근육과 정교하게 연결되었다. 로의 움직임을 그대로 모방할 수 있도록 아주 정교하게.

이로써 로와 플루토는 완벽하게 하나가 되었다.

네 번째로 '강화마법'이 발동했다. 강화마법은 플루토의 표피를 강철보다 더 강하고 질기게 다듬어 주었다. 물론 관절부위는 예외였다. 관절은 부드럽게 움직여야 하므로 강화마법을 걸 수 없었다.

다섯 번째로 '경화마법'이 뒤따랐다. 플루토의 투구와 방패는 다이아몬드보다 더 딱딱하게 변했다.

가슴팍과 무릎, 팔뚝 등의 부위에도 경화마법이 발동했다. 플루토가 쥔 검에도 강화마법과 경화마법이 동시에 걸렸다.

여섯 번째로 리커버리(Recovery; 회복) 마법이 플루토의 내부를 감쌌다. 리커버리 마법 덕분에 플루토는 어지간한 파손 쯤은 자동으로 복구했다.

이어서 마지막으로 '원소저항마법'이 플루토 전체를 보호했다.

물, 불, 바람, 흙.

이렇게 4대 원소는 말할 것도 없고, 번개, 전기, 얼음마법에 대한 저항력도 한계까지 올라갔다.

이제 로의 플루토는 용암에 빠져도 끄떡없고, 얼음굴에 들어가도 서리가 끼지 않을 것이다.

Chapter 3

로는 마침내 플루토를 불러냈다. 3미터 높이의 위풍당당한 플루토가 우뚝 선 채 오만한 눈길로 바하문트를 굽어보았다.

바하문트는 저 플루토의 눈빛이 로의 눈빛과 닮았다고 생각했다.

그러는 사이 바하문트의 반지도 마나를 머금고 증식을 시작했다.

콰르르르—

봉인이 풀린 증식금속은 둑이 터져 물보라가 휘몰아치듯 자랐다. 그러면서 플루토의 형태를 잡았다.

유연화마법과 감각개통마법이 바하문트의 플루토를 플루토답게 만들어 주었다.

강화마법과 경화마법, 그리고 원소저항마법이 바하문트의 플루토를 단단하게 보호했다.

로가 플루토를 소환하는데 걸린 시간이 0.2초.

바하문트가 반응하는데 소요된 시간이 0.1초.

다시 바하문트가 플루토를 불러내는데 걸린 시간이 0.2초.

총 0.5초 만에 플루토 두 기가 우뚝 섰다. 그리고 다시 0.5초 뒤에는 로의 플루토가 바하문트 플루토에게 육박하며 방패로 후려쳤다.

허나 바하문트의 반응속도는 로의 예상보다 훨씬 더 빨랐다. 바하문트는 어느 틈에 플루토를 움직여서 로의 공격에 대응했다.

바하문트의 플루토가 방패를 마주 휘둘렀다.

콰아앙!

3미터 크기의 직사각형 방패 두 개가 맞부딪치면서 무시무시한 소리를 내었다.

두 플루토는 똑같이 뒤로 한 걸음씩 물러났다. 파워가 똑같이 30만 차지이니 당연한 결과였다.

하지만 그 뒤의 행동에선 차이가 났다. 로는 휘청거리는 플루토를 바로 세우는데 그쳤지만, 바하문트는 허리에 힘을 줘서 몸의 균형을 잡는 것과 동시에 검을 쭉 뻗어서 상대의 방패

위쪽을 찔렀다.

푸화악!

플루토의 검에서 새하얀 빛이 폭발했다.

이건 단순한 빛이 아니었다. 강력한 에너지가 플루토의 검 주변에 몰렸고, 그 에너지가 공기와 반응을 일으키면서 빛을 발산했다.

다시 말해서, 이 빛 속엔 어마어마한 에너지가 꿈틀거렸다. 스치기만 해도 철판을 종잇장처럼 찢고 바위를 으스러뜨릴 수 있는 어마어마한 에너지가!

이게 바로 플루토의 진정한 위력이었다. 인간으로서는 불가능한 검술을 가능케 하는 것.

물론 인간도 검에 에너지를 주입해서 빛을 뿜어낼 수는 있었다. 하지만 그 빛으로 살상을 하는 것은 불가능했다. 마나가 턱없이 부족한 탓이었다.

하지만 플루토는 달랐다. 플루토의 에너지는 마정석이 공급했다. 그것도 수십만 차지가 넘는 에너지를 펑펑 공급했다.

그 에너지를 검에 집중하는 것만으로도 놀라운 위력이 발휘되었다. 검에서 휘황한 빛이 뿜어졌고, 그 빛에 스치기만 해도 사물이 박살났다.

콰직!

둔탁한 폭음이 터졌다.

바하문트의 플루토는 검에 에너지를 모아서 단숨에 찔렀다.

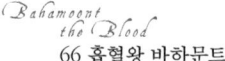

그 결과 로의 플루토 어깨부위가 깨졌다.

"크악!"

플루토가 찔렸는데 비명은 로가 질렀다.

로는 어깨를 움켜쥐며 인상을 찡그렸다. 비록 피는 나지 않았지만 격렬한 통증이 머리카락을 쭈뼛 서게 만들었다.

바하문트는 그 빈틈을 놓치지 않았다. 단숨에 달려들어 상대를 휘몰아쳤다.

퍽! 퍽! 퍽!

2미터에 육박하는 대형 검이 새하얀 빛을 마구 토했다. 그 검에 한 번 맞을 때마다 방패가 퍽퍽 으스러지고 투구가 뒤틀렸다.

로는 쩔쩔매면서 온몸을 뒤틀었다. 완충장치를 두었음에도 불구하고, 플루토가 입은 상처는 로에게 지독한 충격을 전달했다.

로의 손발은 점점 어지러워졌다. 통제를 잃은 로의 플루토도 비참하게 허우적거렸다.

그럴수록 바하문트의 검술은 점점 더 정교하게 파고들었다. 바하문트가 조정하는 플루토도 아주 매섭게 적을 공략했다.

콰앙!

시원한 폭음과 함께 마침내 승패가 결정났다. 바하문트의 플루토는 검을 아래서 위로 치켜올리면서 상대 플루토의 가슴을 둘로 쪼갰다.

"으아악!"

로는 처절한 비명을 내지르며 뒤로 벌렁 나자빠졌다. 이 한 방에 완전히 정신을 놓았다. 강한 충격에 심장이 타격을 받은 탓이다.

콰아앙!

뒤이어 로의 플루토가 육중한 소리를 내면서 대지 위에 나뒹굴었다. 그 여파로 숲 전체가 들썩였다.

"아아아!"

네스토는 땅 위에 무릎을 꿇은 채 두 손으로 머리를 움켜잡았다.

망연자실.

이 단어 외에는 네스토의 심정을 달리 표현할 말이 없었다.

그동안 애써 키웠던 뱀부나이트는 완전히 박살났다. 핀토의 죽음을 시작으로, 아게나와 그룹이 차례로 목숨을 잃었고, 로도 죽음을 눈앞에 둔 상태다.

이게 전부 바하문트 탓이었다. 애초에 원인을 제공한 사람은 핀토지만, 네스토는 모든 원망을 바하문트에게 쏟아 부었다.

"바하문트, 네 이노옴!"

네스토는 노여운 목소리로 바하문트의 이름을 불렀다. 그의 두 눈이 초록색 불덩이로 변해 이글거렸다. 깡마른 두 손엔 시퍼런 전기가 번쩍거렸다.

허나 노엽기로 치면 바하문트가 더했다. 바하문트는 플루토의 방향을 틀어서 네스토에게 다가섰다.

"내 아버지! 내 아버지를 살려내."

바하문트의 으스스한 포효가 대지를 바싹 얼어붙게 만들었다.

바하문트는 이미 이성을 잃은 상태였다. 심장에 단검이 박힌 채 쓰러진 빈을 보자 머릿속이 하얗게 타버렸다. 그는 빈의 죽음과 관련이 있는 자들은 무조건 다 죽여 버리겠다고 마음먹었다.

아마도 네스토는 바하문트의 분노를 막지 못할 것이다. 눈 깜짝할 새에 플루토의 거대한 검이 날아와 네스토의 허리를 잘라버릴 테지.

모달은 이렇게 판단했다. 그래서 두 팔을 쫙 벌리며 바하문트의 앞을 가로막았다.

"바하문트, 안 돼! 네스토님을 공격하지 마라."

모달의 표정에선 강한 결의가 풍겼다.

사실 모달은 네스토를 마음속의 스승으로 섬겨왔다. 부모형제가 없는 모달에게 있어서 네스토는 은사이자 보호자이자 부모였다.

비록 바하문트를 따라서 왕궁을 탈출하긴 했지만, 그래도 네스토가 죽는 꼴을 볼 수는 없었다.

바하문트가 모달을 향해 거칠게 외쳤다.

"비켜!"

"못 비킨다. 네스토님을 해치려면 먼저 나부터 짓밟아라."

모달은 한 발짝도 물러나지 않았다.

"모달, 너!"

바하문트가 으르렁거리며 발을 번쩍 치켜들었다.

바하문트의 플루토도 똑같이 발을 치켜들고 모달을 짓밟아 버릴 듯한 자세를 취했다.

하지만 차마 내리찍지는 못했다. 바하문트는 수차례나 얼굴 표정을 바꾸며 갈등했다. 복수와 우정 가운데 어느 길을 택할지 어지러웠다.

그렇게 망설이는 가운데 방해꾼이 등장했다. 얼굴에 붉은 가면을 뒤집어 쓴 방해꾼이었다.

방해꾼은 숲에서 불쑥 튀어나오면서 검을 뽑았다. 망토가 펄럭거렸다. 망토 안쪽에서 검날이 쭉 뻗어 나오며 서늘한 광채를 토했다.

그 검을 보는 순간, 바하문트는 소스라치게 놀랐다.

'마정석이 박힌 검이다.'

괴한이 휘두른 검신 한복판엔 붉은 마정석이 하나 박혀 있었는데, 그 마정석으로부터 시뻘건 빛이 폭발했다.

후와앙—

빛은 주변 수 미터 공간을 휘감았다. 순간적으로 숲 일대가 진공상태에 빠졌다.

붉은 마정석이 박힌 검으로부터 무려 45만 차지에 달하는 어마어마한 에너지가 쏟아졌다.

그 강한 에너지가 미세하게나마 공간을 일그러뜨리면서 압력이 뚝 떨어졌다. 덕분에 모든 소리가 차단되었다. 귀가 멍했다.

네스토는 깜짝 놀라서 비명을 질렀다.

"플루토다!"

바하문트와 모달도 눈을 휘둥그레 뜬 채 괴한을 바라보았다.

괴한의 정체는 바로 염부7호였다. 염부7호는 눈 깜짝할 새에 모습을 드러내더니 다짜고짜 플루토를 소환했다.

뱀부나이트들이 반지에 플루토를 봉인한 것과 비슷하게, 우고트 왕국의 플루토나이트들은 검에 플루토를 봉인했다.

지금 이 순간, 그 봉인이 풀렸다.

막대한 에너지를 공급받은 증식금속은 무럭무럭 자랐다. 염부7호의 검이 엿가락처럼 쭉 늘어난다 싶었다. 이윽고 4.5미터 크기의 플루토가 허공에 형태를 잡았다. 플루토는 염부7호를 내부에 태운 채 바하문트 앞에 우뚝 섰다.

놈의 외관에서 풍기는 느낌은 바하문트의 플루토보다 훨씬 웅장하고 강렬했다.

놈의 투구 위엔 외뿔이 길게 달렸다. 투구 속에선 시뻘건 광채 두 개가 번뜩였다. 둥그스름한 어깨받이 위에는 뭉툭한 뿔이 빼곡해서 섬뜩한 느낌을 주었다.

또 왼쪽 팔뚝에 4미터 길이의 길쭉한 방패를 찼다. 오른손엔 3미터짜리 장검을 들었다. 이 장검엔 강화마법과 경화마법, 그리고 열화마법이 걸려 있었다.

염부의 플루토들은 대부분 강력한 열화마법이 걸린 검을 사용했는데, 염부7호도 예외는 아니었다.

'강하다!'

바하문트는 갑자기 등장한 괴플루토로부터 묵직한 위압감을 느꼈다.

Chapter 4

네스토도 소스라치게 놀랐다. 네스토는 상대 플루토 가슴에 새겨진 황소문장을 보곤 기겁했다.

"황소문장! 우고트 왕국이다. 놈들이 눈치챘어."

끔찍한 일이 일어났다. 뿔 난 황소문장은 우고트 왕국을 뜻한다. 그리고 문장의 색깔이 피칠을 한 듯 붉으니 염부 소속이란 의미다.

네스토는 손으로 머리를 짚으며 절망했다. 그토록 두려워하던 일이 벌어진 것이다.

일레나 여왕이 치욕을 감수하면서까지 플루토의 존재를 꽁

꽁 숨겨왔건만, 우고트 왕국은 어느새 눈치를 챘다.

"이 일을 어찌한단 말인가? 이제 나이드 왕국은 끝났다."

네스토가 나이드 왕국의 미래를 걱정하는 사이, 염부7호는 바하문트를 향해 무섭게 달려들었다. 염부7호의 팔근육이 움찔하며 신호를 주었다. 그 신호에 반응해서 염부 플루토의 팔이 벼락처럼 앞으로 뻗었다.

파앙!

공기가 파열했다. 염부7호가 조정하는 플루토는 검으로 공기를 찢어발겼다. 검 뻗는 속도가 순식간에 음속을 돌파했다. 그리곤 그 힘을 집중해서 바하문트의 플루토 머리 부위를 내리쳤다.

푸확!

시뻘건 빛이 그 뒤를 따랐다.

그냥 빛이 아니었다. 저 빛의 정체는 무려 45만 차지에 달하는 엄청난 에너지 덩어리였다. 검에 새겨진 열화마법으로 인해 에너지의 절반가량이 열기로 바뀌었다.

그러니 살짝 스치기만 해도 화염이 솟구치고 녹아 버릴 터, 바하문트는 감히 맞서지 못하고 뒤로 풀쩍 물러났다.

조금만 늦었어도 큰일 날 뻔했다. 염부 플루토의 검이 아슬아슬하게 스쳐지나가며 땅거죽을 훑었다.

땅이 수 미터 깊이로 쩍 갈라졌다. 흙이 사방으로 튀었고 그 자리에서 시뻘건 화염이 치솟았다.

'이게 끝이 아니다.'

바하문트의 본능은 이렇게 속삭였다.

바하문트는 방심하지 않고 백 스텝(Back Step)을 밟았다. 그러면서 재빨리 손을 휘둘렀다.

아니나 다를까, 땅을 후려쳤던 염부 플루토의 검이 거꾸로 솟구쳤다. 무려 3미터나 되는 흉악한 무기가 순식간에 코앞으로 득달했다.

바하문트는 이빨을 꽉 깨물며 마주 검을 휘둘렀다.

콰앙!

두 플루토의 검이 격렬하게 부딪쳤다.

새하얀 빛과 시뻘건 빛이 부딪치면서 주변 온도가 순식간에 수천 도까지 올라갔다. 수증기가 쫙 피어올랐다.

이번 격돌은 전적으로 바하문트의 손해였다. 30만 차지와 45만 차지의 차이는 생각보다 훨씬 컸다.

바하문트의 플루토는 무려 여덟 걸음이나 뒤로 물러나며 아름드리나무에 쾅 소리를 내면서 부딪쳤다. 원소저항마법으로 보호를 했는데도 불구하고 플루토 앞면이 검게 그을렸다.

반면 적은 단 한 걸음도 물러나지 않았다.

"크웃!"

바하문트는 힘겨운 신음을 토했다. 이글거리는 열기는 플루토를 지나서 바하문트에게 영향을 끼쳤다. 살이 익고 머리카락이 재가 되었다.

모달이 재빨리 도왔다. 아까는 동료 간에 벌어진 싸움이어서 선뜻 나서지 못했지만, 이번은 외적과의 싸움이니 망설일 필요가 없었다.

모달은 우선 바하문트의 몸 주변에 수증기를 끌어 모아서 열기를 차단했다.

이른바 워터 슈트(Water Suit; 물의 갑옷)였다.

워터 슈트가 감싸준 덕분에 바하문트는 염부 플루토가 내뿜는 강한 화염 속에서도 죽지 않고 버텼다. 하지만 뜨거운 열기에 정신이 쏙 빠져서 제대로 대응하긴 힘들었다.

염부7호는 이 기회를 놓치지 않았다. 바하문트가 정신 차리기 전에 정신없이 몰아쳤다.

슈왁—

붉은 광채에 휩싸인 거대한 검이 공기를 찢어발기며 날아왔다.

"허엇!"

바하문트는 목을 움츠리며 옆으로 굴렀다. 그의 플루토도 똑같이 움직였다.

염부 플루토의 검이 아름드리나무를 산산이 박살내며 머리 위를 스치고 지나갔다. 그 검에 스칠 때마다 나무에 불이 붙었다. 고요하던 숲에 화염이 치솟았다.

"앗 뜨거. 이런 젠장!"

바하문트는 욕을 하면서 한 번 더 몸을 피했다.

염부7호는 놓치지 않고 끝까지 바하문트를 따라붙었다.

나이드 왕국의 플루토와 우고트 플루토 사이의 격차는 너무나 확연했다. 바하문트의 검술이 뛰어나긴 하지만, 15만 차지에 달하는 에너지 차이를 극복하기는 힘들었다.

더불어 외형적인 격차도 불리하게 작용했다.

바하문트 플루토의 전장은 고작 3미터였다. 이에 비해 염부 플루토는 4.5미터나 되었다. 그만큼 팔도 길고 무기도 컸다. 바하문트가 아무리 애를 써서 반격하려고 해도 염부 플루토의 몸통에 검이 닿지 않았다.

뭔가 다른 수가 필요했다.

"이잇!"

바하문트는 잇새로 신음을 토하며 수평으로 손을 휘둘렀다.

바하문트의 플루토도 똑같이 움직였다. 검이 횡방향으로 뻗어나가 나무 세 그루를 베었다.

이십 미터가 넘는 커다란 나무가 와르르 쓰러지며 뒤쫓는 염부 플루토를 덮쳤다.

흠칫 놀란 염부7호는 방패를 휘둘러서 쏟아지는 나무를 후려쳤다. 그러느라 잠시 바하문트를 놓쳤다.

'이때다.'

바하문트는 벼락처럼 몸을 날렸다. 그의 플루토도 벼락처럼 날아올라 적의 가슴팍으로 파고들었다.

사악—

바하문트의 손이 공기의 틈새로 스며들었다. 플루토의 검도 공기층을 거스르지 않고 그 미세한 틈새로 정확하게 스몄다.
　덕분에 소리가 나지 않았다. 그 모습이 마치 바하문트가 공격한 것이 아니라 염부 플루토가 적의 검을 가슴으로 빨아들인 듯했다.
　새하얀 빛이 염부 플루토 가슴팍에 작열했다.
　퍼억!
　30만 차지에 이르는 강한 에너지는 강화마법과 경화마법을 한꺼번에 으깨 버리며 염부 플루토의 표피를 박살냈다. 이어서 플루토의 근육부분을 무려 50센티미터 깊이로 도려냈다.
　플루토에 탑승한 염부7호는 가슴을 움켜쥐며 피를 토했다. 가면 안쪽에서 검붉은 핏물이 주륵 흘렀다. 하지만 신음소리는 내지 않았다.
　바하문트는 방패로 상대를 밀치며 검을 잡아 뽑았다. 그리곤 염부 플루토의 목부위를 향해 다시 한 번 검을 찔렀다.
　이번에도 검을 휘두르는 소리가 나지 않았다. 그저 새하얀 빛이 번뜩인다 싶더니 어느새 검끝이 상대의 목에 박혔다.
　"크읏!"
　염부7호는 플루토 안에서 또다시 피를 토했다. 마침내 4.5미터나 되는 거대한 염부 플루토가 한쪽 무릎을 꿇었다.
　바하문트는 하늘로 손을 번쩍 치켜들었다.
　바하문트의 플루토도 적의 머리통을 날려 버리려는 듯 2미터 크기의 검을 번쩍 들었다. 검신 전체가 새하얀 광채에 휩싸였다.

 염부 플루토의 목이 날아가려는 찰나, 또 한 기의 플루토가 모습을 드러냈다. 염부 서열 4위, 카고가 출동한 것이다.

 카고는 다짜고짜 바하문트의 등 뒤를 덮쳤다.

 후왕—

 뒤에서 강한 압력이 밀려든다 싶었다. 바하문트는 깜짝 놀라며 몸을 뒤틀었다. 아니, 뒤틀고 싶었다.

 하지만 실제로는 몸이 움직이지 않았다. 카고가 뿜어내는 강한 기세에 얽혀서 근육을 뜻대로 움직일 수 없었다.

 콰직!

 3.5미터나 되는 대형 검이 바하문트의 플루토 등판을 후려쳤다. 바하문트의 플루토는 등이 쩍 갈라진 채 바닥에 나뒹굴었다.

 덩달아 바하문트도 바닥에 나자빠졌다. 인두로 지진 듯 허리가 화끈했다.

 "윈드 쉴드(Wind Shield; 바람의 방패)!"

 모달이 재빨리 따라붙었다. 모달은 마법을 걸어서 바하문트의 신체를 보호했다.

 그 순간, 카고는 발을 번쩍 치켜들더니 바하문트의 플루토를 꽉 밟았다.

 콰앙!

재차 폭음이 터졌다. 플루토에 가해진 충격의 일부가 바하문트에게도 전달되었다. 윈드 쉴드가 깨지면서 척추까지 뒤흔들렸다.

"크읍!"

바하문트의 입에서 핏물이 솟구쳤다. 그 와중에도 가까스로 고개를 들어 위를 올려다보았다.

시뻘건 플루토가 보였다. 새로 나타난 이 플루토는 처음 것보다 더 컸다. 어림잡아 5미터는 되는 듯했다.

게다가 뿔이 두 개였다. 아까 외뿔 플루토보다 훨씬 큰 뿔 두 개가 흉포하게 번들거렸다. 바하문트는 입술을 꽉 깨물었다.

한편 카고는 플루토에 탑승한 채 땅바닥을 굽어보았다.

발아래 짓밟혀서 버둥거리는 조그만 플루토가 있었고, 그 옆엔 입을 딱 벌린 채 공포에 질린 청년이 보였다.

카고는 밤송이처럼 삐죽한 수염을 흔들며 혀를 찼다.

"쳇. 아직 수염도 나지 않은 애송이잖아?"

카고는 염부7호를 강하게 비난했다.

"염부7호, 너 대체 뭐하는 놈이냐? 대 우고트 왕국의 플루토나이트가 고작 이 따위 애송이에게 무릎을 꿇다니, 쪽 팔려 죽겠다."

카고의 비난은 통신장치를 통해 염부7호의 귀에 파고들었다. 염부7호는 아무 소리 못하고 고개를 숙였다.

카고는 냉정하게 염부7호를 외면했다. 그리곤 고개를 돌려 바하문트를 노려보더니, 상대를 짓밟은 발에 체중을 잔뜩 실었다.

그가각!

바하문트의 플루토 등판에서 쇠 긁히는 소리가 났다. 표피가 으깨지면서 플루토의 파편이 뚝뚝 떨어졌다.

그 지독한 고통이 고스란히 바하문트에게 전달되었다.

"으악, 으아악―!"

바하문트는 벌레처럼 몸을 버둥거리며 비명을 질렀다. 모달이 윈드 쉴드로 보호해 주지 않았다면 큰일 날 뻔했다.

카고는 오만한 표정으로 바하문트를 비웃었다.

"애송아, 죽이진 않을 테니까 걱정 마라. 우고트로 끌고 가서 철저하게 조사하려면 죽여선 안 돼지. 뭐, 반항하지 못하도록 팔다리의 근육은 끊어 놓겠지만 말이야."

카고의 말은 확성기를 통해 쩌렁쩌렁 울렸다. 당연히 바하문트의 귀에도 들렸다.

바하문트는 평소 루흘 연합국의 언어를 열심히 공부했었다. 덕분에 카고의 말을 한 마디도 놓치지 않고 전부 알아들었다.

울화가 치밀었다. 팔다리의 근육을 끊어 놓겠다는 소리에 속이 뒤틀렸다. 우고트 왕국으로 끌고 가서 조사하겠다는 말엔 눈이 뒤집혔다.

바하문트는 눈을 붉히며 버럭 소리쳤다.

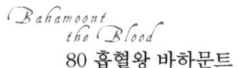

"안 돼! 난 그렇게 당하지 않는다. 겨우 탈출했는데 이젠 우고트로 끌고 가겠다고? 어림도 없다. 우아아악!"

하지만 바하문트가 아무리 용을 써도 카고의 플루토는 꿈쩍하지 않았다. 그저 발밑에 깔린 채 벌레처럼 버둥거리는 것이 전부였다.

하긴, 카고의 플루토는 출력이 무려 51만 차지였다. 덩치가 클뿐더러 무게도 훨씬 육중했다. 그러니 바하문트의 플루토로써는 도저히 대항할 수 없었다. 대항은커녕 오히려 매만 벌었다.

"버둥거리지 말고 얌전히 있어."

카고는 뾰족한 뿔이 도드라진 팔꿈치를 휘둘러서 바하문트의 플루토 뒤통수를 찍었다. 콰직 소리가 나면서 플루토의 뒤통수가 깨졌다.

"커헉!"

바하문트도 뒤통수에 충격을 받았다. 코에서 검은 피가 쏟아졌다. 두개골이 울리면서 하늘이 핑핑 돌았다.

Chapter 5

바하문트는 뇌에 충격을 받아 균형 감각이 깨졌다.

얼굴은 온통 피범벅으로 변했다. 피와 눈물, 콧물이 뒤섞여서 진득하게 흘러나왔다.

그 와중에도 어떻게든 균형을 잡으려고 손을 허우적거렸다. 살려고 발버둥치는 와중에 반지가 눈에 들어왔다. 바하문트는 손가락에 두 개의 반지를 끼고 있었는데, 그중 하나는 제것이고 다른 하나는 핀토의 반지였다.

'핀토의 반지!'

바하문트의 머릿속에 어떤 생각이 스치고 지나갔다. 바하문트는 홀린 듯이 핀토의 반지에 마나를 주입했다.

마나를 머금자 마정석이 활동을 시작했다. 30만 차지의 에너지를 내뿜으면서 증식금속을 활성화시켰다.

카고 몰래 또 하나의 플루토가 일어났다. 이건 원래 핀토의 플루토였다. 하지만 지금은 바하문트가 불러냈다.

새로 소환된 플루토는 바하문트의 의지에 따라 카고를 급습했다.

화악!

플루토의 검날에 새하얀 빛이 어렸다. 그 검이 공간의 틈새로 파고들면서 카고의 플루토를 옆에서 찔렀다.

이때도 검 날아가는 소리는 들리지 않았다. 반면 검이 상대를 공격한 뒤에는 격렬하게 쇠 긁히는 소리가 났다.

가가각!

격한 소리와 함께 시퍼런 불똥이 튀었다. 바하문트의 일격은 적의 방패 틈새로 파고들어 옆구리를 찢었다.

카고는 깜짝 놀랐다.

"크흡! 뭐야?"

놀라는 바람에 발에 힘이 빠졌다.

그 틈을 타서 바하문트의 플루토가 반격했다. 바닥에서 짓밟히던 플루토는 몸을 180도 돌리더니, 손으로 카고의 플루토 발목을 붙잡고는 확 뒤틀었다.

카고는 순간적으로 중심을 잃었다. 그의 플루토도 휘청거리며 땅바닥에 엉덩방아를 찧었다.

쿠와앙!

육중한 소리가 지축을 뒤흔들었다. 흙먼지가 뿌옇게 비산했다.

"이 애송이 새끼가 감힛!"

카고는 얼굴을 붉히며 벌떡 일어났다.

그 앞을 가로막은 것은 3미터짜리 소형 플루토 두 기였다. 그리고 그 뒤에 바하문트가 우뚝 섰다.

이 순간, 바하문트의 뇌는 미친 듯이 날뛰었다. 뇌세포와 뇌세포 사이로 전자가 날아다녔고, 신경다발은 웅웅 소리를 내면서 에너지를 내뿜었다. 뇌 속에서 핑핑핑 격렬한 회전이 일어났다.

실제로 바하문트의 뇌는 과열되었다. 그 증거로 머리 위에 모락모락 김이 났다.

바하문트가 뿜어낸 강력한 뇌력이 플루토 두 기를 동시에 움직였다.

정말 놀라운 일이었다. 바하문트는 두 기의 플루토를 한꺼번에 구동했다.

왼손으로 그림을 그리고 오른손으로 악기를 연주하는 것처럼, 바하문트는 뇌를 두 구간으로 나누어서 각각 플루토 하나씩에 할당했다.

이른바 멀티태스킹(Multitasking; 다중업무처리) 능력이 극도로 발휘되었다.

"이, 이건 말도 안 돼!"

카고는 쥐어짜듯 외쳤다. 지금 저 애송이가 하는 일은 상식을 벗어났다. 벗어나도 한참 벗어났다.

멀티태스킹에 익숙한 플루토나이트들도 플루토 두 기를 동시에 지배하는 것은 꿈도 꾸지 못한다. 바하문트는 역사상 그 누구도 경험해 보지 못했던 새로운 세상에 발을 내디딘 것이다.

쿵! 쿵! 쿵! 쿵!

두 기의 플루토가 뒤뚱뒤뚱 움직였다.

물론 처음엔 어색했다. 걸음마를 막 배운 어린아이처럼 비틀거렸다.

하지만 몇 발짝 떼고 나자 움직임이 달라졌다. 두 기 모두 잘 걸었다. 단지 걸을 뿐 아니라 적을 향해 공격도 퍼부었다.

한 기는 카고의 플루토를 향해서 검을 휘둘렀고, 다른 한 기

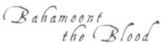

는 옆에서 달려들면서 방패로 밀쳤다.

카고도 마주 달려들었다. 그는 처음에 쉽게 이길 것이라 생각했다.

'흥! 조그만 플루토 둘이 달려든다고 뭐가 달라지겠나. 아주 짓밟아 버린다.'

이렇게 생각하며 이빨을 뿌드득 갈았다.

헌데 의외로 상대하기 까다로웠다. 두 플루토 중 하나를 집중적으로 공격하는 사이, 보이지 않는 사각에서 검이 날아왔다. 소리도 들리지 않았다. 게다가 검이 파고드는 속도가 엄청나게 빨라서 그냥 무시할 순 없었다.

카고는 어쩔 수 없이 몸을 돌려서 두 번째 플루토를 상대했다. 그 사이 첫 번째 플루토가 뒤통수를 노렸다.

1 더하기 1은 2가 아니었다. 바하문트가 부리는 두 기의 플루토는 훨씬 큰 힘을 내었다. 그 엄청난 시너지 효과가 카고를 당황케 만들었다.

사실 바하문트의 검술은 카고에 비해 뒤지지 않았다. 뒤지기는커녕 오히려 더 뛰어났다. 단지 바하문트의 플루토가 작아서 불리했었고, 또 출력이 약해서 힘에서 밀렸을 뿐이었다.

하지만 이제는 극복했다. 플루토 두 기의 협동을 통해 부족한 힘을 메울 방법을 찾았다.

그러자 바하문트의 뛰어난 검술이 본격적으로 빛을 발했다. 적이 허둥댈수록 바하문트는 신이 났다. 바하문트는 눈을 환하게 빛내며 두 손을 이리저리 움직였다. 몸 전체를 써서 플루토를 조정하는 것이 아니라, 오직 손으로만 플루토를 이끌었다.

바하문트의 오른손과 왼손이 조화를 이루었다. 플루토끼리 손발이 척척 맞았다.

두 명의 탑승자가 조정하는 두 기의 플루토와, 바하문트 혼자 조정하는 플루토 두 기는 호흡을 맞추는 수준이 전혀 달랐다. 당연히 바하문트의 플루토가 훨씬 더 유기적이고 조화롭게 움직였다.

카고는 시간이 갈수록 궁지에 몰렸다.

"이놈잇!"

궁지에 몰리자 화가 났다. 카고는 꼬리에 불붙은 멧돼지처럼 거칠게 날뛰었다.

콰앙, 쾅! 쾅! 쾅!

전장 5미터에 달하는 카고의 플루토는 나무를 불사르고 바위를 으깨고 자갈을 녹이면서 바하문트에게 달려들었다.

적의 무자비한 공세에 맞서기 위해서 바하문트는 두 기의 플루토를 적절히 조합했다.

적과 직접 맞부딪치면 손해였다. 30만 차지에 불과한 바하문트의 플루토로는 저 무시무시한 우고트 왕국의 플루토를 정면으로 상대하기 버거울뿐더러, 그렇게 무식하게 싸울 이유도 없었다.

86 흡혈왕 바하문트

바하문트는 머리를 썼다. 직접 부딪치지 않고 두 기의 플루토를 교묘하게 움직이면서 적을 제풀에 꺾이게 만들었다. 공격하는 척하면서 뒤로 빠지고, 뒤로 빠지는 척하면서 발을 걸고 방패로 밀었다.

그러다가 생각이 한 발 더 나갔다. 바하문트는 카고와 싸우는 와중에 반지를 하나 더 꺼냈다. 조금 전 아게나에게 빼앗은 반지였다.

바하문트는 아게나의 반지를 손가락에 끼고 심장에 꽉 밀착했다. 마나가 스며들어 마정석을 깨웠다.

세 번째 플루토를 불러일으킨 순간, 바하문트의 뇌는 소름 끼치게 활성화되었다.

핑핑핑.

바하문트는 뇌 속에서 무언가가 빠르게 회전하는 느낌을 받았다. 혹은 두개골이 우주를 향해 활짝 열린 듯한 기분도 느꼈다.

그러면서 바하문트의 뇌는 저절로 셋으로 나뉘었다. 세 구간은 각각 하나씩 플루토를 맡아서 구동했다.

세 플루토는 바하문트의 지휘를 받아 활발하게 움직였다. 두 기의 플루토가 힘을 합쳤다.

두 개의 방패를 서로 겹쳐서 적의 공세를 막아내었다. 그 사이 다른 한 기의 플루토가 땅바닥에 스치듯이 파고들어 적의 하체를 노렸다.

"어허, 이런 개 같은 경우를 보았나!"

카고는 더욱 당황했다. 두 기만으로도 당황스러웠는데 세 기를 상대하려니 죽을 맛이었다. 방금 전에도 자칫 발목에 큰 부상을 입을 뻔했다.

반면 바하문트는 점점 더 신명을 냈다.

이제 바하문트는 머릿속으로 좀 더 복잡한 상상을 했다.

플루토 한 기가 좌우로 빠르게 갈지자를 그리면서 접근해서 적의 시선을 끌었다.

그 사이 두 번째 플루토가 깍지를 꼈다.

세 번째 플루토는 두 번째 플루토의 깍지를 발로 밟으며 힘차게 도약했다. 이때 두 번째 플루토가 두 손을 힘껏 들어 올려 도약을 도와주었다.

부왕—

무려 8미터 높이까지 도약한 세 번째 플루토는 허공에서 비스듬하게 몸을 비틀면서 적의 목을 검으로 찔렀다. 보이지 않는 사각에서 공격한 것이어서 막기 어려웠다.

까앙!

시퍼런 불똥이 튀었다. 일격을 맞은 카고는 목을 움켜쥐며 휘청거렸다. 그의 플루토도 비틀거리며 한쪽 무릎을 꿇었다.

카고는 아까 염부7호를 비난했던 것이 생각나 얼굴을 붉혔다.

보다 못한 염부7호가 카고를 돕기 위해 나섰다.

바하문트는 빠르게 계산했다.

'적은 플루토 두 기다. 반면 나는 30만 차지 플루토 세 기 뿐이고.'

아무리 생각해도 자신이 불리했다. 바하문트는 내친 김에 반지를 하나 더 끼었다. 아까 그룸에게 빼앗은 반지였다.

무려 네 기의 플루토!

바하문트는 이대로라면 뇌가 활활 타서 재가 될 거라고 생각했다. 그걸 알면서도 망설이지 않고 네 번째 플루토를 불러내었다.

머릿속의 뇌신경이 투툭 소리를 내면서 끊어지는 듯했다. 바하문트의 이마엔 땀방울이 흥건하게 맺혔다.

흠뻑 젖은 머리카락 사이로 김이 모락모락 올랐다. 바하문트의 뇌세포는 아예 별개의 생명체가 된 것처럼 알아서 플루토를 조정했다. 머릿속이 화끈거렸다.

그러는 사이 세 기의 플루토가 협동해서 카고를 몰아쳤다. 나머지 한 기는 염부7호를 상대했다.

세 플루토에 둘러싸인 카고는 당연히 뒤로 밀렸다. 염부7호는 한 기만 상대하면 되기에 다소 우세했다.

그러자 바하문트는 플루토 한 기를 빼서 염부7호를 공격하는데 돌렸다.

갑자기 두 기를 상대하게 된 염부7호는 땀을 뻘뻘 흘리며 뒤로 밀렸다. 하나만 상대하면 쉽게 이기겠는데, 그리고 이 정도의 소형 플루토라면 두 기가 아니라 세 기도 문제없이 꺾을 수 있다고 자신하겠는데, 막상 상대해 보면 영 딴판이었다.

서로 기막히게 손발을 맞춘 두 기의 플루토는 너무나 위력적이었다. 한쪽 플루토가 발을 굴러 시선을 유인하는가 싶더니, 어느새 반대쪽 플루토가 달려들어 방패로 상대방의 등짝을 후려쳤다.

염부7호가 반대쪽 플루토를 향해 검을 휘두르는 순간엔 첫 번째 플루토가 검으로 겨드랑이를 찔렀다.

그 속도가 어찌나 빠르고 매섭던지 염부7호는 점점 상처투성이로 변했다.

대신 뒤로 밀렸던 카고가 되살아났다. 염부 서열 4위인 카고의 실력이라면 두 기는 너끈히 상대했다.

허나 바하문트가 그 꼴을 용납할 리 없었다. 바하문트는 카고에게 추가로 한 기를 붙였다. 대신 염부7호에겐 한 기를 뺐다.

막 앞으로 치고 나오려던 카고는 세 기의 플루토에 길이 막혔다. 어쩔 수 없이 다시 뒤로 밀렸다.

한편 염부7호는 죽다 살아났다. 한 기가 빠진 덕분이었다.

바하문트는 이런 과정을 몇 번이고 반복했다. 네 기의 플루토를 통해 전쟁터를 고루 살피면서 카고가 우세하면 카고에게 세 기의 플루토를 붙였고, 염부7호가 치고 나오면 그에게 두 기의 플루토를 할당했다.

또 여차하면 플루토 네 기로 동시에 염부7호를 공격했다. 그럴 때마다 염부7호는 기겁을 하면서 땅바닥에 나뒹굴었다.

바하문트는 그렇게 한 명을 거꾸러뜨린 다음, 플루토 네 기를 다시 합쳐서 카고를 공략했다.

싸움이 길어질수록 카고는 점점 지쳤다. 헐떡거리는 숨소리가 플루토 밖에서도 들리는 듯했다.

염부7호는 카고보다 더 심한 상처를 입었다. 자존심의 상징인 외뿔은 벌써 부러졌고, 둥근 어깨받이는 너덜너덜하게 깨졌다. 우고트 왕국의 문장이 새겨진 방패도 움푹 팼다. 옆구리는 정신없이 욱신거렸다.

반면 바하문트의 플루토들은 아직 건재했다.

바하문트는 이미 이 싸움의 지배자였다. 까마득한 상공에서 내려다보며 전쟁터를 질타하는 군신이었다.

이 순간, 바하문트는 엉뚱하게도 오페라를 떠올렸다.

어린 시절 바하문트는 오페라에 푹 빠졌었다. 배우들의 노랫소리도 좋았지만 오페라의 배경음악을 연주하는 관현악단의 음색에 마음을 빼앗겼다.

바하문트는 어려서부터 감수성이 풍부하고 뇌가 특이하게 발달했었다. 그는 관현악단이 내는 소리를 빛깔로 구분했다.

바이올린의 날카롭고 경쾌한 소리는 보랏빛, 비올라는 자주색, 첼로의 소리는 연한 커피색, 플룻은 분홍, 하프는 노랑, 베이스의 소리는 묵직한 밤색으로 감각했다. 또 둥둥 울리는 북은 하얀색, 쾅쾅 치는 심벌즈는 붉은 빛깔로 인식했다.

이런 각각의 색깔들은 모두 인상적이었다.

하지만 바하문트의 마음을 사로잡은 진짜 대상은 악단의 지휘자였다.

악단의 지휘자는 작은 지휘봉 하나를 휘저어서 소리를 조절했다. 그 지휘에 따라 색깔이 기기묘묘하게 변해 나갔다.

지휘자는 가느다란 지휘봉을 휘둘러서 다른 색깔은 모두 죽이고 보랏빛을 살리기도 하고, 때로는 부드러운 커피색으로 음악을 치장하는가 하면, 결정적인 순간엔 모든 소리들을 한꺼번에 북돋아서 폭풍우처럼 몰아치기도 했다.

북이 두두두둥 울리고 심벌즈가 쾅쾅 붉은 빛을 터뜨리면, 객석에 앉은 바하문트는 가늘게 몸을 떨면서 지휘자의 카리스마를 만끽했었다.

지금 이 순간, 바하문트는 오페라의 지휘자를 떠올렸다. 스스로 전쟁터의 지휘자가 된 것 같았다. 네 기의 플루토를 이리저리 섞고 나누고 움직이면서 적을 허물어뜨리는 전쟁의 지휘자!

"아아아!"

바하문트는 강렬한 황홀감에 젖어 부르르 몸을 떨었다.

반대로 염부의 플루토나이트들은 완전 궁지에 몰려 몸을 떨었다.

마침내 카고는 자존심을 접고 조론에게 도움을 청했다. 조

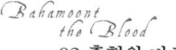
92 흡혈왕 바하문트

론은 염부 서열 3위다. 카고보다 실력이 월등히 뛰어나다.

"조론, 도와줘."

힘껏 소리쳤지만 조론은 답이 없었다. 카고는 네 기의 플루토에 에워싸인 채 곁눈질로 조론을 찾았다.

헌데 어디에도 조론의 모습이 보이지 않았다.

카고는 겁이 덜컥 났다. 이렇게 계속 싸우다간 파멸이라는 생각이 들었다.

'기사로 태어나 전쟁터에서 싸우다 죽는 것은 영광이다. 하지만 이대로 저 애송이에게 패하면 개죽음이야. 게다가 자칫 아군의 플루토 기술이 나이드 왕국으로 유출될 수 있다.'

카고는 더 이상 싸울 마음이 없었다.

"우아악!"

그래서 갑자기 괴성을 지르며 바하문트의 정면으로 달려들었다. 자잘한 공격은 모두 무시한 채 화염을 머금은 검을 풍차처럼 돌리면서 돌격, 오로지 돌격!

바하문트는 재빨리 플루토들을 물려서 카고의 앞을 틔워주었다. 저 멧돼지 같은 돌격에 맞설 이유가 없었다.

대신 뒤에서 반격할 수 있도록 준비했다. 카고가 발걸음을 멈추는 순간을 노렸다가 사방에서 일제히 덮칠 요량이었다.

헌데 카고는 멈추지 않았다. 그대로 계속해서 앞으로 치달리며 숲 저 멀리 도망쳐 버렸다. 이어서 염부7호도 꽁지 빠지게 도망쳤다.

"어랏?"

바하문트는 허탈했다.

그러나 적을 뒤쫓을 순 없었다. 다리가 휘청거리고 머리가 멍해서였다.

무리해서 네 기의 플루토를 조정한 덕분에 온몸이 후들거렸다. 뼈 마디마디가 욱신거렸다.

털썩.

맥이 탁 풀린 바하문트는 힘없이 땅바닥에 주저앉았다.

"바하문트!"

모달이 바하문트의 이름을 부르며 달려왔다. 모달은 축 늘어진 바하문트를 꽉 끌어안으며 주변을 두리번거렸다. 혹시 적이 되돌아오지나 않을지 걱정스러웠던 탓이다.

다행히 우고트의 플루토나이트들은 저 멀리 가버렸다.

대신 불길이 다가왔다.

이 일대는 온통 이글거리는 불바다였다. 불길이 너무나 거세서 한치 앞도 보이지 않았다. 하늘은 시커먼 연기로 가득 찼고, 땅 위엔 뜨거운 불길이 낼름낼름 혓바닥을 내밀어 나무를 집어삼키고 수풀을 태웠다.

바하문트는 모달의 품에 안긴 채 멍한 눈으로 불길을 바라보았다. 그러다가 갑자기 눈을 크게 뜨며 주위를 살폈다.

네스토는 어느새 사라지고 없었다.

기절했던 로도 어디론가 자취를 감추었다.

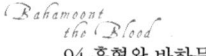

거기까지는 좋다. 네스토와 로가 이 불 속에서 계속 있을 이유가 없으니까.

허나 빈의 시체가 감쪽같이 사라진 것은 문제였다.

원래는 모달이 빈의 시체를 업고 있었다. 그런데 치열했던 싸움의 와중에 시체를 잠시 바닥에 내려놓았었다.

바로 그 시체가 없어졌다. 시체가 있던 자리엔 식량을 담은 배낭과 물품을 담은 배낭 두 개만 덩그러니 남았다.

"아버지, 아버지의 시신을 누가 가져갔지?"

"뭐라고?"

모달이 깜짝 놀라며 자리에서 일어났다.

바하문트의 말처럼 빈의 시체는 감쪽같이 자취를 감추었다. 누가, 무슨 목적으로 가져갔는지 알 수 없었다. 게다가 사방이 불바다여서 찾기도 힘들었다.

화아악—

불길에 밀린 뜨거운 공기가 바하문트와 모달을 덮쳤다.

Chapter 1

콰앙!

현란한 무늬를 자랑하는 황색 대리석 바닥이 박살났다. 파편이 사방으로 튀었다. 대리석 바닥엔 사람 발자국이 10센티미터 깊이로 푹 팼다.

크라눔이 한 짓이다. 화염의 사자 크라눔은 발을 한 번 굴러서 단단한 대리석 바닥에 깊은 흔적을 남겼다. 입에선 무시무시한 포효가 터졌다.

"멍청한 놈들!"

실내가 쩌렁쩌렁 울렸다. 황색 대리석 기둥이 우르르 소리를 내면서 흔들렸고, 천장에선 돌가루가 우수수 떨어졌다.

조론과 카고, 염부7호는 바닥에 바싹 엎드린 채 부들부들 몸을 떨었다.

쾅, 쾅, 쾅, 쾅!

화가 풀리지 않았는지 크라늄은 대리석 계단을 퍽퍽 으깨 버리면서 바닥으로 내려왔다. 그리곤 갑주에 매달린 붉은 비늘을 요란하게 흔들면서 다가오더니 다짜고짜 조론의 머리카락을 움켜쥐었다.

조론은 소스라치게 놀랐다. 하지만 차마 반항하지 못했다. 그저 하얗게 질린 얼굴로 덜덜 떨 뿐이었다.

크라늄은 조론의 머리카락을 와락 잡아당겼다.

조론의 얼굴이 대롱대롱 들려서 크라늄 얼굴 가까이 끌려왔다.

크라늄은 조론에게 얼굴을 바싹 들이밀며 으르렁거렸다.

"너희들은 염부의 플루토나이트다. 이 크라늄의 손과 발이란 말이다. 그런데 비루한 나이드 왕국 플루토에게 깨지고 돌아와?"

"요, 용서하십시오."

조론은 잔뜩 억눌린 목소리로 용서를 빌었다.

크라늄은 조론의 귀를 손으로 꽉 움켜쥐며 추궁했다.

"한 번 변명이나 해 봐라. 왜 깨졌느냐?"

조론은 입술을 질끈 깨물었다. 그리곤 나이드 왕국에서 겪었던 일들을 조목조목 아뢨다.

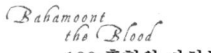
100 흡혈왕 바하문트

변명을 듣는 동안 크라눔은 세 번 놀랐다.

우선 나이드의 플루토가 3미터 크기라는 데 놀랐다.

"3미터? 어떻게 그게 가능하지? 3미터면 사람이 탑승할 수도 없잖아."

"나이드 왕국의 플루토는 특이합니다. 사람이 안에 타지 않고 밖에서 조정합니다."

"뭐? 밖에서 조정한다고? 아아, 그랬구나! 그래서 아르곤에 걸리지 않았어."

크라눔은 그동안 나이드 왕국이 어떻게 우고트 정보청의 이목을 피해서 플루토를 만들었는지 궁금했었다.

그런데 그 의문이 이제야 풀렸다. 사람이 직접 탑승하지 않고 외부에서 조정하는 소형 플루토였기에 은폐가 가능했던 것이다.

조론은 나이드의 플루토에 대해서 상세하게 설명했다. 그런 다음 플루토나이트에 대한 이야기로 넘어갔다.

이때 크라눔은 두 번째로 놀랐다.

"뭣? 네 기? 나이드 왕국의 애송이가 무려 네 기의 플루토를 한꺼번에 조종했다고?"

"그렇습니다. 분명 혼자서 네 기의 플루토를 조정했습니다."

크라눔은 조론의 눈을 빤히 들여다보았다.

거짓말로 둘러대는 것 같지는 않았다. 그리고 조론이 헛것을 볼 사람도 아니었다.

조론은 식은땀을 흘리면서 당시 전투를 묘사했다. 그 이야기에 귀를 기울이던 중, 크라눔이 불쑥 물었다.

"그런데 왜 너는 힘을 보태지 않았지? 카고와 염부7호가 쩔쩔 매는 것을 보면서도 팔짱만 끼고 있었단 말이냐?"

"아닙니다. 그런 것이 아닙니다."

조론은 손사래를 쳤다. 그리곤 침을 꿀꺽 삼키면서 말을 이었다.

"카고와 염부7호가 힘에 부치는 것 같아서 저도 출격하려 했습니다. 그런데 그때 또 한 기의 플루토가 나타났습니다."

"엉? 또 다른 플루토가 나타났다고? 다섯 기의 플루토 말고 또 다른 플루토가?"

크라눔의 눈이 휘둥그레졌다.

크라눔뿐 아니라 옆에서 듣고 있던 카고와 염부7호도 흠칫 놀랐다. 방금 조론이 내뱉은 말은 그들도 모르는 이야기였다.

조론은 길쭉한 머리를 끄덕이며 얼른 설명했다.

"저를 기습한 괴플루토는 나이드 왕국의 것이 아니었습니다."

"뭐?"

"나이드의 플루토는 크기가 3미터입니다. 그리고 사람이 안에 탑승하는 것이 아니라 외부에서 조정하는 형태입니다. 그런데 제 앞을 가로막은 플루토는 크기가 5미터에 육박했습니다. 게다가 그 플루토는 외관이 유리처럼 투명했고, 유리 표면에 붉은 주술문이 빼곡하게 새겨져 있었습니다."

"외관이 투명했다고? 그리고 붉은 주술문? 허어, 그런 플루토는 여지까지 들어본 적이 없는데?"

크라눔은 마디가 굵은 손가락으로 머리를 긁적거렸다. 아무리 기억을 더듬어 보아도 그런 플루토가 존재한다는 말은 들어보지 못했다. 답답한 마음에 조론을 다그쳤다.

"그래서 어떻더냐? 그 괴상한 플루토의 위력이 얼마나 되느냐 말이다."

"소름끼치게 강했습니다. 놈은 한 손으로 제 플루토의 목을 움켜쥐고는 꾸불꾸불한 검으로 옆구리를 푹 쑤셨습니다. 부끄러운 이야기지만, 저는 상대의 힘에 짓눌려 변변한 저항도 못 했습니다."

조론은 옷을 들어 옆구리를 보여주었다. 그곳은 시뻘겋게 멍들고 퉁퉁 부은 상태였다. 얼핏 갈비뼈가 부러진 흔적도 엿보였다.

플루토가 받은 타격이 탑승자에게까지 전달된 탓이었다. 완충장치가 있는데도 이 정도로 타격을 받았다면 충격이 이만저만 크지 않았을 것이다.

"으으음……."

크라눔은 조론의 상처를 살피면서 나직이 신음을 흘렸다. 그러면서 머릿속으로는 괴플루토를 상상했다.

두 명의 현상수배범 103

크기는 5미터 수준, 유리처럼 투명한 재질, 그 위에 빼곡한 붉은 주술문, 괴상하게 생긴 꾸불꾸불한 검.

괴플루토의 인상은 매우 강렬했다. 상상만 해도 강할 것 같았다.

크라눔은 눈을 붉게 빛내면서 다시 물었다.

"허면 조론, 너는 어떻게 도망칠 수 있었느냐? 적이 그토록 강했다면서 어떻게 놈의 손아귀에서 빠져 나왔지?"

조론이 고개를 갸웃거리며 솔직히 아뢰었다.

"송구한 말씀이오나 저도 잘 모르겠습니다."

"모르겠다고?"

"네, 총수님. 그 괴상한 플루토는 꾸불꾸불한 검으로 제 옆구리를 푹 찌른 뒤 신비하게 사라졌습니다."

크라눔이 눈살을 찌푸리며 되물었다.

"뭐야? 그럼 그 플루토가 별안간 나타나서 네 옆구리를 푹 쑤시더니, 그냥 사라졌단 말이야? 아무런 이유도 없이?"

"그렇습니다. 저도 영문을 몰라 답답합니다."

크라눔은 황당했다.

카고도, 염부7호도 당황했다. 조론의 말은 너무나 뜬금없고 어이없었다.

그러다가 크라눔이 이상한 점을 발견했다.

"잠깐, 그때 너희들은 아르곤을 착용하고 있었나?"

조론과 카고가 동시에 고개를 주억거리며 대답했다.

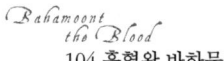

"물론입니다, 총수님. 나이드의 플루토를 찾기 위해서 저희들은 모두 아르곤을 착용한 상태였습니다."

"하지만 나이드의 플루토는 저희 아르곤에는 포착되지 않았습니다. 출력이 40만 차지에 못 미치는 소형 플루토들이었기 때문입니다."

크라눔은 짜증스레 고개를 흔들었다.

"이 멍청한 놈들! 내가 지금 그걸 묻는 것이 아니야. 나이드의 조무래기 플루토를 묻는 게 아니라고. 조론, 너를 습격한 플루토는 분명 크기가 5미터라고 했지? 그런데 그 플루토는 왜 아르곤에 포착되지 않았을까?"

"엇!"

조론은 그제야 크라눔의 말뜻을 알아들었다. 그리곤 짧게 비명을 질렀다.

카고도 두 눈을 부릅떴다.

5미터 크기라면 출력이 50만 차지가 넘을 것이다. 조론의 플루토를 가볍게 제압했던 것으로 봐서 괴플루토는 보기 드문 강력한 기종이었다.

헌데 놈은 아르곤에 잡히지 않았다.

크라눔의 뇌리에 무언가가 번쩍 스치고 지나갔다. 크라눔은 예전에 이야기를 들은 적이 있었다.

아르곤에 잡히지 않는 신비한 플루토, 언디텍터블(Undetectable)에 대해서.

크라눔은 유령이라도 만난 듯한 표정으로 뇌까렸다.

"그럴 리 없어……. 그자가 되살아났을 리 없어……."

크라눔은 조론을 와락 밀쳤다. 그리곤 뒤도 돌아보지 않고 밖으로 뛰어나갔다.

철그럭 철그럭.

크라눔의 갑주에 매달린 붉은 비늘이 요란한 소리를 내었다.

그날 오후.

우고트 왕국에서 파견한 사절단이 나이드 왕국을 향해 출발했다.

사절단의 구성원은 행정업무를 처리하는 문관들 위주였지만, 그 가운데 일부는 플루토나이트로 채웠다. 게다가 사절단의 총책임자는 염부의 총수 크라눔이 맡았다.

'크라눔'이라는 세 글자가 주는 의미는 결코 가볍지 않았다. 화염의 사자 크라눔은 우고트 왕국을 대표하는 기사이자 어지간한 왕국쯤은 혼자서 박살낼 수 있는 거물이었다.

더불어 사절단의 부책임자는 우고트 정보청의 총수 크라옌이 맡았다.

크라눔, 크라옌 형제가 함께 움직였다면 이건 보통 일이 아니었다. 그들 형제의 방문을 받게 될 나이드 왕국은 벌써부터 초라하게 쪼그라들었다.

한동안 잠잠하던 세상에 새로운 바람이 불기 시작했다.

Chapter 2

짝!

바하문트는 화염 속에서 두 손으로 제 뺨을 후려쳤다.

이렇게 멍하게 정신을 놓을 때가 아니었다. 시뻘건 불길은 혀를 날름거리며 온 숲으로 번져갔다.

게다가 나이드에 이어 우고트 왕국까지 적으로 돌렸으니 더더욱 꾸물거릴 시간이 없었다. 바하문트는 손으로 땅을 짚으며 억지로 몸을 일으켰다.

"바하문트, 내게 기대라."

모달이 바하문트를 부축하기 위해서 어깨를 내밀었다.

바하문트는 대뜸 거부했다.

"아니다. 모달, 너는 먼저 보윈 왕국으로 가라."

"넌 어쩌게?"

"알잖아. 난 보윈으로 갈 수 없어. 아버지의 시신을 되찾아야지. 그러니까 너 먼저 국경을 넘어."

"바하문트, 너……."

모달은 뭔가 말을 하려고 입술을 달싹였다. 위험한 곳으로 되돌아가려는 바하문트를 어떻게든 막고 싶었다. 허나 시뻘겋게 핏발이 선 바하문트의 눈을 보자 차마 말릴 수 없었다.

 나이드에선 장례절차가 아주 중요했다. 나이드 인들은 죽음에 대해서는 비교적 덜 집착했다. 오랜 세월 전쟁을 겪어온 탓이었다. 많은 사람들이 전쟁통에 죽어나갔다. 그 많은 죽음을 하나하나 슬퍼할 수는 없었다.

 그 대신 나이드 인들은 죽은 사람의 뒤처리에 정성을 쏟았다. 망자의 영혼이 좋은 곳에 갈 수 있도록 장례의식을 치르는 것이야말로 나이드 인의 중요한 풍습이었다.

 바하문트도 당연히 빈의 장례를 정식으로 거행하길 원했다. 그는 잇새로 뜨거운 숨결을 토했다.

 "아버지는 평생 나만 보고 사셨다. 얼마든지 좋은 귀부인을 만나서 재혼할 수 있었는데도 오로지 내 생각만 하셨지. 아버진 그런 분이셨다. 난 그분의 마지막 길을 배웅해 드려야 돼. 반드시, 반드시!"

 "하아……."

 모달은 땅이 꺼져라 한숨을 쉬었다. 그리곤 배낭을 반대쪽 어깨로 옮겼다.

 "네 말이 맞다. 아버님의 마지막 길을 그렇게 보내드릴 수는 없지. 찾자. 가서 나랑 같이 찾아보자."

 "모달, 너는 먼저 보원으로 가라니까."

 "싫다. 나 혼자 무슨 재미로 거길 가냐?"

 모달은 싱긋 웃으면서 바하문트의 어깨를 툭 쳤다.

'모달, 이 녀석.'

바하문트는 뭐라고 말을 하지 못했다. 위험할 것을 뻔히 알면서도 곁에 남는 모달이 진심으로 고마웠다. 그리고 미안했다.

앞서가던 모달이 바하문트를 재촉했다.

"바하문트, 뭐하냐? 불길이 더 거세지기 전에 서둘러야 돼."

"응."

바하문트는 짧게 고개를 끄덕이며 발걸음을 떼었다.

모달은 마나를 모아서 두 벌의 워터 슈트를 구현했다. 워터 슈트 덕분에 두 사람은 이글거리는 불길 속에서도 잘 견뎠다.

바하문트와 모달은 처음 싸움이 벌어졌던 장소로 되돌아왔다. 우선 출발점부터 차근차근 짚어나갈 요량이었다.

여기는 플루토끼리 접전이 붙었던 곳이어서 그런지 완전 폐허였다. 하지만 그 덕분에 불길이 접근하지 못했다. 수풀이 무성하고 나무가 많아야 불이 번질 텐데, 이곳은 텅 빈 공터가 되어 버렸으니 화마가 비켜갈 수밖에.

바하문트와 모달은 일을 나눴다.

모달은 먼저 은신처부터 뒤졌다. 가능성은 희박하지만, 혹시라도 누군가 빈의 시체를 그곳에 옮겨 놓지 않았을까 생각해서였다.

한편 바하문트는 빈이 단검을 맞고 쓰러졌던 장소를 집중적으로 조사했다.

그때 하얀 수리부엉이가 휙 날아와서 바하문트의 어깨에 앉았다.

바하문트는 기뻐하면서 수리부엉이의 머리를 쓰다듬었다.

"이 녀석! 너 도망가지 않았구나. 사방이 불구덩이가 되었는데도 도망치지 않고 나를 기다렸어."

후우루루—

수리부엉이는 바하문트의 손에 얼굴을 비볐다. 그리곤 불에 그슬린 깃털을 부리로 쪼았다.

바하문트는 기특하단 눈빛으로 수리부엉이를 바라보다가 다시 일을 시작했다.

얼마 지나지 않아 바하문트의 이마에 송글송글 땀이 맺혔다. 사방에서 열기가 밀려와서 무겁고 뜨거웠다.

그래도 포기하지 않았다. 열심히 흔적을 찾으면서, 바하문트는 죽은 빈을 향해 조그맣게 속삭였다.

"아버지, 이런다고 내게 뭐라고 그러지 말아요. 멍청이라고 놀리지도 말아요. 이게 바보짓인 줄 나도 알아요. 살려면 도망쳐야 한다는 사실도 잘 알아요. 하지만 어쩔 수 없어요. 아버지의 몸뚱어리를 그냥 길거리에 방치할 수는 없잖아요. 아버지의 영혼이 무사히 저승의 강을 건너도록 뱃삯이라도 챙겨드려야죠……."

정성을 다하면 하늘이 돕는다고, 마침내 시커멓게 젖은 흙을 찾았다. 바하문트는 일단 그곳의 흙을 찍어서 맛을 보았다.

갑자기 목이 메었다.

"아버지의 피야. 아버지의 피 맛이야……."

빈의 피가 확실했다. 빈은 여기 이 위치에서 피를 토했었다. 핀토가 던진 단검에 심장이 뚫려 낭자하게 피를 흘리며 죽었다.

"우우욱……!"

바하문트의 눈에 뜨거운 액체가 고였다.

"으으, 으우우욱!"

바하문트는 분노와 서글픔으로 이빨을 덜덜 떨면서 피에 젖은 흙을 쓸어 모았다. 그리곤 주변에 단단한 돌을 둘러서 표시했다. 만약 아버지의 시신을 못 찾을 경우, 이곳을 무덤으로 삼겠다는 생각이었다.

하지만 그건 말 그대로 최악의 경우였다. 가능하면 꼭 시체를 찾고 싶었다.

'시체가 그냥 없어졌을 리는 없다. 혹시 네스토가 가져갔나?'

바하문트는 제발 그렇지 않기를 소망했다.

만약 네스토가 빈의 시체를 챙겼다면 최악 중의 최악이었다. 복수심에 불타는 네스토가 빈의 시체를 온전히 놓아 둘 리 없었다.

목을 베어 저잣거리에 매달던가, 시체에 매질을 하던가, 아

두 명의 현상수배범 111

니면 둘 다 하던가.

세 가지 경우 모두 끔찍했다. 바하문트는 시뻘겋게 충혈된 눈으로 서쪽 하늘을 노려보았다.

"네스토! 만약 그런 일을 벌였다가는 가만두지 않는다. 나이드 왕실이고 뭐고 다 엎어 버릴 테다!"

바하문트로부터 서슬 퍼런 기세가 뻗었다. 그 흉포한 기운에 눌려 활활 타오르는 불길이 주춤했다.

닷새 뒤, 나이드 왕국 수도.

하늘에 검은 구름이 꼈다. 비가 추적추적 내렸다. 벌써 사흘째 내리는 비였다.

"아따, 비 한 번 구질구질하게 쏟아지네."

나이드의 사내들은 좀이 쑤시는 듯 어둑한 하늘을 향해 눈을 흘겼다. 또 일부는 따뜻한 햇살이 날 때를 기다리며 침대 위에서 빈둥거렸다.

한편 아낙네들은 눅눅해진 집안 공기를 바꾸고자 벽난로를 지폈다.

탁탁, 탁탁탁.

벽난로 안에서 마른 장작이 요란한 소리를 내며 탔다.

장작 위로 일렁이는 따스한 불을 보자 사람들의 축 처진 기분도 조금이나마 풀렸다. 사람들은 이번 비가 빨리 그치기를 기다리며 난로 근처에 모였다.

하지만 비를 즐기는 이들도 있었다. 바로 여관의 주인들이다.

나이드 왕국의 수도는 인구 100만 명이 넘는 대도시였다. 당연히 사시사철 손님이 많았고 여행자나 모험가들도 들끓었다.

하지만 대부분의 방문자들은 여관에서 잠만 잤다. 그리고 식사는 근처 레스토랑에서 해결했다.

자유무역동맹 출신의 유명한 모험가 라파엘이 쓴 '여행자와 모험가를 위한 완벽 가이드'란 책 때문이었다. 그 책의 부록인 '각국의 숙식 정보 모음'을 보면 이런 충고가 적혔다.

> 나이드 왕국 수도를 여행할 때 주의할 점 하나.
> 절대 여관에서 끼니를 때우지 마라. 비싸고 맛이 없다.
> 나이드 왕국의 레스토랑 길드와 여관 길드는 대대로 사이가 나쁜데,
> 농부들은 레스토랑 길드와 장기계약을 맺었다.
> 따라서 여관에는 절대 좋은 식자재를 공급하지 않는다.
> 여행자들은 이 사실을 명심하고 여관에서 잠만 잘 것.
> 수고스럽더라도 식사는 근처 레스토랑에 나와서 해결해야 한다.
> 참고로 나이드 수도에서 추천할 만한 레스토랑은 아래와 같다.
> 토마토소스를 곁들인 구운 감자가 먹고 싶을 땐
> 필레스 2세 거리의……

이것이 바로 여관주인들의 심장을 찌르는 날카로운 구절이었다. 라파엘의 책이 베스트셀러가 되면서부터 나이드의 여관

은 수입이 반으로 줄었다.

 여관에서 방도 대여하고 음식과 술도 팔아야 이득이 많이 남을 텐데, 여행자들이 잠만 자고 도통 먹지를 않았다. 그러니 여관주인들이 울상일 수밖에.

 헌데 그칠 줄 모르는 비가 여관주인들을 웃게 만들었다.

 벌써 사흘째 비가 내렸다. 여행자들은 옷이 젖는 것이 싫어서 여관 밖으로 나가지 않았다. 대신 여관 안에서 끼니를 해결했다.

 여관은 모처럼 부설식당을 열고 손님을 반겼다.

 얼굴엔 미소, 가격은 바가지.

 여관주인들은 호밀빵 하나에 5쿠퍼라는 높은 가격을 책정했다.

 간단한 샌드위치와 차를 마시면 무려 20쿠퍼나 내야 했다. 그나마 부설식당으로 가서 먹으면 이 가격이었고, 방으로 배달시킬 경우 25쿠퍼가 더 필요했다.

 "도둑놈들."

 모달은 벌건 얼굴로 욕을 퍼부었다. 샌드위치 세 개와 홍차 세 컵에 75쿠퍼나 냈으니 흥분할 만했다.

 "여관주인은 모조리 도둑놈들이야. 어떻게 이게 75쿠퍼야? 50쿠퍼만 내면 맛난 바다가재를 배불리 먹을 수 있는데 어떻게 이게 75쿠퍼냐고? 날강도가 따로 없지."

 바하문트가 주의를 주었다.

"모달, 흥분하지 마라. 소동이 벌어지면 우리에게 좋을 것 없어."

"내가 흥분 안 하게 생겼어? 어휴우, 생각 같아서는 여관주인의 멱살을 잡고 따지고 싶네. 어휴우……."

"별수 없잖아. 우린 얼굴을 드러낼 처지가 아니니까."

바하문트의 말처럼 그들은 얼굴을 남 앞에 내보일 처지가 아니었다. 소란이 벌어져선 곤란했다.

"어휴우……."

모달은 거듭 땅이 꺼져라 한숨을 쉬었다. 그러나 그걸 끝으로 더 이상 불평하지 않았다.

샌드위치는 퍽퍽했다. 빵에선 눅눅한 냄새가 났으며, 고기는 질기고 맛이 없었다. 야채도 축 늘어져서 싱싱함과는 거리가 멀었다.

바하문트는 맛없는 샌드위치를 잘게 뜯어서 꼭꼭 씹어 먹었다. 떫은맛의 홍차도 표정의 변화 없이 마셨다.

모달은 오만상을 찌푸리며 순식간에 샌드위치 두 개를 꿀꺽했다. 그리곤 홍차 두 컵을 연거푸 들이켰다.

바하문트의 수리부엉이도 샌드위치를 조금 나눠먹었다.

간단하게 배를 채운 뒤, 바하문트가 입을 열었다.

"날이 어둑해지면 밖에 나가 볼 생각이다."

"왕궁 북문에 가보게?"

"응."

바하문트는 그렇다고 답했다.

모달이 말한 왕궁 북문이란, 중죄인들의 시체를 내거는 장소였다.

나이드 왕실에서는 왕궁 북문 밖에 높은 기둥을 세운 뒤, 그 기둥에 죄질이 무거운 사형수의 시체를 매달아서 만백성 앞에 공개했다.

백성들로 하여금 다시는 그런 죄를 짓지 말라는 경고의 의미였다.

만약 네스토가 빈의 시체를 가져갔다면 그곳에 걸어놓았을 가능성이 높았다.

모달이 조심스레 물었다.

"괜찮을까? 거기 함정이 있을지도 모르잖아."

"물론 위험하겠지. 네스토가 나를 잡으려고 작정했다면 분명 그 일대에 병력을 배치해 놓았을 거야."

"그래도 가보게?"

"가봐야지. 네스토가 무슨 함정을 파놓았건 간에 가봐야지."

바하문트는 네스토에게 '님' 자를 붙이지 않았다.

모달은 그 점이 마뜩치 않았다. 모달은 아직도 네스토를 스승으로 여기고 존경했다. 하지만 한편으로는 아버지를 잃은 바하문트의 심정도 이해했다. 그래서 뭐라고 하지 않았다.

한편 바하문트는 아버지의 최후를 떠올리는 중이었다. 강렬

한 영상이 바하문트의 머릿속을 스치고 지나갔다.

핀토의 손에 들린 단검!

그 단검이 빈의 가슴을 뚫고 심장에 박히던 순간!

바하문트는 그때를 생각할 때마다 온몸의 피가 거꾸로 솟았다. 절로 짐승 같은 신음이 흘러나왔다.

"으으읏!"

신음과 함께 살벌한 기세가 뻗었다.

바하문트가 내뿜는 살기가 너무나 짙어서 모달은 저도 모르게 몸서리를 쳤다.

시간이 흘렀다.

더디게 밤이 왔다. 좁은 여관방 안에서 시간은 더 느리게 흐르는 것 같았다.

어쩌면 바하문트의 마음이 조급한 탓인지도 몰랐다. 빨리 왕궁 북문에 가보고 싶었기에, 빈 생각에 마음이 초조해서 시간이 더디게 느껴졌을 수도 있다.

어쨌거나 바하문트는 한자리에 가만히 있지 못했다. 몇 시간 동안 계속 방 안을 서성거렸다. 혹은 이빨로 손톱을 물어뜯었다.

마음이 불안하다는 증거였다.

아버지의 죽음을 목격한 이후, 바하문트는 마음의 균형을 잃었다.

바바로스 땅에서 막 돌아왔을 때처럼 불안정하고, 예민하고, 섬뜩했다. 마치 상처 입은 야수 같았다.

모달은 어떻게든 바하문트를 위로해 주고 싶었다. 그래서 이야깃거리를 꺼냈다.

"그나저나 내가 생각해 봤는데 말이야, 우리도 좀 겉모습을 바꿔야 하지 않을까? 혹시 네스토님이 우리 얼굴을 종이에 그려서 벽보에 걸어놓았을 가능성이 있잖아."

바하문트의 눈이 번쩍 빛났다.

"벽보? 흉악한 현상수배범들이 걸리는 그 벽보?"

"그래, 그 벽보."

모달은 팔짱을 낀 채 고개를 주억거렸다.

바하문트는 심각한 표정으로 입을 꾹 다물었다. 그리곤 난데없이 배낭에서 모달의 옷을 꺼내서 입었다.

모달의 옷은 바하문트의 얼굴을 푹 가릴 정도로 컸다.

모달이 물었다.

"그런 차림으로 어딜 가게?"

"여관 입구에 좀 다녀올게."

"맞다! 거기에 현상수배범 얼굴이 나붙지? 바하문트, 나도 같이 가자."

모달이 벌떡 일어났다.

바하문트가 말렸다.

"아니, 나 혼자 다녀올게. 그곳에 우리 얼굴이 걸려 있을지도 모르는데, 둘이 같이 갔다가는 곧바로 들킬 수 있어."

바하문트의 말이 옳았다. 모달은 다시 의자에 앉았고, 바하문트만 방을 나섰다.

바하문트의 방은 3층이었다. 여관 입구까지 내려오는 동안 바하문트는 사람들 눈에 띄지 않게 조심했다. 발소리를 죽여서 고양이처럼 걸었다.

다행히 바하문트를 눈여겨보는 사람은 없었다.

1층 입구에 내려가자 카운터를 지키는 여관주인이 보였다. 곱슬머리 여관주인은 새끼손가락으로 콧구멍을 후비면서 비가 계속 오기를 기원하는 중이었다.

카운터 옆쪽엔 왕실에서 공표하는 벽보가 걸려 있었다. 바하문트는 창문 밖을 내다보는 척하면서 곁눈질로 벽보의 내용을 훑었다.

대부분은 하찮은 이야기였다. 바하문트는 그 중에서도 현상수배란을 자세히 살폈다.

현상수배 공고
이름 : 한스
신체특징 : 키 175센티미터에 등이 굽었음. 손이 거침.
턱이 두껍고 말을 더듬는 버릇이 있음.
어깨에 초승달 모양의 큰 흉터가 있음. 한쪽 눈꺼풀이 처졌음.
죄목 : 주인을 죽이고 도망친 노예임. 발견 즉시 연락 바람.
현상금 : 10실버

예전엔 자세히 본 적이 없어서 몰랐는데, 현상수배의 내용은 꽤나 자세했다. 아마도 범인이 이 벽보를 본다면 소름끼칠 듯했다. 게다가 수배자의 얼굴 그림도 상당히 세밀하고 또렷했다.

수배금액도 상당히 컸다. 1실버는 천 쿠퍼다. 그러니 10실버란 얼마나 큰 액수인가. 아마도 현상수배범으로 내걸린 자들은 누가 신고할지 몰라서 가슴이 두근두근할 테지.

하지만 다행이었다. 지금 현상수배란에는 한스라는 살인범을 제외하곤 텅 비었다. 바하문트는 가슴을 쓸어내렸다.

'아직 우리의 얼굴이 내걸리지는 않았구나.'

허나, 바하문트가 안심하기 무섭게 여관문이 벌컥 열렸다. 그리곤 비에 젖은 왕실근위병들이 여관 안에 들어와 벽보를 새로 붙였다.

새 벽보를 보는 순간, 바하문트는 심장이 덜컥 내려앉았다.

너무나 생생한 그림!

바로 바하문트와 모달의 초상화다. 두 사람의 얼굴이 벽보에 큼지막하게 내걸렸다.

현상수배 공고
수배자 1
이름 : 바하문트
신체특징 : 키 183센티미터.
약간 마른 체형에 팔다리가 긴 편임. 몸은 근육질.

얼굴이 갸름하면서도 선이 굵음. 눈썹은 일자로 쭉 뻗었음.

죄목 : 높으신 분의 영애 여러 명을 성적으로 착취,
유린한 파렴치범임. 변태 성향이 다분함.
외모는 반듯하게 잘 생겼지만 속은 간악함.
그러니 절대 대화를 나누지 말고 발견 즉시 왕궁시중부로
연락할 것.
현상금 : 20골드

수배자 2
이름 : 모달
신체특징 : 키 2미터. 빡빡머리에 멸치처럼 말랐음.
말투가 무뚝뚝함. 천성적으로 약간 바보스러우며,
수배자 1에게 이용당하는 듯함.
(수배자 1의 범행을 돕는 똘마니임)

죄목 : 수배자 1과 같은 죄목.
이자도 수배자 1의 영향을 받아서 변태 기질이 다분함.
현상금 : 1골드

기타 : 수배자 1과 2는 함께 붙어 다닐 가능성이 높음.

 벽보의 내용을 읽는 동안 바하문트는 피가 거꾸로 솟았다.
 '내가 강간범이라고? 그리고 뭐? 변태 기질이 다분하다고? 네스토, 이 늙탱이가 나를 어찌 보고 이 따위 개수작이야? 빌어먹을!'
 생각 같아서는 저 벽보를 박박 찢어 버리고 싶었다. 하지만

그럴 순 없었다. 바하문트는 근위병들에게 들키기 전에 재빨리 방으로 돌아왔다.

모달이 궁금하다는 표정으로 결과를 캐물었다.

"어때? 우리가 수배자 명단에 올랐어?"

바하문트는 말없이 고개를 끄덕였다.

모달이 펄쩍 뛰었다.

"벌써 수배되었다고? 어휴, 이걸 어쩌지? 거리에 벽보 수천 장이 나붙었을 텐데 어떻게 하냐고."

그러면서 모달은 밖으로 나가려 들었다.

바하문트가 재빨리 붙잡았다.

"모달, 어디가?"

"벽보 보러. 내 얼굴을 얼마나 정확하게 그렸는지 직접 봐야 할 것 아니야."

"안 돼. 가지마. 지금쯤 사람들이 벽보 앞에 구름처럼 모였을 거야. 넌 키가 크고 말라서 알아보기 쉽거든. 내려가면 바로 들킨다고."

모달은 고개를 갸웃거렸다.

"사람들이 벽보 앞에 우글거린다고? 그거 이상하다? 내가 알기로 대다수 사람들은 현상수배 따위엔 관심이 없는데."

바하문트는 분개한 목소리로 이유를 말했다.

"이번은 달라. 네스토가 우리 목에 엄청난 현상금을 걸어놓았어."

"엄청난 현상금이라고? 대체 얼마나 되는데?"

모달은 궁금했다.

바하문트는 잠시 망설이다가 대답했다.

"나는 20골드."

20골드라면 어마어마한 액수였다. 모달의 눈이 휘둥그레졌다. 그리곤 손가락으로 제 얼굴을 가리키면서 물었다.

"그럼 난 얼마냐?"

"넌 1골드."

두 사람은 현상금 액수가 무려 20배나 차이가 났다. 모달은 자존심이 상했는지 입을 꾹 다물었다. 하지만 곧 이해한다는 표정으로 고개를 끄덕였다.

"넌 플루토나이트고 난 마법사니까 현상금 액수에 차이가 나는 것이 당연하지. 솔직히 플루토나이트와 20배 차이라면 영광이야. 그나저나 바하문트, 우리 죄목은 뭐냐? 총 현상금이 21골드나 되는 것으로 봐서 우리에게 엄청난 죄목을 붙여 놓았을 것 같은데……."

바하문트는 똥 밟은 표정으로 말을 내뱉었다.

"강간, 혹은 성적인 유린."

"뭐?"

모달은 제 귀를 의심했다. 아니면 바하문트의 목소리가 잔뜩 억눌린 탓에 헛소리를 들었으려니 여겼다.

원래 모달이 기대했던 대답은 '반역의 수괴'라던가 '적국의 특급밀정' 같은 무시무시한 죄목이었다. 바하문트가 말한 것은 그 기대치와 너무나 거리가 멀었기에 선뜻 받아들일 수 없었다.

바하문트는 대답을 한 번 더 반복했다.

"높으신 영애들을 성적으로 착취하고 유린했단다. 다시 말해서 우린 파렴치 강간범이라는 누명을 썼다고."

"켁!"

모달은 얼굴을 시뻘겋게 붉히며 펄쩍펄쩍 뛰었다.

바하문트도 거듭 이빨을 갈았다.

Chapter 3

"허허허, 파렴치범이라니. 세상에서 내가 가장 싫어하고 저주하는 것이 그 더러운 족속들인데, 네스토님이 내게 그런 오명을 씌우다니. 어허허허."

모달은 허탈한 듯 뇌까렸다. 모달은 아직도 바하문트의 말이 믿기지 않았다.

한편 바하문트는 침대에 걸터앉아 엄지로 관자놀이를 꾹 눌렀다. 두통이 났기 때문이다.

파렴치범이라는 억울한 누명을 썼기 때문에 골치가 아픈 것은 아니었다.

뭐 기분은 나쁘지만 그런 누명 따위 얼마든지 받아줄 수 있었다. 사실이 아니니까. 스스로만 떳떳하면 되니까.

바하문트가 진짜로 우려하는 바는 다름 아닌 고액의 현상금이었다. 그와 모달의 목에 걸린 금액은 무려 21골드나 되었다.

'21골드면 귀족들도 귀가 번쩍 뜨일만한 거금이다. 지금쯤 왕국이 발칵 뒤집어졌을 거야. 현상금만 노리는 전문용병들은 물론이고, 돈이 필요한 일부 귀족들, 심지어 평범한 백성들까지 발 벗고 나섰을 테지. 우리를 잡아서 팔자 고치겠다고 말이야.'

그 생각만 하면 머리가 지끈거렸다.

바하문트는 특히 전문 길드의 추적을 걱정했다.

예를 들어서 여관 길드, 레스토랑 길드, 도둑 길드 등은 정보가 엄청나게 빨랐다. 그들에게 한 번 뒤를 밟히면 쉽게 뿌리치기 힘들었다.

'최악의 경우엔 플루토를 소환해서 뒤쫓는 자들을 몰살시킬 수밖에 없는데, 일이 그렇게 커지면 죄 없는 사람들이 무수히 죽어나갈 거다. 나와 모달은 희대의 악마로 낙인찍힐 테지. 네스토, 이 악랄한 영감탱이! 무고한 사람들을 희생시켜서라도 우리를 잡겠다는 뜻인가? 엉?'

바하문트는 속으로 네스토를 욕했다. 한편으론 네스토가 빈의 시체를 훔쳐갔다는 의심을 점점 굳혀갔다.

네스토가 왜 수도 전역에 현상수배를 내걸었을까? 아마도 네스토는 알고 있었을 것이다. 바하문트와 모달이 나이드의 수도로 되돌아올 줄 알고 있었던 게 분명했다.

'네스토는 우리가 이곳에 나타날 줄 알고 있다. 그 이야기는 결국 그 늙탱이가 아버지의 시신을 훔쳐갔다는 뜻이겠지?'

빠드득.

바하문트는 이를 갈며 복수심을 되새겼다. 그러다가 지푸라기라도 잡는 심정으로 모달을 바라보았다.

"모달, 어떻게 안 되겠냐? 네 마법으로 우리 모습을 감쪽같이 바꿀 수 있다면 좋겠는데……."

모달은 대뜸 고개를 내저었다.

"불가능해. 난 방어마법을 제외한 다른 마법들은 젬병이거든. 바하문트, 너도 내 한계를 잘 알잖아."

"으음."

바하문트는 짧게 대답하며 고개를 숙였다. 모달의 마법에 의지할 수 없다면 뭔가 다른 수를 찾아야 했다. 이대로는 문 밖에 나가는 것조차 어려웠다. 왕궁 북문까지 탐색하기란 더더욱 불가능했다.

하지만 아무리 고민해도 답은 하나밖에 없었다. 완벽한 변장, 혹은 변신이 필요했다. 무슨 수를 써서라도 벽보의 초상화와 다르게 보여야지, 아니면 들킬 수밖에 없었다.

바하문트는 먼저 머리부터 깎았다. 앞머리 한 줌과 구레나

룻만 남겨놓고 나머지는 깔끔하게 정리했다.

이어서 눈썹도 싹 밀었다.

눈썹을 밀고 앞머리와 구레나룻을 기르는 것은 브라암 왕국 구도승들의 특징이었다.

그곳의 구도승들은 세상을 떠돌아다니며 마음을 수양하고 신앙심을 키웠다. 그 과정에서 남을 많이 도왔기에 사람들에게 융숭한 대접을 받았다.

바하문트는 브라암의 구도승으로 변장할 생각이었다.

머리 모양이 인상을 좌우한다는 말은 옳았다. 머리만 깎았을 뿐인데 바하문트가 풍기는 느낌이 확 변했다.

문제는 모달이었다. 모달의 인상착의는 너무나 뚜렷하고 개성이 강했다.

키 2미터, 빡빡머리, 그리고 멸치처럼 바짝 마른 몸.

이보다 더 알기 쉬운 특징이 어디 있으랴. 사람들은 키가 크고 몸이 마른 빡빡머리 용의자를 찾아서 거리를 뒤질 것이다. 바하문트는 이에 대한 해결책을 찾기 위해 머리를 쥐어짰다.

뜻밖에도 모달이 묘책을 내어놓았다. 모달은 갑자기 벌떡 일어나면서 손뼉을 쳤다.

"아, 그렇지!"

"뭔데?"

바하문트는 기대를 품고 모달을 바라보았다.

모달은 활짝 웃으면서 방금 떠오른 마법을 이야기했다.

"역시 사람이 죽으란 법은 없구나. 팻 아머(Fat Armor; 비계 갑옷)가 있었어!"

팻 아머란 어둠의 마법사인 네크로맨서들이 고안한 방어마법이었다.

네크로맨서들은 시체 각 부위를 의사들보다 더 능숙하게 다뤘다. 그들이 구사하는 마법의 주재료가 시체이다 보니 무기와 방어구도 주로 뼈와 살을 소환해서 만들곤 했다.

팻 아머는 이 가운데 살을 소환하는 방어마법에 속했다.

일단 이 마법을 구현하면 살 속 지방이 무섭게 부풀어올랐다. 3겹이나 4겹을 넘어서 10겹, 20겹, 혹은 30겹에 이르는 두꺼운 비계로 적의 공격을 튕겨내는 것이 바로 팻 아머의 특징이었다.

대신 팻 아머는 부작용도 컸다. 살 속에 비계를 두껍게 두르면 어쩔 수 없이 피부가 팽팽하게 늘어나는데, 나중에 팻 아머를 취소하면 늘어났던 피부가 탄력을 잃고 쭈글쭈글한 주름을 만들었다. 이때 팻 아머가 두꺼우면 두꺼울수록, 즉 방어력이 강력하면 강력할수록 주름의 수도 늘었다.

더불어 팻 아머는 또 다른 심각한 부작용을 불러왔다.

바로 식욕증진.

팻 아머를 발동하면 식욕이 왕성하게 늘었다. 두꺼운 지방층을 유지하기 위해서 자연스레 위가 늘어나기 때문이었다.

따라서 네크로맨서들은 팻 아머를 굉장히 조심스럽게 사용했다. 전투 중에만 쓰고 평소엔 자제한다던가, 팻 아머를 사용한 뒤에는 한동안 다이어트를 해서 늘어난 위를 줄인다던가, 이런 노력들을 기울였다.

하지만 안타깝게도 모달은 팻 아머의 부작용에 대해서 잘 몰랐다. 그저 이 마법을 구현할 수 있는 마나배열만 외웠을 뿐이었다. 그래서 별 고민 없이 마법을 펼쳤다.

샤라랑—

마법이 구현되면서 맑은 소리가 울렸다. 모달의 손끝을 떠난 마나는 빛무리를 이루며 확 퍼지더니 사뿐하게 피부 속으로 스며들었다.

'허어, 네크로맨서 마법은 음산한 줄만 알았는데 이건 효과음이 꽤나 밝고 명랑하네. 으허허허.'

모달은 이런 한가한 생각을 하면서 눈을 감았다. 아니, 의도적으로 눈을 감은 것이 아니었다. 가만히 있는데 눈꺼풀이 갑자기 축 처졌다.

중력 때문이었다. 눈꺼풀에 갑자기 뒤룩뒤룩 지방이 끼면서 아래로 축 처질 수밖에 없었다.

어디 그뿐인가.

바싹 말랐던 얼굴에 지방이 덕지덕지 붙더니 급기야 볼 살이 출렁거렸다.

부욱—

헐렁하던 옷이 갑자기 소리를 내면서 찢어졌다.

목살은 네 겹으로 접혔다. 갈비뼈가 도드라져 있던 깡마른 가슴은 풍성하게 부풀어올라 배 위에 얹혔다. 배는 무려 여덟 겹이나 접히면서 허벅지까지 내려앉았다. 오목하던 배꼽은 볼록하게 톡 튀어나왔다.

 방금 전 모달은 기다란 꼬챙이였다.

 현재 모달은 커다랗고 둥그런 공이 되었다.

 어찌나 빵빵해졌는지 두 팔이 허리에 붙지 않았다. 고개를 숙여도 발이 보이지 않았다. 풍만한 뱃살에 가린 탓이었다.

 모달이 뒤뚱거리면서 바하문트를 바라보았다.

 "바하문트, 나 어떠냐? 헉헉, 이만하면 사람들이 못 알아보겠지? 헉헉……."

 살이 쪄서 그런지 말을 몇 마디 하는 것도 힘이 들었다.

 바하문트는 얼빠진 얼굴로 고개를 끄덕였다.

 "그, 그래. 정말 놀랍다. 이건 대변신이야."

 바하문트는 모달을 위해서 새 옷을 주문했다.

 여행자나 모험가들은 옷이 빨리 헤지기 일쑤였다. 따라서 대개 여관들은 비상용 옷과 모자, 신발 등을 팔았다.

 하지만 그 가운데 모달에게 맞는 사이즈는 없었다.

 바하문트는 여관에서 일하는 소년에게 팁을 두둑이 준 다음, 시내에서 가장 큰 바지와 가장 큰 신발을 사오라고 시켰다.

 모달이 말을 덧붙였다.

130 흡혈왕 바하문트

"시키는 김에 치킨도 한 조각 부탁해. 아니, 아니다. 한 조각으론 부족할 것 같아. 기름에 튀긴 치킨 세 마리랑, 오리구이 두 접시랑, 버터를 듬뿍 바른 빵 세 덩이랑, 포도주 한 병이랑……."

말을 하는 가운데 침이 주르륵 흘렀다. 먹을 것을 상상하는 것만으로도 모달의 배는 아우성쳤다. 벌써부터 팻 아머의 부작용이 나타나기 시작했다.

바하문트는 모달이 원하는 대로 전부 시켜 주었다. 이와 더불어서 심부름하는 소년에게 노랗고 커다란 천 두 두루마리를 사오라고 주문했다.

소년은 바하문트와 모달을 유심히 보면서 고개를 갸웃거렸다. 아마 벽보의 초상화와 비교하는 듯했다.

바하문트는 모르는 척 시치미를 뗐다.

"꼬마야, 왜 그러냐? 우리 얼굴에 뭐가 묻었어?"

"아, 아니요."

소년은 귀엽게 웃으면서 도리질했다. 이 손님들은 현상수배범과 확연히 달랐다. 인상도 다르고 체격도 딴판이었다.

"그럼 그만 가봐라. 심부름을 빨리 다녀오면 팁을 더 주마."

바하문트의 후한 인심이 소년을 들뜨게 만들었다. 소년은 돈을 꼭 쥐고는 부지런히 계단을 내려갔다. 그러면서 한 번 더 고개를 갸웃했다.

'거 참, 저 방에 묵은 손님이 저렇게 뚱뚱했었나? 내 기억엔

두 명의 현상수배범 131

저렇게 뚱뚱했던 것 같지 않았는데, 내가 잘못 봤었나?'

소년의 의구심은 거기서 멈췄다. 빨리 심부름을 마쳐야 팁을 더 받을 수 있다는 바하문트의 말이 떠올라 다른 생각을 머릿속에서 밀어내었다.

약 한 시간 뒤.

소년은 똑 부러지게 심부름을 마쳤다.

포대자루 같은 바지와 커다란 신발, 여러 가지 먹을거리, 그리고 노란색 천까지, 바하문트가 주문한 것을 모두 전달했다. 그리곤 흡족할 만큼의 팁을 받았다.

소년을 보낸 뒤, 바하문트는 모달에게 새 바지를 던져주었다. 그리곤 배낭에서 실과 바늘을 꺼냈다.

바하문트는 검으로 노란 천을 이리저리 재단했다. 그런 다음 실과 바늘로 천을 꿰맸다.

잠시 후, 브라암 왕국 구도승들이 입을 법한 로브 한 벌이 완성되었다. 바하문트는 노란 로브를 걸치고 거울을 보았다. 그럴싸했다.

내친 김에 모달에게도 노란 로브를 한 벌 만들어 주었다.

바하문트가 로브를 짓는 동안, 모달은 바하문트의 머리카락을 모아서 가짜 구레나룻과 앞머리 장식을 제작했다. 그런 다음 제 얼굴에 붙였다.

이제 변장은 끝났다.

바하문트와 모달이라는 현상수배범은 세상에서 자취를 감

추었다. 대신 브라암의 구도승 두 명이 등장했다.
 이때 시간은 오후 6시 반.
 어느새 창밖엔 땅거미가 깔렸다. 바하문트는 밖이 완전히 깜깜해지기를 기다렸다가 자리에서 일어났다.
 "이제 북문으로 가볼까?"
 "그래, 가자. 끄응차."
 모달은 두 손으로 무릎을 짚으며 무거운 몸을 억지로 일으켰다.

Chapter 1

척척척.

바하문트는 가슴을 쫙 펴고 당당하게 걸었다.

반면 그 뒤를 쫓는 모달은 약간 불안한 표정이었다. 혹시라도 사람들에게 정체를 들키지 않을까 걱정스러웠기 때문이다.

길에서 마주친 행인들 가운데 몇 명이 바하문트와 모달에게 눈길을 주었다. 아마 초상화와 비교하는 듯했다.

하지만 다들 설레설레 고개를 흔들었다. 땀을 뻘뻘 흘리면서 걷는 뚱뚱한 모달을 보는 순간, 이건 아니다 싶었다.

수배범 중 한 명은 바싹 말라서 거죽만 남은 말라깽이라고 했다. 그런데 눈앞을 스쳐지나가는 구도승은 보기 부담스러울 정도로 살집이 좋았다.

한편으론 바하문트의 당당한 태도도 사람들의 의심을 불식시키는 데 한몫했다. 바하문트는 절대 눈을 피하지 않았다. 행인들과 눈이 마주친 순간, 부드러운 미소를 머금고 가볍게 목례를 건넸다.

사람들은 설마 현상수배범이 저렇게 떳떳하게 거리를 활보할 거라고는 생각하지 못했다.

바하문트 일행은 휘적휘적 걸어서 왕궁 북문에 도착했다.

나이드 왕궁은 동서남북, 네 개의 대문과 여덟 개의 작은 문이 있는데, 이 가운데 북문 앞쪽이 가장 지저분했다. 북문 앞 구릉 너머에 대규모 도살장이 자리한 탓이었다.

도살장이 가까워지자 무두질하는 냄새와 피비린내, 고기 끓이는 냄새, 양잿물 냄새, 가축의 똥오줌이 풍기는 악취가 뒤섞여서 코를 비틀었다.

북문 거리에 발을 내디디는 순간, 바하문트는 저도 모르게 호흡을 멈췄다. 강렬한 악취가 코를 깊게 찌르며 파고들었기 때문이다. 가늘고 길게 스며든 악취는 바하문트의 뇌까지 뒤흔들어 놓았다.

모달도 얼굴을 찡그리며 손으로 코를 막았다. 하지만 반응은 약간 달랐다.

"냄새 한 번 지랄 같군. 하지만 삶은 고기는 군침 도는 걸."

실제로 모달은 길 양쪽에 늘어선 푸줏간 골목에서 발을 떼

138 흡혈왕 바하문트

지 못했다. 주렁주렁 매달린 고기를 보는 것만으로도 배가 고프고 허기가 지는 듯했다. 팻 아머의 효력은 갈수록 위력을 더했다.

푸줏간 주인들은 피 묻은 가죽 앞치마를 걸친 채 모달을 유혹했다.

"나리, 어서 들어오시죠. 갓 잡은 고기를 여기서 직접 드시고 가실 수도 있습니다."

"저희 집으로 오세요. 따끈따끈하게 삶은 고기 맛을 보세요. 불판에 구워 드셔도 맛있습니다."

모달은 침을 꿀꺽 꿀꺽 삼켰다.

바하문트는 민망한 표정으로 모달의 옷깃을 잡아당겼다.

"모달, 어서 가자."

"알았어."

모달은 군침을 삼키면서 억지로 발길을 옮겼다.

푸줏간 골목을 통과하자 저 멀리 왕궁 북문이 보였다. 바하문트는 발걸음을 재촉했다. 모달도 뒤뚱거리며 열심히 따라왔다.

북문 앞은 어두웠다. 푸줏간 골목엔 가게마다 램프가 걸려있어서 밝았지만, 이곳엔 저 높은 성벽 위에서 일렁거리는 화롯불 빛이 전부였다.

바하문트는 그 희미한 빛에 의지해서 주변을 살폈다.

이 일대의 구조는 간단했다.

북문 앞 광장은 널찍했다. 그 중앙에 처형장이 위치했으며, 처형장 양쪽엔 사형당한 자들을 매다는 기둥이 열을 지어 늘어섰다.

바하문트는 먼저 처형장을 눈여겨보았다.

'밧줄로 목을 매다는 교수대가 세 곳, 칼날로 목을 자르는 단두대가 한 곳. 교수형과 단두형 가운데 어느 쪽이 더 끔찍한지 모르겠군.'

이어서 처형장 옆 기둥으로 시선을 돌렸다.

핏물에 찌든 기둥의 개수는 총 열둘이었다. 그중 다섯 곳에 시체가 매달려 있었다. 기둥 아래엔 죽은 자의 죄목과 이름이 나무 팻말 위에 적혔다.

바하문트는 서슴지 않고 기둥으로 다가섰다. 그리곤 기둥 아래 무릎을 꿇고 앉아 중얼중얼 주문을 외웠다.

그 모습이 마치 죽은 자의 명복을 빌어주는 듯했다. 브라암 구도승이 할 법한 행동이었다.

물론 바하문트는 구도승이 아니다. 그의 목적은 나무 팻말을 확인해서 빈의 시체를 찾는 거였다.

모달도 바하문트를 쫓아서 똑같이 행동했다.

둘은 다섯 개의 기둥을 일일이 확인하면서 전부 돌았다. 허나 빈의 시체는 없었다.

모달이 조그맣게 속삭였다.

"여기 없는데? 이젠 어쩌지?"

"나도 모르겠어. 꼭 여기 있을 거라고 예상했었는데…….
대체 어디서부터 실마리를 찾아야 할지 걱정이다."

바하문트는 맥이 탁 풀린 목소리로 대답하며 고개를 가로저었다.

그때였다.

"거기 누구냐?"

누군가 바하문트와 모달을 추궁했다. 상대는 횃불을 들이밀면서 두 사람의 행색을 확인했다.

바하문트는 빠르게 상대를 관찰했다.

횃불을 든 사내는 경비병 복장을 갖췄다. 아마 북문 밖을 순찰하는 경비대 소속 병사인 듯했다. 그리고 그 뒤엔 창을 든 경비병 네 사람이 보였다.

바하문트는 수상한 사람이 아니라는 뜻으로 두 손을 천천히 들었다. 그리곤 일부러 어눌한 억양으로 대답했다.

"저희는 브라암 왕국 출신의 구도승들입니다. 망자의 원한을 달래고자 이렇게 주문을 외고 있었습니다."

"망자의 원한을 달랜다고? 이런 깜깜한 밤에 무슨 수작이야?"

경비병들이 가까이 다가오면서 캐물었다.

바하문트는 침착함을 잃지 않고 공손히 머리를 숙였다.

"망자들은 오늘처럼 어두운 밤에 원한을 곱씹습니다. 그 원한이 켜켜이 쌓이면 나이드 왕궁에 계신 분들께도 해가 될 수도 있습니다. 그러니 부디 저희의 무례한 행동을 용납해 주십시오."

바하문트의 대답은 그럴 듯했다.

경비병들은 서로를 마주보며 뭐라고 수군거렸다. 그들 가운데 한 명은 바하문트 일행이 수상하다고 주장했고, 다른 세 사람은 브라암의 구도승들은 선한 자들이니 방해하지 말자고 강변했다.

결국 세 사람의 의견이 한 사람을 눌렀다.

"수고하쇼."

경비병들은 별다른 추궁 없이 되돌아갔다.

바하문트와 모달은 경비병들이 완전히 사라질 때까지 숨을 참았다. 그런 다음,

"푸아!"

참았던 숨을 한꺼번에 내쉬며 가슴을 쓸어내렸다.

모달이 못마땅한 표정으로 바하문트를 재촉했다.

"돌아가자. 여기 더 있다가는 수명이 단축되겠다. 한 주먹거리도 안 되는 경비병들에게 이렇게 가슴을 졸일 줄이야."

바하문트도 군소리 없이 자리를 털고 일어났다. 빈의 시체가 없다는 사실을 알았으니 여기 더 머물 이유가 없었다.

하지만 바하문트는 일어나자마자 다시 푹 주저앉았다. 그리곤 모달의 입을 손으로 막으며 손짓했다.

"쉿."

모달은 입을 꾹 다문 채 바하문트의 손가락이 가리키는 곳을 보았다.

꾸물꾸물.

어둠 속에서 누군가가 움직였다. 정체를 알 수 없는 괴한들은 처형장과 열두 개의 기둥을 돌면서 흙을 파고 무언가를 캐냈다.

모달이 속삭였다.

"대체 뭐하는 자들이지?"

바하문트는 고개를 좌우로 흔들었다.

"나도 모르지."

"정말 수상한데? 어럽쇼? 저것들 좀 봐? 기둥에 매달린 시체를 내리는데?"

"으응?"

바하문트는 놀란 눈으로 괴한들을 살폈다.

상대는 전부 네 명이었다. 그들은 검은 옷을 입었고 몸이 원숭이처럼 날랬다.

바하문트가 지켜보는 가운데, 괴한들은 기둥의 밧줄을 풀고 죽은 자의 시신을 내리더니 커다란 포대에 쑥 밀어넣었다. 그런 다음 두 명씩 짝을 지어서 포대를 운반했다.

바하문트의 눈이 번쩍 빛났다.

'혹시 아버지의 시신도 저놈들이 챙겼나?'

물론 그럴 가능성은 희박했다. 네스토가 빈의 시체를 그렇게 호락호락 내버려 둘 리 없었으니까.

하지만 막다른 길에 막혀 실마리를 잃은 바하문트에게는 저 시체도둑들이 마지막 단서였다.

바하문트는 발끝을 살짝 들고 고양이처럼 살금살금 시체도둑에게 다가갔다. 그 눈빛이 야수의 그것처럼 섬뜩했다. 만약 저들이 아버지의 시신을 욕보였다면 용서하지 않고 모조리 목을 벨 듯한 분위기였다.

"휴우……."

모달은 가볍게 한숨을 내쉬었다.

최근 바하문트는 무섭게 변했다. 모달에게는 친근하게 굴었지만, 그 밖에 다른 사람을 대하는 태도는 적의와 살기로 가득 찼다.

그런 모습을 볼 때면 사람이 아니라 야수 같았다. 혹은 날이 선 검 한 자루를 대하는 기분이었다.

'아마도 핀토에게 아버지를 잃은 것이 바하문트가 변한 계기가 되었으리라.'

모달은 바하문트가 하루 빨리 마음의 균형을 되찾기를 기원했다. 그러기 위해서는 빈의 시체를 온전히 회수해서 뒷마무리를 제대로 해 줄 필요가 있었다.

모달이 한숨을 내쉬는 사이, 바하문트는 야수의 본성을 여지없이 드러냈다.

콰악!

바하문트는 오른손으로 시체도둑 한 명의 목덜미를 붙잡아 번쩍 들더니 단숨에 땅바닥에 내팽개쳤다. 왼손 손날로는 두 번째 도둑의 목젖을 후려쳤다.

"큽!"

목젖을 얻어맞은 자는 짧은 신음과 함께 기절했다.

바하문트는 하루에도 수천 번, 수만 번씩 목검을 휘둘러왔다. 그 결과 바하문트의 손날은 진검과 다를 바 없었다. 죽이지 않으려고 가볍게 친 것이지, 만약 좀 더 강하게 끊어서 쳤더라면 상대의 목이 뎅겅 떨어졌을 것이다.

뒤에서 비명이 들리자 앞서가던 두 시체도둑이 뒤를 돌아보았다. 그들은 바하문트와 눈이 마주치자 화들짝 놀랐다.

"뭐얏?"

"누구십……?"

도둑들의 말이 채 끝나기도 전, 바하문트의 눈이 어둠 속에서 요사하게 빛났다. 이어서 그의 손날이 나비처럼 부드럽게 날아올랐다.

"크흡!"

"켁!"

두 도둑은 짧은 신음을 토하며 고꾸라졌다. 둘 다 바하문트의 손날에 목젖을 얻어맞고 정신을 잃었다.

네 명의 시체도둑 가운데 셋이 기절했다. 처음 바하문트에게 멱살을 잡혀 바닥에 패대기쳐진 자만 정신이 멀쩡했다.

혼자 남은 시체도둑은 땅바닥에 드러누운 채 귀에서 솜뭉치를 빼냈다. 그리곤 덜덜 떨면서 물었다.

"왜, 왜 이러십니까?"

바하문트는 다짜고짜 상대의 몸 위에 올라탔다. 그리곤 검지로 상대의 눈두덩을 지그시 눌렀다.

놀란 도둑이 이빨을 딱딱 맞부딪쳤다.

바하문트는 으스스한 목소리로 위협했다.

"지금부터 내가 하는 말을 잘 들어라. 내 손가락에 조금만 힘을 주면 눈알 하나 뽑아내는 것은 일도 아니다."

"으으으……."

놀란 시체도둑은 가느다란 신음을 흘리며 열심히 위아래로 고개를 끄덕였다. 도둑의 사타구니엔 어느새 누런 액체가 흥건했다. 하도 놀라서 저도 모르게 오줌을 지린 탓이다.

바하문트 그 꼴을 보면서도 안색 한 번 변하지 않았다. 무덤덤하고 냉혹한 목소리로 질문을 던졌다.

"너희는 누구냐? 무슨 목적으로 시체를 훔쳤지?"

"나리. 저희들은 시체를 회수해서 처리하는 천한 것들입니다요. 그리고 왕궁 높으신 분들께 허락도 받았습니다. 오늘 시체를 내려도 좋다고 말입니다. 그런데 목적이라니요? 그런 것 없습니다요."

시체도둑의 대답은 매끄러웠다.

어둠 속에서 바하문트의 입술이 가느다란 선을 그렸다. 비웃음, 혹은 강한 살의! 바하문트는 손가락에 꾹 힘을 주었다.

"으헉!"

눈알이 반쯤 빠져 나왔다. 시체도둑은 기겁했다. 부들부들 떨면서 손사래를 쳤다.

"하, 하지 마십쇼. 제발 그러지 마십쇼."

바하문트는 손에서 슬그머니 힘을 뺐다. 그리곤 시체도둑을 몰아붙였다.

"다시 말해 봐라. 너희는 누구냐? 무슨 목적으로 시체를 훔쳤지?"

"저, 저희는 시체를 처리하는 천한……."

바하문트는 상대의 말을 끝까지 듣지도 않았다. 검지에 힘을 줘서 눈알을 꾹 압박했다.

안구 수정체가 일그러졌다. 그 섬뜩한 고통이 시체도둑의 머릿속을 후벼팠다.

"으, 으아아…… 사, 살려주십쇼!"

바하문트가 또다시 물었다.

"마지막으로 묻는다. 너희는 누구냐? 무슨 목적으로 시체를 훔쳤지?"

시체도둑은 무엇이 그렇게 두려운지 말문을 열지 못했다. 바하문트도 두렵고, 그렇다고 길드의 비밀을 털어놓기도 두렵고, 이러지도 못하고, 저러지도 못하고.

바하문트는 조그맣게 고개를 주억거렸다.

"훌륭하다. 입이 무겁고 신의가 깊구나. 기특한 네 마음을 헤아려서 고통 없이 눈알을 뽑아주마."

바하문트의 검지가 눈꺼풀 안쪽으로 좀 더 깊게 파고들었다.

시체도둑은 입을 딱 벌리며 발끝을 안으로 꽉 오므렸다. 머리 꼭대기부터 척추를 타고 내려와서 항문에 이르기까지, 가느다란 칼날이 확 저미고 지나가는 듯했다. 눈을 푹 찔렸을 뿐인데 이토록 고통스러울 줄은 몰랐다.

시체도둑은 한쪽 눈에 눈물을 머금은 채 바하문트를 올려다보았다.

바하문트에게선 냉혹한 기운이 뭉게뭉게 풍겼다. 눈알을 손가락으로 찌르면서도 표정 하나 변하지 않았다. 이건 인간이 아니라 악마였다.

마침내 시체도둑이 굴복했다.

"마, 말하겠습니다요. 으으으……."

바하문트는 손바닥으로 시체도둑의 눈알을 지그시 문질러 제자리에 끼워 넣었다. 그리곤 상대의 대답을 기다렸다.

시체도둑은 겁먹은 표정으로 주변을 두리번거리더니 조그맣게 속삭였다.

"저희는 만드라고라 길드 사람입니다."

"만드라고라? 만드라고라라면 사형수들의 정염을 먹고 자란다는 신비의 약초?"

Chapter 2

만드라고라.

이 신비한 약초는 오직 사형장에서만 자랐다. 한을 품고 고통스럽게 죽은 자들이 흘리는 정염을 먹고 자라는 특성 때문이었다.

만드라고라의 생김새는 산삼과 비슷했다. 하지만 산삼보다 좀 더 뭉툭하고, 크기가 작았으며, 생김새도 인간과 많이 닮았다.

만드라고라는 지극히 희귀했다. 이 신비의 약초가 제대로 형태를 갖추려면 최소한 오십 년은 묵어야 하는데, 사형장 주변엔 늘 인파가 몰려서 싹이 밟히고 또 밟혔다. 그 탓에 제대로 자라지 못했다.

대신 잘 자란 만드라고라는 가치가 아주 높았다. 약효가 강해서 심장이 멎었던 사람도 되살릴 정도였다. 마취 효과도 있어서 수술을 할 때도 유용했다.

또한 만드라고라는 마법재료로도 각광을 받았다. 마법약을 제조하려는 마법사들은 반드시 만드라고라를 구매했다. 시체를 다루는 네크로맨서들에게도 만드라고라는 필수 재료였다.

게다가 만드라고라는 최음제로도 효력을 발휘했다. 만드라고라를 증기로 찌고 그늘에 말려서 가루를 내면 설탕처럼 하얀 결정체가 나왔다. 이것을 연꽃잎 가루와 섞어서 소량 복용하면 고목나무에도 꽃이 핀다고 했다.

　실제로 부유한 귀족 노인들은 젊은 여자들을 만족시키기 위해서 조금씩 만드라고라 가루를 복용했다. 후궁을 잔뜩 들인 왕들도 이 약재를 애용했다. 혹은 난봉꾼 귀족들이 여자들을 후릴 때도 사용했다.

　이처럼 만드라고라는 찾는 사람이 많았다.

　반면 공급은 늘 부족했다.

　수요는 많은데 공급이 적으니 결과는 뻔했다. 만드라고라의 값은 하늘 꼭대기까지 치솟았다.

　5센티미터짜리 조그만 뿌리 하나가 2골드, 10센티미터 크기면 10골드도 넘었다.

　간혹 20센티미터가 넘는 만드라고라가 암시장에 나오기도 하는데, 이럴 땐 꼭 경매가 붙었다. 대부분 낙찰가는 100골드 이상이었다.

　이렇게 비상식적인 가격 때문에 만드라고라 길드가 생겼다. 만드라고라 길드는 다른 것은 쳐다보지도 않았다. 오직 만드라고라 캐는 일에만 목숨을 걸었다.

　물론 왕국으로부터 정식으로 허가받은 길드는 아니었다. 만드라고라 길드는 음지에서 활동하는 일종의 흑길드였다. 그 탓에 길드원들이 무척 거칠고 잔인했다.

　하긴, 만드라고라를 채취하려면 오밤중에 사형장을 전전해야 한다. 자연히 길드원들이 대담하고 거칠 수밖에 없었다. 그리고 만드라고라는 누가 잡아 뽑으면 끔찍한 소리를 내는데, 그 소리를 견딜 만큼 기가 세야 했다. 또 만드라고라를 놓고 심심치 않게 칼부림이 벌어지므로 대부분의 길드원들은 호신 무술에 능했다.

이상과 같은 이유 때문에 만드라고라 길드는 삼대 흑길드 가운데 하나로 손꼽혔다.

아편 길드, 소금밀매 길드, 만드라고라 길드.

사람들은 이 세 곳을 삼대 흑길드라 불렀다. 이들은 음지의 길드 가운데 가장 조직력이 막강하고 무서웠다.

도둑 길드나 소매치기 길드 따위는 삼대 흑길드에 비하면 아무것도 아니었다.

심지어 세력이 탄탄한 백길드들도 삼대 흑길드는 함부로 건드리지 못했다. 아마 백길드 가운데 삼대 흑길드와 무력 다툼을 할 수 있는 곳은 용병 길드가 유일할 것이다. 만드라고라 길드는 그만큼 강력했다.

모달이 걱정스런 눈빛으로 끼어들었다.

"바하문트, 만드라고라 길드는 대표적인 흑길드야. 나쁜 상대를 건드렸어."

"상관없어."

모달의 충고에도 불구하고 바하문트는 눈 하나 깜짝 안 했다. 아버지의 시신을 되찾기 위해서라면 만드라고라 길드 할아비라도 박살내 버릴 생각이었다.

바하문트는 시체도둑에게 다시 질문을 던졌다.

"만드라고라 길드에서 왜 시체를 훔치지? 약초를 캐는 것이 너희들의 목적 아닌가?"

시체도둑은 입을 꾹 다물고 대답하지 않았다.

바하문트는 차갑게 웃었다. 그의 검지가 시체도둑의 눈두덩 위로 슬그머니 다가왔다.

시체도둑은 부르르 몸서리를 치면서 부랴부랴 입을 열었다.

"마, 말하겠습니다요. 저, 저희들은 신품종 만드라고라를……."

하지만 뭐가 그리 두려웠는지 끝까지 말하지 못했다. 시체도둑은 중간에 눈을 이리저리 굴리더니 끝내 말꼬리를 흐렸다.

바하문트는 답답했다. 눈알을 빼겠다는 협박으로는 비밀을 실토하지 않을 것 같았다. 뭔가 더 강렬한 협박이 필요했다.

바하문트는 모달에게 턱짓을 했다.

"모달, 너는 저쪽으로 가서 망을 좀 봐라."

모달은 눈치가 빨랐다. 지금부터 바하문트가 뭔가 끔찍한 고문을 가할 것 같았다. 그래서 씁쓸히 입맛을 다시고는 자리를 비켜 주었다.

모달이 멀리 떨어지자 바하문트는 한쪽 장갑을 벗었다.

어둠 속에서 새하얗고 보드라운, 그림처럼 아름다운 손이 드러났다.

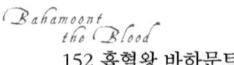

시체도둑은 꿀꺽 침을 삼켰다. 도둑은 바하문트가 장갑을 끼고 있다는 사실을 전혀 몰랐었다. 그런데 바하문트가 손에서 뭔가를 둘둘 말아서 벗으니 그 속에서 너무나 아름다운 손이 나오는 것 아닌가.

놀랍고 섬뜩했다. 저 새하얀 손이 너무나 무섭고 불길했다. 시체도둑은 저도 모르게 몸서리를 쳤다.

바하문트는 장갑 낀 손으로 시체도둑의 입을 꽉 막았다. 혹시라도 비명이 새어 나갈까 우려했기 때문이다.

그런 다음 맨손으로 시체도둑의 팔을 가만히 잡았다가 놓았다.

쭈왁!

순식간에 팔이 녹았다.

아니, 녹은 것이 아니다. 무섭게 빠른 속도로 생기가 빨려나갔다. 뼈 근육이 쫙 말라서 비틀어졌고, 굵은 혈관은 오그라들어 실핏줄로 변했고, 지방은 낱낱이 분해되어 흡수당했고, 피는 증발했다.

"읍, 읍읍!"

시체도둑은 흰자위를 드러내며 몸부림쳤다.

하지만 바하문트가 바위처럼 완강하게 짓누르고 있어서 꿈쩍도 못했다. 비명도 새어 나오지 않았다.

이윽고 바하문트는 시체도둑의 팔을 들어서 보여주었다.

미이라처럼 바짝 마른 손을 본 시체도둑은 두 눈을 부릅떴다. 괴상하게 변해 버린 제 손을 보자 모골이 송연했다.

바하문트는 시체도둑의 귀에 입술을 대고 뭐라고 중얼거렸다.

시체도둑은 이빨을 딱딱딱 부딪치면서 정신없이 고개를 끄덕였다. 그리곤 모든 비밀을 줄줄 실토했다.

"나, 나리. 얼마 전…… 저희 길드에선…… 만드라고라를 속성으로 키울 방법을 찾았습죠."

"속성재배 방법을 찾았다고?"

"네. 나리께서도 아시다시피, 만드라고라는 원래 사형수의 정염을 먹고 자라기 때문에 사형장의 축축한 땅속에서만 큽니다요."

"그렇지."

"헌데 저희 길드에선 여러 차례 실험 배양을 했습니다요. 그 결과 사형장이 아니라…… 시체의 살 속에서 자라는 신품종을 개발했습죠."

바하문트의 눈동자가 살짝 흔들렸다. 바하문트는 눈매를 가늘게 좁히면서 캐물었다.

"사실이냐? 너희가 개량한 만드라고라는 흙에서 자라는 것이 아니라 시체의 살을 파먹고 큰다고?"

"네, 나리. 저희가 개발한 신품종 만드라고라는 시체의 살을 파먹고 피를 빨면서 자랍니다. 대신 아무 시체나 쓸 수 없습죠. 원한을 품고 죽은 사형수의 시체만 만드라고라를 키울 수 있습니다요. 그것도 사형장 땅속에서 먼저 싹을 틔우도록 배양한 다음, 달빛이 없는 그믐에 시체에 옮겨 심어야 합니다요."

"그럼 너희들이 포대에 담은 시체는 숙주겠구나. 현재 살 속에서 만드라고라가 자라고 있는 숙주!"

"마, 맞습니다요."

시체도둑은 떠듬떠듬 대답했다.

바하문트는 이마를 찌푸렸다. 시체를 파먹고 자라는 식물을 만들어 내다니, 과연 만드라고라 길드는 더럽고 잔혹했다. 하지만 상관없었다. 바하문트는 알고 싶은 것만 캐내면 그만이었다.

"다른 것을 물어보겠다."

"뭐든지 물어보십쇼."

시체도둑은 순순히 고개를 끄덕였다. 길드의 비밀까지 털어놓은 마당에 더 감출 것도 없었다.

바하문트가 빈의 시신에 대해 물었다.

"혹시 빈 로 도나우 남작님의 시체를 본 적이 있느냐?"

"없습니다요."

시체도둑은 단호하게 고개를 내저었다.

거짓말을 하는 것 같지는 않았다. 바하문트는 내심 실망했다. 안타까운 마음에 상대를 한 번 더 추궁했다.

"정말 본 적 없어? 잘 생각해 봐."

"나리, 정말입니다. 저희는 작업을 하기 전에 시체의 명패를 꼭 확인하거든요. 그런 다음 집어가도 뒤탈이 없을 시체, 그리고 부패하기 직전의 시체만 이용합니다. 귀족 분들의 시체는 절대 손대지 않습죠."

바하문트는 고개를 갸웃했다.

"뭔가 이상하다? 아무리 평민의 시체만 훔쳐간다고 해도 그렇지, 결국엔 사형집행관에게 들킬 텐데?"

"나리, 당연한 것을 물으십니다요. 당연히 들키지 않도록 미리미리 손을 써놓습죠."

"손을 써놓는다고?"

"네. 저희는 사형집행관들에게 수시로 돈질을 합니다. 또 일부 집행관들은 저희 길드 소속이기도 하고요. 어디 그뿐인 줄 아십니까? 시체를 최종 처리할 장의사들도 모두 저희 길드의 거래처랍니다. 그러니 들킬 가능성은 희박합니다요."

"허어!"

바하문트는 감탄했다. 만드라고라 길드는 바하문트가 생각했던 것보다 훨씬 더 조직적이고 치밀했다. 그러던 한순간,

'아!'

바하문트의 머릿속에 번쩍하고 묘안이 떠올랐다. 아버지의 시신을 되찾을 길이 보이지 않았었는데, 시체도둑의 말 속에서 한 줄기 희망을 발견했다.

'만드라고라 길드와 접촉하면 아버지의 시신을 찾을 가능성

이 높다. 장의사와 사형집행관의 정보를 모으면 얼마든지 실종된 시체를 추적할 수 있겠어.'

대신 만드라고라 길드와 거래하는 것은 지극히 위험했다. 삼대 흑길드라는 살벌한 명칭은 주사위를 굴려서 딴 것이 아니었다.

뭐, 무력으로 치면 당연히 바하문트가 위겠지. 그에겐 플루토가 있으니까.

하지만 죽고 사는 것이 꼭 무력으로만 결정나는 것은 아니다. 흑길드를 잘못 건드렸다간 쥐도 새도 모르게 당하기 일쑤였다.

레스토랑에서 식사를 하다가 독살될 수도 있고, 잠을 자다가 독연기를 뒤집어쓰고 죽을 가능성도 다분했다. 만드라고라 길드는 그만큼 거칠고 위험했다.

바하문트는 고민했다. 고민하고 또 고민했다.

아무리 생각해도 이건 혼자 결정할 수 없었다. 바하문트는 손짓을 해서 모달을 불렀다.

모달이 육중한 몸을 움직여서 다가왔다.

"으헉!"

모달은 바하문트의 엉덩이 아래 깔린 시체도둑의 팔을 보고는 소스라치게 놀랐다.

바하문트는 가만히 고개를 흔들었다. 도둑의 팔을 어떻게 한 것인지 묻지 말아달라는 뜻이었다.

눈치 빠른 모달은 아무 소리도 하지 않았다. 그저 왜 불렀는지 이유만 물었다.

"무슨 일이냐? 이 도둑놈이 뭐라고 그러는데?"

바하문트는 모달에게 만드라고라 길드의 비밀을 털어놓았다.

모달은 깜짝 놀랐다. 시체 속에서 만드라고라를 배양한다는 이야기를 들을 땐 저도 모르게 몸서리를 쳤다. 죽은 사람을 욕보이는 잔악한 행위에 치가 떨렸기 때문이다.

반면 바하문트는 모달처럼 흥분하지 않았다. 그저 담담하게 이야기를 풀었다.

"그래서 생각했다. 만드라고라 길드라면 아버지의 시신을 찾을 수 있을 거라고."

"하지만 바하문트⋯⋯."

"나도 안다. 물론 위험하겠지. 나뿐만 아니라 모달, 너도 위험할지 몰라. 그래서 네 의견을 묻고 싶다. 만약 네가 말린다면 나도 만드라고라 길드와 접촉하지 않으마."

바하문트는 선택권을 모달에게 넘겼다.

모달은 입술을 꾹 다문 채 바하문트의 얼굴을 빤히 들여다보았다. 바하문트도 회피하지 않고 친구의 얼굴을 직시했다.

눈싸움에서 모달이 졌다.

"하아, 할 수 없지. 바하문트. 네 아버지라면 내게도 아버지다. 나도 아버님의 마지막 가시는 길이 처참하게 얼룩지는 것은 원치 않아. 그분께 좋은 옷을 입히고, 두 눈에 저승의 강을 건널 뱃삯을 올리고, 질 좋은 떡갈나무 장작 위에서 화장을 시켜드리고 싶어. 그러니까…… 하자."

"정말이냐?"

바하문트가 거듭 확인했다.

모달은 턱살을 출렁이며 고개를 끄덕였다.

"그래. 만드라고라 길드와 접촉하자."

말은 이렇게 했지만 모달은 속으로 한숨을 내쉬었다. 담이 작고 소심한 모달로서는 바하문트를 쫓아다니는 것이 버거웠다.

Chapter 3

시체도둑은 하나 남은 팔로 상의를 풀어헤쳤다. 그리곤 털이 북슬북슬한 배를 바하문트에게 들이밀었다.

바하문트가 물었다.

"괜찮겠나?"

시체도둑은 지저분한 천 뭉치를 입에 물면서 웅얼웅얼 대답했다.

"괜찮고말고요. 죽는 것보다는 배때기에 구멍이 뚫리는 편이 훨씬 낫습죠. 내장이 상하지 않게 잘 뚫어주십쇼."

"꼭 이렇게까지 해야 하나?"

시체도둑은 입에서 천 뭉치를 빼고 대꾸했다.

"나리, 전들 이러고 싶겠습니까? 하지만 배를 가르지 않으면 제가 죽습니다요."

"팔 하나 잃은 것으로는 부족한가?"

시체도둑은 미이라처럼 변한 제 팔뚝을 내려다보더니 천천히 고개를 흔들었다.

"팔 하나로는 안 됩니다. 최소한 배에 구멍이 나고 내장을 한 번 쏟아야 용서가 됩니다. 여하튼 저는 길드의 비밀을 외부인에게 털어놓은 배신자니까요."

시체도둑의 대답은 참으로 처연했다. 바하문트는 일말의 죄책감을 느꼈다.

그 사이 시체도둑은 뱉었던 천 뭉치를 다시 입에 물었다. 도둑의 이마엔 송글송글 식은땀이 맺혔다. 이왕 쑤실 거 빨리 끝내자는 눈빛이었다.

바하문트는 모달에게 턱짓을 했다.

모달이 시체도둑을 뒤에서 끌어안고는 움직이지 못하도록 꽉 고정했다. 이어서 바하문트가 단검을 휘둘렀다.

푹!

가죽 찢어지는 소리가 났다. 뱃살을 뚫고 시퍼런 단검이 파고들었다.

"끄엇!"

시체도둑은 얼굴을 시뻘겋게 물들이며 있는 힘을 다해서 천 뭉치를 깨물었다.

바하문트는 상대가 고통을 느끼지 않도록 최대한 빠르고 매끄럽게 단검을 움직였다. 내장이 상하지 않도록 조심조심, 그러면서도 빠르고 단호하게.

시체도둑의 배가 'ㄴ' 자 모양으로 갈렸다. 붉은 피와 함께 내장이 와락 쏟아졌다.

모달은 시체도둑을 가만히 땅에 눕혔다.

바하문트는 쏟아지는 내장을 다시 시체도둑의 뱃속으로 밀어넣고 피를 지혈시켰다. 시체도둑은 송아지를 낳은 암소마냥 눈을 껌벅거리더니 천천히 입을 열었다.

"나리…… 푸줏간 골목에서 10번째 집을 찾으십쇼. 거기서…… 보름날 잡은 오뉴산 암소고기를 잡수러 왔다고 말하면 길드 윗분들과 접촉할 수 있습니다요."

여기까지 말한 뒤, 시체도둑은 조용히 눈을 감았다.

도둑의 배에서 흐르던 피는 어느새 멎었다. 바하문트가 재빨리 지혈해 준 덕분이었다. 하지만 상처가 깊어서 언제 피가 다시 터질 지 알 수 없었다.

바하문트는 나무를 깎아서 가느다란 바늘 몇 개를 만들었다. 그걸로 살을 집어서 상처가 터지지 않도록 잘 고정시켜 주었다. 이런 응급처치에 꽤나 숙달된 솜씨였다.

시체도둑은 묘한 눈빛으로 바하문트를 올려다보았다. 바하문트는 그에게 가볍게 눈인사를 건넨 다음 자리를 털고 일어났다.

등 뒤에서 시체도둑이 한소리 덧붙였다.

"나리, 날이 밝으면 푸줏간이 문을 닫습니다요. 서두르십쇼."

하긴, 날이 밝으면 사람들이 몰려들어서 곤란할 것이다. 바하문트와 모달은 서둘러서 푸줏간 골목으로 향했다.

밤이 깊었는데도 골목은 왁자지껄했다. 신선한 고기를 안주 삼아 술잔을 기울이는 애주가들은 여기서 밤을 샐 듯했다.

바하문트와 모달은 고기나 한 점 잡숫고 가라는 상인들의 유혹을 뿌리쳤다. 그리곤 끝에서부터 10번째 집을 찾아 안으로 들어갔다.

뚱뚱한 푸줏간 주인이 바하문트를 반겼다.

"어서 옵쇼."

주인은 딸기코에 털북숭이였다. 웃옷을 벗고 가죽 앞치마만 두른 차림이었는데, 앞치마 사이로 가슴털이 수북하게 삐져나왔다. 털투성이 손에는 네모반듯한 식칼을 들었다. 그 모양새가 살벌하면서도 묘하게 그럴 듯했다.

주인은 싱글싱글 웃으며 바하문트를 자리로 안내했다.

"브라암 왕국에서 오신 구도승들이시군요. 그래, 두 분께 뭘 올릴깝쇼? 어제 오후에 잡은 송아지 고기가 맛있을 텐데요. 거기에 붉은 와인을 곁들이면, 캬아!"

162 흡혈왕 바하문트

주인은 상상만 해도 군침이 도는지 입맛을 다셨다.

"헤에?"

모달의 입 속에도 벌써 한 주먹의 침이 고였다.

반면 바하문트는 표정의 변화가 없었다. 바하문트는 시체도둑에게 들은 대로 읊었다.

"보름날 잡은 오뉴산 암소고기로 주시오."

순간 푸줏간 주인의 얼굴이 살짝 변했다. 주인은 새끼손가락으로 귓구멍을 후비며 다시 한 번 주문을 확인했다.

"손님, 방금 뭐라고 하셨습니까요?"

"보름날 잡은 오뉴산 암소고기를 달라고 했소."

바하문트는 천천히 운을 떼면서 주인의 행동 변화를 살폈다. 상대가 수상한 짓을 하면 바로 반격할 수 있도록 마음을 가다듬었다.

탕!

주인은 갑자기 식칼을 내던져서 둥그런 나무도마 위에 꽂았다.

갑자기 탕 소리가 나자 모달이 깜짝 놀랐다. 바하문트의 눈은 사냥의 앞둔 매처럼 매섭게 빛났다. 하지만 섣불리 상대를 자극하지는 않았다. 그저 날카로운 눈빛으로 푸줏간 주인의 다음 행동을 주시했다.

무언가 느낀 탓일까? 주인은 표정을 풀면서 유들유들하게 대응했다. 그는 바하문트를 향해 대뜸 엄지를 치켜세웠다.

"캬! 손님은 정말 미각이 대단하십니다요. 오뉴산 암소고기는 그야말로 최고급품입죠. 육질이 부드럽고, 살과 지방이 절묘하게 조화를 이뤄서 아름다운 마블링 무늬를 만들어내며, 씹으면 씹을수록 달콤한 육즙이 배어나오는 명품 중의 명품입니다요. 자, 두 분은 저를 따라오시죠. 손님들처럼 안목이 높으신 분들을 위해서 가게 뒤편 얼음 창고에 오뉴산 암소고기를 받아놓았습니다요."

푸줏간 주인은 가게 뒤편으로 향했다.

바하문트도 머뭇거리지 않았다. 배에 힘을 한 번 꾹 주고는 곧바로 주인의 뒤를 따라갔다.

"야, 같이 가."

모달이 바하문트를 부르며 뒤쫓아 왔다.

얼음 창고는 넓고 서늘했다. 그리고 어두웠다.

주인은 손으로 더듬어서 대롱대롱 매달린 갈고리를 찾더니, 그 위에 램프를 걸었다.

어두운 창고에 빛이 스며들었다.

바하문트는 빠른 눈길로 창고 안을 살폈다.

창고 벽엔 하얗고 네모난 얼음이 쌓여 있었다. 천장엔 쇠갈고리가 수십 개가 축 늘어졌는데, 각 갈고리마다 묵직한 고기 뭉치가 매달렸다.

주인은 성큼성큼 창고 안으로 들어갔다. 그 안에서 바하문트에게 손짓했다.

"손님, 이리로 오십쇼. 여기 이놈이 오뉴 지방에서 키운 암소고기입니다요."

바하문트는 주인의 말투가 시체도둑의 그것과 비슷하다고 생각했다. 어쩌면 같은 길드 출신이어서 그럴지 몰랐다.

이런저런 생각을 하면서 걷고 있는데, 주렁주렁 매달린 고기뭉치 사이에서 갑자기 칼이 날아왔다.

칼이 날아오기 전 살기가 먼저 뻗었다. 바하문트는 외줄로 파고드는 살기를 느꼈다. 반사적으로 손을 휘둘렀다.

따앙!

바하문트은 손바닥으로 기습자의 칼날 옆면을 때려서 가뿐히 튕겨내었다. 완력, 속도, 정확성, 모두 바하문트가 한 수 위였다.

허나 기습자도 호락호락하지 않았다. 벼락처럼 나타나서 한 칼 찌르더니, 어느새 고기뭉치 뒤쪽으로 모습을 감췄다. 게다가 칼을 찌른 각도가 굉장히 예리했다.

'그냥 뒷골목에서 익힌 솜씨가 아니다. 전문적으로 칼을 배운 자야. 그것도 꽤 오래 수련했어.'

바하문트는 방심하지 않았다. 그렇다고 긴장하지도 않았다. 정신은 팽팽하되 근육은 부드럽게 풀었다.

그 부드러운 팔근육이 채찍처럼 휘어졌다. 바하문트의 손이 싹 사라진다 싶더니 어느새 공간의 틈새로 파고들었다.

써걱—

만드라고라 길드 165

묵직한 고기뭉치가 썽둥 잘려서 바닥에 떨어졌다. 바하문트는 손날로 질긴 고기를 매끈하게 잘랐다. 살 뿐만 아니라 굵은 소뼈까지 깨끗하게 끊어내었다.

고기뭉치 뒤에 숨었던 기습자가 화들짝 놀랐다. 기습자는 원숭이처럼 재주를 넘으면서 도망치더니 다른 고기뭉치 뒤에 몸을 숨겼다.

"흥, 어딜 도망치려고?"

바하문트는 일직선으로 스텝을 밟으면서 빠르게 따라붙었다. 중간 중간 손을 휘둘러서 추격에 방해가 되는 고기뭉치들을 마구 베어 버렸다.

엄폐물이 점점 사라졌다. 기습자가 당황했다. 기습자는 순식간에 창고 코너까지 몰렸다. 더 이상 어디로 도망쳐야 할지 판단이 서지 않았다.

바하문트가 불쑥 다가왔다. 그의 손이 허공을 갈랐다.

"흡!"

기습자는 헛바람을 집어삼키며 칼을 마주 휘둘렀다.

바하문트의 손과 기습자의 칼이 맞부딪쳤다. 이러면 칼이 손을 베야 마땅했다.

그러나 결과는 정반대였다. 바하문트는 손날로 짧게 끊어쳐서 적의 칼 중간부분을 부러뜨렸다. 이어서 손의 방향을 틀어서 상대의 손목을 움켜잡았다.

"아아앗!"

놀란 상대는 한 번 더 비명을 질렀다. 뾰족한 여자 목소리였다.

'여자?'

바하문트는 기습자가 여자라는 사실을 깨달았다.

그러나 용서란 없었다. 여자라고 봐주지도 않았다. 바하문트는 상대의 팔을 비틀어서 뒤로 꺾었다. 동시에 칼을 빼앗아서 그걸로 상대의 허벅지를 쑤셨다.

예리한 칼날이 기습자의 다리근육을 끊으며 깊게 파고들었다.

"악!"

다시금 뾰족한 비명이 터졌다. 바하문트를 기습했던 여자는 허벅지에 칼이 꽂힌 채 무릎을 꿇었다. 다리근육이 끊겼으니 더 이상 도망칠 수 없었다.

바하문트는 여자의 등 뒤에서 팔을 꺾어 붙잡곤 무릎으로 등짝을 꽉 찍어 눌렀다.

"크흡!"

여자가 거듭 비명을 토하며 바닥에 엎드렸다.

바하문트는 비로소 상대의 모습을 또렷하게 훑어볼 수 있었다. 여자는 체격이 왜소하고 가슴이 밋밋했다. 얼굴은 검은 천으로 가린 상태였다.

바하문트는 다짜고짜 상대의 천을 벗겼다. 감춰졌던 적의 얼굴이 드러났다.

만드라고라 길드 167

Chapter 4

 바하문트를 기습했던 여자는 상당히 앳되었다. 두 볼은 능금처럼 붉었고, 뺨과 목덜미엔 솜털이 보송보송했다. 외모로 보건대 대략 16살 내외의 소녀였다.
 허나 바하문트는 어린 소녀라고 봐주지 않았다. 동정심을 품지도 않았다. 적은 적으로 대할 뿐이었다.
 바하문트는 무릎으로 상대의 등을 꽉 찍어 누른 채 억센 손으로 소녀의 뽀얀 목덜미를 움켜잡았다. 여차하면 이대로 목뼈부터 꺾어 버릴 요량이었다.
 그때였다.
 "그 더러운 손을 당장 치우지 못할까!"
 등 뒤에서 차가운 목소리가 들렸다.
 바하문트는 이글거리는 눈으로 뒤를 돌아보았다.
 검은 천으로 얼굴을 가린 여전사 세 명이 냉동 갈비짝 사이에서 모습을 드러냈다. 하나같이 보통 여자들이 아니었다. 여전사들의 자세는 가벼우면서도 안정되었고, 눈빛은 시리도록 차가웠다.
 무기도 독특했다.
 세 여전사는 약속이라도 한 듯 왼손에 칼을 들었다. 잘 벼린 칼의 길이는 손잡이까지 합쳐서 약 40센티미터 가량 되었는데, 특이하게도 손잡이 끝에 구멍이 두 개 뚫려 있었다. 그 구

168 **흡혈왕 바하문트**

멍에 엄지와 검지를 걸어서 사용하는 형태였다.

바하문트는 저런 기형칼은 처음 접했다. 호기심을 품고 적을 계속 관찰했다.

상대의 무기는 두 가지였다. 하나는 왼손에 든 기형칼, 그리고 오른손 손등에 날이 네 개 달린 뾰족한 갈고리를 찼다. 갈고리의 길이는 대략 20센티미터 안팎이었다.

'어쌔신(Assassin; 암살자) 훈련을 받은 계집들이군.'

바하문트는 세 여전사를 노려보면서 천천히 일어났다. 오른손으론 포로로 잡은 소녀의 목을 움켜쥐었고, 왼손으론 소녀의 허벅지를 쑤셨던 칼을 다시 뽑았다.

맨 왼편의 여자가 짧게 윽박질렀다.

"어서 그 손을 떼라."

"싫다면?"

바하문트는 양보하지 않고 맞받아쳤다.

세 여자의 눈썹이 동시에 치솟았다. 얼굴을 가린 천이 부르르 떨리는 것으로 봐서 세 명 모두 상당히 분노한 듯했다.

왼쪽 여전사가 으스스하게 말했다.

"죽고 싶어서 안달이 났군."

오른쪽 여전사가 그 말을 받았다.

"그렇게 죽고 싶다면 죽여주지."

둘의 말이 끝나기 무섭게 중앙 여전사가 공격의 포문을 열었다. 그녀는 바하문트를 향해 물 흐르듯 다가들면서 두 팔을 교차했다.

날카로운 갈고리가 바하문트의 허벅지를 긁었다. 바로 뒤이어 기형칼이 파고들어 바하문트의 손목을 노렸다.

바하문트는 소녀를 바닥에 내팽개쳤다. 그러면서 한쪽 발을 뒤로 뺐다. 이 연결동작만으로 적의 첫 번째 공격을 피했다. 이어서 손날로 적의 기형칼 옆면을 정확하게 때려서 두 번째 공격도 막았다.

침착하고 차분한 방어였다. 방어에 성공했으니 이제 바하문트가 반격할 차례다.

그때 놀라운 일이 벌어졌다.

바하문트의 손과 부딪친 기형칼이 뒤로 튕겨난다 싶더니, 여전사의 손가락을 타고 다시 360도 회전해서 바하문트의 손목을 베었다.

서걱!

손목이 뜨끔했다. 피부 위에 가느다란 선이 생기더니 이내 핏물이 배어나왔다.

바하문트는 손목 위쪽을 꽉 움켜쥐면서 무덤덤하게 중얼거렸다.

"그 기형칼…… 어떻게 쓰는지 궁금했었는데, 그렇게 사용하는 거였군. 좋은 걸 배웠다."

공격을 퍼부었던 여전사가 피식 비웃었다.

"좋은 걸 배웠다고? 배웠으면 수업료를 내야지."

"수업료? 얼만데?"

여전사는 살짝 눈웃음을 치면서 대꾸했다.

"꽤 비싸. 네 목숨 값이야."

"내 목숨 값이라고? 고작 이 정도 상처로 내가 죽을 것 같나?"

"아마 죽을걸. 내 칼엔 흑전갈의 극독이 묻어 있으니까."

여전사는 자신만만하게 대답했다. 그리곤 오만한 눈길로 바하문트의 안색을 훑어보았다. 아마도 상대가 깜짝 놀라며 벌벌 떨 거라고 생각한 듯했다.

허나 바하문트의 행동은 예상과 달랐다. 바하문트는 칼에 베인 상처를 입으로 가져가더니 추호의 망설임도 없이 이빨로 생살을 물어뜯었다.

와득!

손목의 살점 한 뭉텅이가 뜯겨 나왔다. 시뻘건 피가 튀었다. 바하문트는 입 안에 고인 핏물을 퉤 뱉으면서 씩 웃었다.

"어째 칼날에 독이 발린 것 같았어. 베일 때 화끈한 독기가 손목으로 파고들더라고. 그래서 피가 안 퍼지게 꽉 누르고 있었지. 그런 다음 살점째 뜯어내면 그만이야."

독하다. 독종도 이런 독종이 없다.

여전사는 저도 모르게 주춤 물러섰다.

바하문트가 뿜어내는 위압감은 상상 이상이었다. 정말 소름 끼치게 무서웠다. 제 살을 한 움큼이나 물어뜯는 과감함도 두

렵지만, 피에 물든 이빨을 으스스하게 드러내며 웃는 모습이 더없이 싸늘하고 섬뜩했다.

지금 바하문트의 모습은 과거 바바로스 땅에서 혈투를 벌였던 때로 되돌아간 것 같았다. 진한 피비린내가 풍겼다.

여전사는 저도 모르게 몸서리를 쳤다. 바하문트는 그녀를 향해 낮게 으르렁거렸다.

"이젠 내 차례야. 내가 흘린 피 값을 받아낼 차례라고."

그 말이 채 끝나기도 전, 바하문트의 몸뚱이가 갑자기 획 사라졌다.

"엇?"

여전사는 기겁을 하면서 사방을 두리번거렸다.

뒤에서 두 동료들이 동시에 소리쳤다.

"언니, 아래야!"

"아래를 봐."

언니라고 불린 여전사는 화들짝 놀라며 바닥을 내려다보았다.

과연 바하문트는 그곳에 있었다. 갑자기 없어진 것이 아니었다. 그저 벼락처럼 몸을 날려서 땅바닥에 스치듯이 파고들었을 뿐이다. 그 속도가 너무나 빨라서 갑자기 사라진 것처럼 보였다.

이 사실을 깨달았을 때는 이미 늦었다. 여전사에겐 피할 시간이 없었다.

바하문트는 어느새 코앞까지 다가왔다. 마치 폭포수를 거슬러 올라오는 연어처럼 바닥으로부터 솟구쳐 일어났다. 그리곤 입을 쩍 벌려서 핏물이 낀 이빨을 으스스하게 드러냈다.

길을 걷는데 등 뒤에 유령이 불쑥 나타나 업히면 이런 기분일까? 어찌나 놀랐던지 여전사는 심장이 터지는 줄 알았다.

그 와중에도 몸이 반응했다. 여전사는 어떻게든 살아보겠다고 갈고리와 기형칼을 엇각으로 휘둘렀다. 바하문트를 공격하려는 의도보다는 시간을 벌고 도망치려는 의도였다.

하지만 바하문트가 한 발 빨랐다. 그의 손이 새하얗게 빛났다. 그 환한 빛이 폭발한다 싶더니,

퍽!

하얀 손이 여전사의 뱃속으로 쑥 파고들었다.

바하문트의 손은 잘 벼린 검보다 더 예리했다. 묵직한 고깃덩이도 썽둥썽둥 잘라 버리는데 한낱 사람의 살을 못 찢을 리 없었다.

"컥!"

비명이 터졌다. 여전사는 흰자위를 드러내며 고개를 위로 치켜들었다.

바하문트는 상대의 미끄러운 내장을 와락 움켜쥐었다. 그리곤 으스스하게 속삭였다.

"움직이지 마."

그 말 한 마디면 족했다. 뱃속을 장악당한 여전사는 손가락

하나 까딱하지 못하고 바들바들 떨었다.

그때,

"너나 움직이지 마."

뒤에서도 비슷한 협박이 들렸다.

바하문트는 고개를 살짝 돌려서 소리가 들린 곳을 보았다.

나머지 여전사 두 명이 기형칼로 모달을 위협하는 중이었다. 한 여자는 모달의 옆구리에 칼날을 들이밀었고, 다른 한 명은 모달의 축 늘어진 목살에 칼을 겨눴다.

두 여전사가 바하문트를 다그쳤다.

"언니를 놓아 줘라. 당장 손을 떼고 천천히 물러나."

"잔머리 굴리면서 꾸물거리지 마. 수작 부리면 즉시 이 뚱보의 목을 따 버릴 테다."

괜한 협박 같지는 않았다. 바하문트는 모달을 해치지 말라는 뜻으로 손바닥을 쫙 폈다.

여전사들의 눈이 반짝 빛났다. 모달을 포로로 잡기 잘했다고 생각한 것 같았다. 이때가 0초.

그 직후 바하문트가 비릿하게 웃었다. 이때는 0.2초였다.

바하문트의 웃음을 본 두 여전사는 머릿속으로 그 웃음의 의미를 해석했다. 이때가 0.3초였다. 그리고 그녀들이 무언가 섬뜩함을 느꼈을 때는 0.4초였다.

바하문트는 0.4초 안에 모든 일을 끝냈다. 그 짧은 찰나, 바하문트는 포로로 잡은 여전사의 손에서 기형칼을 빼앗았다.

그리곤 어깨를 움직이지 않고 오직 손목의 힘으로만 기형칼을 뿌렸다.

두 여자는 바하문트가 칼을 던졌다는 사실을 전혀 눈치채지 못했다. 알았을 때는 이미 늦었다.

"악!"

모달 왼편에 서서 목에 칼을 겨눴던 여전사가 비명을 질렀다. 바하문트가 던진 기형칼이 그녀의 팔뚝에 정확하게 꽂힌 탓이다.

뒤이어 바하문트가 직접 달려왔다. 바하문트는 10미터라는 간격을 눈 깜짝할 새에 좁히더니, 벼락처럼 손을 뻗어 상대방을 후려쳤다.

퍼억.

가죽 터지는 소리가 났다. 바하문트의 손바닥은 적의 복부를 정확하게 강타했다.

기습적으로 한 방 얻어맞은 여전사는 팔뚝에 칼을 꽂은 채 뒤로 나동그라졌다. 붉은 핏물이 허공을 수놓았다.

동료가 바하문트에게 당하는 동안, 오른편의 여자가 반격했다. 그녀는 다짜고짜 모달부터 공격했다. 독을 바른 기형칼이 모달의 목 아래를 찍었다.

푸욱—

둔탁한 소리가 났다. 기형칼은 모달의 갑상선 옆쪽으로 깊숙하게 파고들었다.

'동맥을 찔렀으니까 즉각 피가 뿜어질 것이다.'

여전사는 이렇게 기대했다.

헌데 모달은 피를 흘리지 않았다.

모달의 몸을 둘러싼 팻 아머는 말 그대로 비계갑옷이었다. 갑옷에서 피가 흐를 리 없었다.

당연히 고통도 없었다. 더불어 기형칼에 발라놓은 흑전갈의 독도 효과를 발휘하지 못했다. 칼이 찌른 부위가 실제 모달의 살이 아니기 때문이다.

여전사는 당황했다. 분명 상대의 목을 정확하게 찔렀는데 피 한 방울 흘리지 않으니 놀랄 수밖에.

"이 돼지 새끼, 살집 한 번 두껍구나."

여전사는 모달의 겹겹이 쌓인 살을 욕하면서 벼락처럼 기형 칼을 휘둘렀다.

푹푹푹—!

모달의 배에 여러 개의 구멍이 숭숭 뚫렸다. 그런데도 모달은 늘어지게 하품을 했다.

"이놈잇!"

여전사는 독기를 품었다. 이번엔 칼을 모달의 가슴팍에 쑤셔 박았다. 그것도 25센티미터나 되는 칼날 전체를 몽땅 살 속에 담갔다.

헌데 모달의 반응은 여전히 한가로웠다. 약이라도 올리는 것처럼 새끼손가락으로 귓구멍을 후빈다.

"이이익!"

머리 꼭대기까지 화가 난 여전사는 이빨을 꽉 물곤 칼 손잡이를 빙글빙글 돌렸다.

칼로 이 뚱뚱한 녀석의 가슴살을 저미고 독을 퍼트리려는 악독한 심보였다. 그러면서 모달의 얼굴을 올려다보았다. 이번엔 모달이 비명을 지르겠거니 기대한 듯했다.

그러나 기대는 무참히 깨졌다. 모달은 멀쩡했다. 출렁거리는 가슴팍에선 피 한 방울 나지 않았다. 중독현상도 없었다.

"어, 어떻게 이럴 수가 있지?"

여전사가 입을 딱 벌리면서 기막혀 하는 순간, 뒤에서 바하문트가 달려들었다. 바하문트는 손날로 여전사의 뒷목을 끊어쳤다.

"큭!"

순간적으로 눈앞이 캄캄했다. 여전사는 기다란 머리카락을 휘날리며 폭삭 주저앉았다. 모달이 쓰러지는 여자를 받았다.

Chapter 1

바하문트와 모달은 고기창고를 장악했다. 더불어 네 명의 포로도 붙잡았다.

그러나 아쉽게도 푸줏간 주인은 놓쳤다. 그 약삭빠른 털북숭이는 싸움이 벌어진 틈을 노려 감쪽같이 자취를 감추었다.

모달이 눈살을 찌푸렸다.

"푸줏간 주인을 놓쳤는데 괜찮을까? 내가 그놈을 잘 감시했어야 했는데, 이 여자들한테 기습을 당하는 바람에 그만 놓쳤어."

"상관없어. 놈은 동료들을 몰고 이곳으로 되돌아올 거야."

바하문트는 쇠갈고리로부터 묵직한 갈비짝을 끌어내리면서

담담하게 대꾸했다. 그리곤 빈 갈고리에 포로들을 거꾸로 매달았다.

허벅지에서 피를 흘리는 소녀가 가장 먼저 거꾸로 매달렸다.

"야, 이 나쁜 놈아! 거지같은 자식아! 놔! 좋은 말로 할 때 당장 놔!"

소녀는 고래고래 욕을 하면서 버둥거렸다.

허나 바하문트는 눈 하나 깜짝하지 않았다. 그리곤 소녀에 이어서 세 여전사까지 단숨에 매달아 버렸다.

'푸줏간 주인은 분명 동료들을 몰고 다시 나타날 거다. 그러니 그 전에 포로들을 이렇게 꼼짝 못하게 제압해 놓아야 싸우기 편하지.'

이게 바하문트의 판단이었다. 그 판단은 틀리지 않았다. 조금 기다리자 푸줏간 주인이 다시 돌아왔다.

스릉—

바하문트는 여전사들로부터 빼앗은 기형칼 두 자루를 마주 긁어서 쇳소리를 내었다. 청명한 금속음이 전의를 불러일으켰다. 바하문트는 좁은 창고문을 떡하니 막고 선 채 스산한 눈길로 적들을 훑어보았다.

네모난 식칼을 움켜쥔 푸줏간 주인이 적진 선두에 섰다. 그리고 그 뒤를 따르는 험상궂은 사내 아홉 명이 보였다.

한쪽 옆에는 검은 천으로 얼굴을 가린 여전사 다섯 명이 자

리했다. 다섯 명 모두 기형칼과 갈고리로 무장한 차림이었다.

 마지막으로 여전사들 뒤편에 보랏빛 드레스를 입은 매혹적인 여자가 한 명 있었다.

 '전부 열여섯 명인가?'

 바하문트는 머릿속으로 적의 전력을 가늠하면서 한 사람 한 사람 살폈다. 그러다 드레스를 입은 여자에게 시선을 딱 고정했다.

 바하문트의 눈과 드레스 차림 여자의 눈이 허공에서 얽혔다. 바하문트의 눈은 이글거리는 용암이었다. 반면 여자의 눈은 11월에 내리는 비처럼 서늘했다.

 '보통 여자가 아니다.'

 바하문트의 근육이 팽팽히 긴장했다.

 여자는 이질적이었다. 어쩐지 여기 있어선 안 될 사람 같았다. 이 험악한 자리에 치렁치렁한 보라색 드레스를 입고 나타난 것부터가 어울리지 않았다.

 게다가 여자에게선 사람 냄새가 나지 않았다. 인간보다 체온이 낮고, 음습하고, 축축하고, 관능적이면서, 동시에 소름 끼치게 강했다.

 바하문트는 엄지로 슬슬 반지를 문질렀다.

 '까다로운 상대다. 어쩌면 플루토를 소환해야 할지도 모르겠어.'

 그렇다고 꼬리를 내릴 의향은 없었다. 바하문트는 강한 적을 만날수록 투지가 솟는 타입이었다. 투지가 몸을 이끌었다.
 성큼.
 바하문트는 고기창고 밖으로 한 발 내디뎠다. 일단은 검으로 상대의 목을 노려볼 생각이다.
 그게 여의치 않으면 플루토를 불러서 이 일대를 초토화시킬 마음도 먹었다.
 여자는 바하문트가 내뿜는 과격하고 난폭한 살기를 감지했다. 뒤로 한 발 물러나더니 먼저 대화를 청했다.
 "잠깐! 난 그쪽과 싸울 생각 없어요."
 바하문트는 코웃음을 쳤다.
 "하! 여태 부하들을 부려서 실컷 공격해 놓고 이제 와서 발을 빼려고?"
 "그쪽을 적으로 여기고 공격한 것은 아니었어요. 그저 실력을 한 번 시험해 본 것뿐이에요."
 "흥, 독을 바른 칼로 습격해 놓고 그게 시험이었다? 변명이 구차하군."
 바하문트는 말을 하면서 슬금슬금 다가섰다. 조금씩 거리가 좁혀들 때마다 살기는 두 배, 세 배로 증폭되었다.
 여자가 움찔 몸을 떨었다.
 여자를 호위하는 길드의 여전사들은 기형칼을 뽑아들고 바하문트의 앞을 가로막았다. 더 이상 접근하지 말라는 뜻이었다.

바하문트는 눈을 번뜩였다. 머릿속으론 앞으로 벌어질 싸움을 그렸다.

적은 열여섯 명.

바하문트는 누구부터 어떻게 공격할지 낱낱이 파악하고 계획을 세웠다. 뇌 속에서 계획이 완성된 순간, 바하문트의 근육이 강하게 수축했다.

수축 뒤엔 폭발이 뒤따른다. 바하문트는 폭발적으로 달려들어 적의 목을 따 버릴 생각이었다. 그의 입술이 살짝 오므라들었다.

모였던 입술이 열리고 한바탕 피바람이 불 찰나,

"바하문트."

드레스 입은 여자는 다짜고짜 바하문트의 본명을 불렀다.

바하문트는 우뚝 공격을 멈췄다. 놀랐기 때문이다. 겉으론 아무렇지 않은 척했지만 속으론 까무러치게 놀랐다. 만드라고라 길드의 정보력이 대단하리라는 것은 예상했었다. 하지만 그새 본명까지 파악했을 줄은 몰랐다.

바하문트는 무시무시한 눈으로 상대를 노려보았다. 그리곤 잔뜩 억눌린 목소리로 으르렁거렸다.

"어떻게 내 이름을 알았지?"

바하문트의 억압된 목소리가 신경을 자극했다. 여자는 바하문트의 몸뚱어리 배후에 은은하게 겹쳐 떠오르는 야수의 형상을 읽어내었다.

쇠사슬에 칭칭 얽매인 채 바닥에 엎드린 야수! 얽매이고 또 얽매인 탓에 악에 받친 놈이다.

난폭한 야수는 당장이라도 쇠사슬을 끊고 뛰쳐나와 그녀의 목줄기를 물어뜯을 듯했다. 불현듯 목 부위가 서늘했다.

여자가 목을 쓰다듬으며 주춤하는 사이, 바하문트는 버럭 소리쳤다.

"어떻게 내 이름을 알았냐고 묻잖아!"

순간, 이 자리에 있는 모든 사람이 동시에 몸서리를 쳤다. 지금 바하문트가 뿜어낸 기세는 오줌을 지릴 만큼 강렬했다. 야수인 줄 알았는데, 악마였다.

상대가 대답이 없자 바하문트는 입술을 꽉 깨물었다.

바하문트는 질질 시간 끄는 것이 싫었다. 대화는 이것으로 끝났다. 상대가 대답할 기미가 없으니 곧장 달려들어 피를 볼 차례다.

여자는 섬뜩한 위기감을 느꼈다. 곧 바하문트의 공격이 시작될 것이다. 피보라를 동반한 공격이다. 일이 커지기 전에 대화를 해야 한다.

"내가 그쪽에 대해 알고 있으니 그쪽도 나에 대해 알아야 공평하겠죠? 내 이름은 이르드. 이곳 나이드 왕국을 담당하는 길드 지부장이에요."

"뭐? 지부장?"

바하문트의 눈썹이 꿈틀 치솟았다. 뒤에서 듣고 있던 모달

도 흠칫 놀랐다.

두 사람은 만드라고라 길드의 체계에 대해서 잘 몰랐다. 하지만 일반적인 상식에 비추어봤을 때, 지부장이라면 꽤나 높은 자리였다. 나이드 왕국 길드원들을 지휘하는 총책임자니까 결코 가벼운 자리일 리 없었다.

'이 이르드라는 여자…… 대체 정체가 뭐지?'

바하문트는 다시 한 번 이르드를 살폈다.

이르드도 눈을 피하지 않고 바하문트를 똑바로 대면했다. 그리곤 차분하게 협상을 제시했다.

"우리 협상해요."

"협상?"

"그쪽은 우리 만드라고라 길드에 원하는 것이 있잖아요. 원하는 것이 있으니까 오뉴산 암소고기를 주문했겠죠. 내 말이 틀렸나요?"

"맞다. 나는 너희 길드에 청탁할 일이 있다."

바하문트는 순순히 시인했다.

그러자 이르드가 빙그레 웃었다.

"좋아요. 마찬가지로 우리도 그쪽한테 바라는 게 있어요. 그러니까 협상을 통해서 서로 원하는 것을 얻자고요."

이르드는 당당했다.

바하문트는 눈을 가늘게 좁히며 심각하게 고민했다.

'과연 이 여자를 믿어도 좋을까? 이 여자가 아버지의 시신

을 되찾아줄 수 있을까? 그리고…… 만드라고라 길드는 나에 대해서 얼마나 알고 있을까?'

세 가지 의문이 바하문트의 머릿속을 뱅뱅 맴돌았다.

이르드는 은은한 미소를 머금은 채 바하문트가 생각을 정리하기를 기다렸다.

3분쯤 시간이 흘렀다. 마침내 바하문트는 결심을 굳혔다. 썩 내키지는 않았지만, 이 상황에선 만드라고라 길드와 손을 잡는 것이 최선이었다. 그러지 않고서는 아버지의 시신을 영영 못 찾을 것 같았다.

바하문트가 물었다.

"좋다. 협상에 응하겠다. 너희가 나에게 바라는 것이 무어냐?"

"먼저 그쪽 카드부터 열어요."

"뭐라고?"

"우리한테 뭘 청탁하고 싶은지 먼저 말하라고요. 청탁 내용이 쉬운지 어려운지 알아야 얼마를 대가로 받을지 결정할 수 있잖아요."

바하문트는 약간 망설이다가 입을 열었다.

"나는 빈 로 도나우 남작님의 시신을 찾고 있다. 시신은 엿새 전 동남부 국경 근처에서 실종되었다."

"거 참 탁월한 선택이군요. 여길 찾아오길 잘했어요. 확실히 시체를 찾는 일이라면 우리 만드라고라 길드를 따라올 곳이 없죠. 일단 왕국의 장의사들 가운데 95퍼센트가 우리 길드 출신이니까요."

이르드는 고개를 주억거리며 길드의 자랑을 늘어놓았다.

바하문트는 그거 다행이다 싶은 표정으로 고개를 끄덕였다.

"그래? 그럼 어렵지 않게 내 청탁을 들어줄 수 있겠군."

"그럼요. 이번 일은 특히 자신 있어요. 우리는 이미 빈 남작의 최후를 목격한 사람을 확보했거든요."

"뭐?"

바하문트의 눈에서 불똥이 튀었다. 놀란 마음에 한 달음에 다가와서 이르드를 다그쳤다.

"아버지의 최후를 목격한 사람을 확보했다고? 그게 무슨 뜻이냐? 설마 너희 길드가 아버지의 시신을 훔쳐갔었더냐?"

숨 막히는 살기가 이르드를 옥죄었다. 이르드는 얼른 손사래를 쳤다.

"아니에요. 내 말을 오해하지 말아요."

"그럼 무슨 뜻이냐? 요망한 궤변을 늘어놓지 말고 어서 실토해. 목격자가 대체 누구야?"

바하문트는 반지를 가슴께로 모으면서 으르렁거렸다. 여차하면 플루토를 불러내서 몽땅 쓸어버릴 생각이었다.

이르드는 서둘러 주변 사람들을 물렸다. 심지어 호위들까지 모두 물러나라고 명했다. 무언가 심각한 이야기를 꺼낼 분위기였다.

바하문트도 모달에게 눈짓을 보냈다.

"알았다."

모달은 창고 안으로 들어가서 문을 꽉 닫았다.

이제 바하문트와 이르드만 남았다. 이르드는 비로소 목격자를 불렀다.

"네스토님, 이리 나오세요."

"뭣? 네스토?"

바하문트는 네스토라는 이름이 튀어나오자마자 펄쩍 뛰었다. 그리곤 이르드의 손가락이 가리킨 방향을 향해 고개를 홱 돌렸다.

과연 그곳엔 왕궁의 수석시중 네스토가 있었다. 로브를 푹 눌러 써서 얼굴을 가린 네스토가 창고 옆 수풀에서 불쑥 모습을 드러내었다.

바하문트는 뿌드득 이빨을 갈았다.

"네스토! 잘 만났다."

바하문트의 송곳니가 으스스하게 드러났다. 진득한 살기가 안개처럼 퍼져서 주변을 옭아매었다. 주변 풍경은 점차 흐릿하게 사라졌고, 오직 네스토만 또렷했다. 바하문트의 눈에는 오로지 네스토만 보였다.

네스토는 같은 하늘 아래 살 수 없는 원수였다. 네스토 때문에 아버지가 죽었으니 열 번 찢어 죽여도 시원치 않았다.

원수를 만난 바하문트의 두 눈이 시뻘겋게 달아올랐다. 그 모습이 마치 두 개의 불덩이가 허공에 떠오른 듯했다.

"네. 스. 토!"

바하문트는 한 자 한 자 끊어서 우렁차게 외쳤다.

땅이 부르르 진동했다. 하늘이 노랗게 질렸다.

네스토도 바하문트를 향해 로브를 확 열어젖혔다. 그런 다음 깡마른 가슴팍을 드러낸 채 마주 소리쳤다.

"바하문트, 와라! 원한다면 와서 내 심장을 뽑아라!"

"내가 못할 것 같으냐? 이 야비한 늙은이야!"

바하문트의 고함은 천둥이 되었다. 몸은 벼락처럼 대지를 갈랐다.

바하문트는 순식간에 네스토 코앞에 도착해서 상대의 목줄기를 움켜잡았다. 그리곤 기형칼을 번쩍 치켜들었다.

이대로 네스토의 심장을 향해 내리꽂으면 끝. 원흉을 해치우고 아버지의 복수를 할 수 있다.

허나 내리꽂지 못했다.

그동안 쌓인 정 때문이 아니었다. 바하문트는 잔정에 연연하는 우유부단한 성격과는 거리가 멀었다.

모달 때문도 아니었다. 모달과의 우정도 중요하지만 그보다는 빈의 복수가 더욱 중했다.

바하문트가 원수를 죽이지 못한 이유는 바로 네스토의 눈빛 때문이었다. 네스토의 눈은 가을 하늘을 보는 듯 맑았다. 그 안엔 눈곱만큼의 그늘도 없었다. 죄책감도 없고, 두려움도 없고, 오로지 연민만 가득했다.

Chapter 2

"네스토! 그 눈은 뭐냐? 왜 나를 그렇게 봐?"

바하문트는 네스토를 향해 사납게 울부짖었다.

네스토는 바하문트를 물끄러미 올려다보더니 입꼬리를 비틀었다.

"바하문트…… 많이 약해졌구나."

"내가 약해졌다고?"

바하문트는 네스토를 잡아먹을 듯 노려보았다.

네스토는 조금의 두려움도 없이 고개를 끄덕였다.

"약해졌고말고. 예전의 너는 늘 싱글싱글 웃는 얼굴이었다. 그런 느긋한 얼굴로 나를 안심시킨 뒤, 속으론 몰래 비수를 갈았었지. 네가 침을 뽑고 왕궁을 탈출했을 때, 나는 깜짝 놀랐었다. 그리고 진심으로 너를 두려워했다. 하지만 지금은 아니야."

쾅!

바하문트의 머릿속에서 천둥이 쳤다. 네스토의 말은 비수가 되어 심장을 찔렀다.

바하문트는 입술을 실룩거렸다. 솟구치는 분노를 억지로 참

앉다. 생각 같아서는 당장 네스토를 때려죽이고 싶었다. 허나 생각할수록 상대의 말이 옳았다.

바하문트가 반박하지 못하자 네스토는 계속 독설을 퍼부었다.

"최근에 거울을 본 적이 있느냐? 지금 네 꼬락서니를 한 번 들여다보아라. 네놈의 썩어빠진 눈알이 속마음을 고스란히 비추고 있어. 이글거리는 살기가 이미 네 녀석의 정신을 잡아먹었단 말이다. 바하문트, 넌 마음의 균형을 잃었다. 이젠 미친 듯이 폭주해서 파멸하는 길만 남았어."

파멸!

그 잔인한 단어가 바하문트를 억압했다. 마침내 바하문트는 폭발했다. 그는 갈가리 찢어진 목소리로 포효했다.

"그래서 어쩌라고? 난 파멸해도 좋다. 아버지를 잃은 지금, 내겐 남은 것이 없다! 지켜야 할 것도 없다! 이 빌어먹을 세상을 활활 태우고 같이 재가 될 마음뿐이다. 네스토, 네가 나를 이렇게 만들었잖아!"

"이놈!"

네스토는 바하문트의 머리카락을 두 손으로 꽉 쥐고는 세차게 머리를 들이받았다.

쾅!

두개골과 두개골이 맞부딪쳤다. 이마가 얼얼했다. 네스토는 바하문트와 이마를 맞댄 채 숨을 씩씩거렸다.

"이 어리석은 놈. 이 비루하고 비겁한 놈! 도망치겠다는 뜻이냐? 죽은 아비를 핑계 삼아 비겁하게 도망치겠다고? 하늘이 내린 재능을 버리고 저 혼자 편히 죽겠다고? 네가 덜컥 죽으면 나이드 왕국은 어쩌란 말이냐? 지옥 문턱으로 내몰린 나이드의 백성들은 어떻게 하란 말이냐? 너는 왜 네 생각만 해? 나이드 사람이 아닌 나도 이렇게 가슴이 아프고 뜨거운데, 너는 왜! 왜!"

네스토는 울음 섞인 목소리로 울부짖었다.

바하문트는 깜작 놀랐다. 네스토가 눈물을 삼키는 모습을 보기는 처음이었다. 갑자기 가슴이 울컥했다.

"나이드 왕국이 왜 지옥 문턱으로 내몰렸는데? 네스토 영감, 이게 무슨 소리요?"

어느새 바하문트의 말투가 변했다. 방금 전처럼 네스토를 마구 대하지 않고 반쯤 존대를 썼다.

네스토가 울음을 되삼키며 말했다.

"지금 우고트 왕국의 플루토나이트들이 나이드 왕궁으로 몰려오는 중이다. 그것도 우고트 4대 플루토집단 가운데 하나인 염부의 총수가 직접 움직였다."

"뭐, 뭐요?"

"염부의 주력 병력은 이틀 뒤에나 도착할 게다. 하지만 염부의 총수 크라눔이 보낸 사신은 벌써 왕궁에 도착했다. 사신은 여왕폐하더러 성문 밖에 마중 나와서 무릎을 꿇고 대기하라고 하더라."

바하문트는 저도 모르게 되물었다.

"우고트 놈들이 일레나 여왕더러 무릎을 꿇으라고 했소? 만백성이 보는 앞에서?"

"그렇다. 몰래 플루토를 개발했다는 사실을 들킨 이상 나이드 왕국은 끝났다. 내 꿈도, 여왕폐하의 꿈도 모조리 박살났다. 하지만 그건 괜찮아. 꿈을 꾸었던 사람은 그 대가를 치를 준비가 되어 있으니까. 하지만 백성들은 무슨 죄냐? 무슨 죄가 있어서 생지옥에 떨어져야 하냐고."

"그놈들이 나이드 백성들까지 해친다고 했소?"

"아직도 모르겠느냐? 우고트 놈들은 잡초를 제거할 때 결코 뿌리를 남겨두지 않는다. 놈들은 나이드 왕실뿐 아니라 나이드 인 전체에게 죄를 물을 게야. 왕국은 무너지고, 성은 불타고, 백성들은 끌려가서 노예가 될 테지. 나이드는 끝났다."

마른하늘에 날벼락이 떨어지는 소리였다. 바하문트의 얼굴에 파르르 경련이 일었다.

네스토가 쐐기를 박았다.

"물론 나도 무사할 수 없다. 그리고 바하문트 너도 무사하지 못해. 우고트는 플루토 프로젝트와 관련 있는 사람들을 끝까지 추격할 게다."

"끄으응……."

바하문트는 저도 모르게 신음을 흘렸다. 우고트는 80기가 넘는 플루토를 보유한 초강대국이었다. 그들이 뒤쫓는다고 생각하자 아찔했다.

네스토가 쐐기를 박았다.

"바하문트, 네가 숨을 곳은 어디에도 없다. 놈들은 아르곤을 이용해서 끝까지 네 위치를 추적할 테니까."

"하지만 내 플루토는 아르곤에 걸리지 않는데? 전에 우리들에게 그렇게 가르쳤지 않소. 아르곤으로는 30만 차지의 플루토를 찾아낼 수 없다고."

네스토는 고개를 가로저었다.

"그건 네 플루토가 세상에 드러나지 않았을 때 이야기지. 너는 이미 플루토를 소환해서 우고트 기사들과 싸웠었잖아. 3미터짜리 소형 플루토를 보고 놈들이 무슨 생각을 했겠냐? 아, 이제부터는 30만 차지의 마정석을 추적할 수 있도록 아르곤을 교정해야 하겠구나. 이렇게 생각하지 않았을까?"

"그게 가능한 일이오? 아르곤을 교정하면 내 플루토를 추적할 수 있소?"

"물론이다. 별로 어렵지도 않다. 아르곤의 측정기준값(Thresh Hold)을 30만 차지 이하로 낮추기만 하면 되거든. 얼마 전, 나도 그 방법을 써서 네 뒤를 추적했었다."

확실히 네스토는 바하문트의 은신처를 정확하게 찾아내었다. 네스토가 한 일을 우고트 왕국이 못할 리 없었다.

그 생각을 하자 손바닥에 땀이 축축하게 배었다. 바하문트는 입술을 꽉 깨물고 침묵했다.

네스토도 덩달아 입을 다물었다. 그러다가 바하문트에게 조심스레 부탁했다.

"바하문트, 네가 뒤집어써다오."

"뭐라고?"

"이번 플루토 사건 말이다. 네가 몽땅 뒤집어써다오."

바하문트는 눈살을 찌푸리며 반문했다.

"그러니까…… 플루토 개발도 내가 했고, 살아남은 플루토 나이트도 나 혼자뿐이고, 나이드 왕실이나 일레나 여왕은 전혀 몰랐었다? 나더러 우고트 왕국에 자수한 다음 이렇게 말해 달라는 거요?"

네스토는 고개를 좌우로 흔들었다.

"아니. 네가 잡히면 안 돼. 일단 너를 잡고나면 그놈들은 나이드 왕실을 철저하게 조사할 게다. 그 와중에 여왕폐하도 다치시겠지. 하지만 네가 미꾸라지처럼 잘 빠져 나가면 이야기가 다르다. 그럼 우고트의 시선이 온통 네게 집중된다."

바하문트는 기가 막혔다.

"허! 다시 말해서 나더러 미끼 역할을 해 달라는 거요?"

"그래. 네가 우고트 놈들의 시선을 유인할 미끼가 되어다오. 그리고 또 있다."

또 있다는 말에 바하문트는 벌레 씹은 얼굴이 되었다.

"미끼가 되는 것만으론 부족한 거요? 대체 뭐가 또 있소?"

네 가지 선물 197

네스토는 잠시 망설이다가 말문을 열었다.

"때가 되면…… 나이드 왕실에서도 너를 추격할 게다. 우고트 왕국의 의심을 풀려면 나이드도 너를 체포하는 일에 앞장서야 해. 그래야 나이드 왕실과 백성들이 무사할 수 있다. 부디 그 점을 이해해다오."

"하하하, 이거 웃기는군. 우고트 왕국뿐 아니라 동족인 나이드 왕국까지 나를 궁지로 몰겠다고? 하하하하!"

바하문트는 기가 막히다 못해 웃음이 나왔다.

네스토는 바하문트를 향해 무릎을 꿇었다.

"바하문트, 염치없지만 부탁한다. 제발 부탁한다."

바하문트는 입을 꾹 다문 채 네스토의 뒤통수를 노려보았다.

참 뻔뻔한 늙은이였다. 적에게 이런 부탁을 하다니 참으로 지독하고 이기적이며 낯짝이 두꺼웠다.

허나 여왕에 대한 충성심 하나는 인정할 만했다. 어떻게든 여왕을 보호하려고 최선을 다하는 모습을 보자 숭고하다는 생각까지 들었다.

바하문트는 눈을 꽉 감았다.

잠시 후 다시 눈을 떴을 때, 바하문트는 새롭게 거듭났다. 분노에 휩싸여 마구 폭주하는 야수는 심연으로 가라앉았다.

대신 아버지를 잃기 전의 냉정한 바하문트로 되돌아왔다. 불안정한 감정은 갈무리되었다. 대신 냉철한 이성의 문이 열렸다.

바하문트는 철저하게 상인이 되었다. 상인은 그 무엇보다 이익과 손해에 민감했다. 이익을 얻을 수만 있다면 적하고도 손을 잡는다.

바하문트가 물었다.

"날 위해 뭘 해 줄 거요?"

"응?"

네스토가 놀란 눈으로 고개를 들었다.

바하문트는 네스토를 내려다보며 되물었다.

"내가 모든 죄를 뒤집어써주면, 그래서 우고트 왕국의 이목을 돌려놓으면 네스토 영감은 날 위해서 뭘 해 줄 거냐고 물었소."

꿀꺽!

네스토는 저도 모르게 침을 삼켰다.

바하문트의 감정 컨트롤은 정말 기가 막혔다. 불과 몇 분 전만 해도 활화산처럼 폭발할 것 같았는데 지금은 마음을 추스르고 차갑게 가라앉았다.

덕분에 네스토는 한줄기 희망의 빛을 발견했다. 폭주하는 바하문트라면 얼마 버티지 못하고 우고트 기사들에게 잡힐 테지. 하지만 현재의 여유같은 바하문트라면 꽤 오래 도망 다닐 것 같았다. 나이드 왕국은 그만큼 시간을 버는 셈이다.

막다른 골목에서 실오라기 같은 희망을 찾은 네스토는 바하문트에게 해 줄 수 있는 모든 선물을 다 내어놓았다.

"나는 네게 네 가지를 해 줄 수 있다."

"하나씩 말해 보시구려."

"첫 번째 선물은 이 반지다."

네스토가 건넨 것은 플루토 반지였다. 푸르스름하게 빛나는 마정석이 바하문트의 마음을 사로잡았다.

"설마 이거…… 로의 반지요?"

"맞다. 로는 네게 처참하게 패배한 뒤 폐인이 되었다. 로는 이제 얼마 더 살지 못한다. 그러니 그 반지의 주인은 너다."

마침내 바하문트의 손에 다섯 개의 플루토 반지가 모였다. 네스토가 만든 플루토는 모두 바하문트가 물려받았다.

바하문트는 침을 꿀꺽 목으로 넘기면서 반지를 손가락에 끼었다. 왼손 다섯 개 손가락에 다섯 개의 반지가 자리를 잡았다. 왠지 가슴이 벅찼다.

네스토는 두 번째 선물로 넘어갔다. 이번엔 바하문트에게 노란색 약병을 넘겼다.

"두 번째로 줄 선물은 이 약품이다."

"이게 뭐에 쓰는 약이오?"

"네 목숨을 구해 줄 마법의 약이다. 우고트의 정보망을 피할 방법은 세상에서 오직 그것뿐이다."

무슨 말인지 알아들을 수 없었다. 바하문트는 고개를 갸우뚱거렸다.

네스토가 간략하게 약품의 효능에 대해 설명했다.

"이 약을 마정석에 바르면 마정석이 평범한 광물로 변한다. 약품 성분이 마정석 분자 사이로 스며들어서 마나의 통로를 몽땅 막아 버리거든."

"응? 마정석이 평범한 돌이 된다고 했소?"

"그렇다."

네스토가 고개를 끄덕이자 바하문트는 허탈한 표정으로 되물었다.

"네스토 영감, 혹시 노망이 났소? 마정석을 돌로 만들 거라면 뭐하러 이 약을 쓴단 말이오? 그냥 플루토 반지들을 길바닥에 버리고 도망치지."

"아니, 이 약의 진가는 4년 뒤에 나타난다."

"4년 뒤?"

"그래. 4년 동안은 약 성분이 마정석의 마나 통로를 막아 버리지만, 일단 4년이 지나면 약기운이 싹 사라진다. 그럼 마정석은 다시 원상태로 돌아오는 거지. 단, 이 약을 중복해서 사용할 수는 없다. 마나통로를 계속 막아놓으면 마정석이 점점 돌덩이로 변해 버리거든."

바하문트는 무릎을 쳤다.

"다시 말해서, 이 약을 사용하면 4년간 마정석을 봉인할 수 있다는 뜻이오?"

"봉인이라고? 참 적절한 표현이다. 그래, 봉인할 수 있다."

"아르곤에도 들키지 않고?"

"물론이다. 우고트 놈들이 세상 그 어떤 아르곤을 동원하더라도 절대 발각되지 않는다. 아니, 놈들은 세상에 이런 약품이 있다는 사실조차 모를 게다. 그 약에 대해 알고 있는 사람은 세상에 나 혼자뿐이야. 내가 독자적으로 만든 약이라고."

네스토는 자신 있게 대답했다.

바하문트는 크게 감탄한 표정으로 네스토를 바라보았다.

정말이지 네스토는 하늘이 내린 천재 중의 천재요, 현자 중의 현자였다.

혼자서 MRI(Mana Resonance Imaging; 마나공명화상분석기)를 만들고, 마정석을 다루고, 플루토를 만들고, 플루토나이트와 마법사를 육성하고, 아르곤을 만들고, 이런 신비한 약품까지 만들다니! 또 틈틈이 정치일선에도 나서서 권력까지 장악하지 않았던가.

바하문트는 과연 네스토의 한계가 어디까지인지 짐작할 수 없었다.

그래서 더 미웠다. 바하문트는 부루퉁한 얼굴로 툭 쏘아붙였다.

"그거 아쇼? 난 영감이 징글징글하게 밉소. 그리고 이해할 수도 없소. 그 뛰어난 머리로 왜 욕심 많은 여왕의 똘마니 노릇을 하는지 알 수 없고, 왜 우리 뱀부나이트들을 잘 포용하지 못하고 뇌에 침을 박았는지도 알 수 없고, 왜 아버지를 해치고

시신까지 훔쳐가서 욕보이는지도 이해할 수 없소."

네스토는 어깨를 으쓱했다. 그리곤 바하문트를 추켜세웠다.

"나도 바하문트 너를 이해할 수 없다. 난 너처럼 완벽한 신체는 처음 본다. 네가 가진 재능은 세상 그 어떤 플루토나이트보다 더 뛰어날 게다. 게다가 난 네가 플루토 네 기를 한꺼번에 조정하는 모습을 보곤 뒤로 넘어가는 줄 알았다. 그건 내가 생각하지도 못했던 방법이었거든."

"괜한 말 마쇼."

"아니. 입에 발린 칭찬이 아니다. 하늘이 내린 사람은 내가 아니라 바로 너다. 그리고 네가 오해한 것이 있다."

바하문트는 고개를 갸우뚱했다.

"오해?"

"난 빈 남작의 시체를 훔쳐가지 않았다."

네스토는 진심어린 표정으로 단언했다.

Chapter 3

"난 빈 남작의 시체를 훔쳐가지 않았다."

네스토는 빈의 시신을 가져가지 않았다고 단호히 말했다.

바하문트는 두 눈을 부릅떴다. 네스토는 적이긴 하지만 거짓말을 할 사람은 아니었다.

"그럼 누가 그런 짓을 했단 말이오?"

"나도 모른다. 하지만 의심 가는 자가 있다."

"그게 누구요?"

바하문트는 심각한 얼굴로 캐물었다.

네스토는 며칠 전 일을 회상하면서 천천히 대답했다.

"네가 우고트 플루토 두 기와 맞붙어서 정신없이 싸울 당시, 그 현장엔 또 다른 플루토나이트가 숨어 있었다."

"그게 사실이오?"

"사실이다. 나무 위에 숨어서 싸움을 지켜보던 자가 있었어. 내 느낌으론 그자도 우고트 왕국에서 파병된 플루토나이트였다."

여기까지 말한 다음, 네스토는 크게 한숨을 내쉬었다. 그리곤 다시 말을 이었다.

"참으로 부끄러운 이야기지만, 나는 그자를 발견한 즉시 로를 등에 업고 부랴부랴 도망쳤다. 우고트 놈들이 로를 나포해서 데려갈까 봐 겁났었거든. 그놈들에게 로를 빼앗기면 나이드 왕국은 빼도 박도 못하니까, 꼼짝없이 플루토 개발 사실을 인정해야 하니까, 그래서 무작정 도망쳤다."

"허면, 당신은 아버지의 시신을 건드리지 않았단 말이오?"

"하늘에 맹세코!"

네스토는 가슴을 쫙 펴고 말했다.

하지만 바하문트는 그걸로 만족하지 못했다.

"하늘은 언급할 필요 없소. 대신 일레나 여왕의 목숨을 걸고 맹세해 보시오. 정말 아버지의 시체를 건드리지 않았소?"

네스토는 얼굴을 찡그렸다. 바하문트가 감히 여왕의 목숨 운운하는 것이 거슬린 탓이다. 그러나 뭐라고 하지 않고 순순히 바하문트의 뜻에 따라주었다.

"좋다. 일레나 여왕폐하의 목숨을 걸고 맹세하마. 나 네스토는 빈 남작의 시체에 전혀 손을 대지 않았다."

"으음……."

바하문트는 팔짱을 끼고 이마를 찌푸렸다. 이렇게까지 말한다면 네스토는 확실히 범인이 아니었다.

'그럼 대체 누가 아버지의 시체를 가져갔지? 혹시 나무 위에 숨어 있었다는 그자일까? 우고트 왕국의 플루토나이트?'

의문이 꼬리에 꼬리를 물었다. 복잡하던 머리가 더욱 엉켰다.

그래도 한 가닥 실마리는 잡았다. 당시 현장에 숨어 있었다던 괴사내가 수상했다. 바하문트는 그자의 인상착의를 물었다.

"그자, 어떻게 생겼소?"

"나도 자세히는 보지 못했다. 다만…… 그자의 얼굴이 무척 길더구나. 마치 말의 얼굴처럼 길었어. 아참, 그자는 검은색 망토를 입고 있었다."

"아!"

바하문트는 가볍게 탄성을 흘렸다. 검은색 망토라면 기억이 생생했다. 당시 숲에서 싸웠던 우고트의 플루토나이트들은 모두 검은색 망토를 걸쳤었다. 다 같은 부류라는 뜻이다.

"역시 적은 우고트란 말인가?"

바하문트는 스산한 목소리로 뇌까렸다. 이 순간, 네스토에게 향했던 바하문트의 분노는 우고트 왕국으로 방향을 틀었다.

허나 예전처럼 분노에 눈이 멀지는 않았다. 바하문트는 속으로 분노를 삭였다. 그리곤 챙길 것부터 챙겼다.

"네스토 영감, 나머지 두 개 선물은 뭐요?"

아까 네스토는 바하문트에게 네 가지 선물을 주겠노라고 약속했다. 그중 플루토 반지와 신비한 약을 받았다. 그러니 아직 두 개가 남았다.

네스토가 입을 열었다.

"세 번째 선물은 바로 만드라고라 길드의 도움이다."

바하문트는 이르드를 휙 돌아보았다. 그런 다음 다시 네스토를 빤히 응시했다. 저 여자를 믿을 수 있겠느냐는 표정이었다.

네스토가 충고했다.

"만드라고라 길드를 믿을지 말지, 이르드를 신뢰할지 말지, 이런 것들은 네가 정할 일이다. 하지만 굳이 충고를 하자면 네 처지부터 살펴야 한다. 넌 세상 모두를 적으로 돌렸다. 장차 우고트가 너를 추적할 테고, 루흘 연합국이 네 뒤를 쫓을 게다. 심지어 동포인 나이드마저 너를 적으로 여길 것이다. 그러니 만드라고라 길드라고 믿을 수 있겠느냐?"

"끄응……."

"머리 아프냐? 아파도 할 수 없다. 나 같으면 아무도 믿지 않겠다. 네 정체를 들키는 순간 수많은 밀고자가 생길 테니까. 그러니 네가 알아서 판단해라."

네스토의 말은 냉정했다.

바하문트는 갑자기 화를 버럭 냈다.

"그런데 왜 이런 이야기를 저 여자 앞에서 하는 거요? 저 여자가 우리 대화를 전부 들었으니 이젠 어쩔 거요? 나더러 저 여자를 죽이라는 뜻이오?"

네스토는 바하문트를 향해 빙그레 웃었다. 그리곤 손가락으로 이르드를 가리켰다.

"단, 이르드만큼은 예외다. 그녀는 믿어도 좋다."

"뭐요? 방금 전엔 세상 그 누구도 믿지 말라면서?"

네스트는 검지를 좌우로 흔들었다. 그리곤 이르드를 믿어도 되는 이유를 말해 주었다.

"이르드는 인간이 아니다."

"뜬금없이 무슨 소리요?"

"이르드는 사람이 아니라 뱀파이어다."

"뱀파이어?"

바하문트는 펄쩍 뛰었다.

뱀파이어, 일명 흡혈귀. 밤에만 활동하고, 인간의 피를 빠는 괴물을 일컫는 말이다. 그런데 이르드가 뱀파이어라니?

뱀파이어라면 소설책에서 읽은 적이 있다. 어린 시절, 바하문트는 사람의 피를 빨아먹는 흡혈귀에 대한 오싹오싹한 이야기들을 섭렵하면서 무더운 여름날을 시원하게 보내곤 했었다.

그렇다고 뱀파이어가 실제로 존재한다고 믿지는 않았다. 바하문트에게 있어서 뱀파이어는 그저 소설책에나 등장하는 괴물에 불과했다.

헌데 그 괴물이 현실에 등장했다.

바하문트는 이르드를 지그시 쏘아보았다. 정말 뱀파이어냐고 묻는 표정이었다.

이르드도 바하문트를 물끄러미 쳐다보았다. 그녀의 침묵은 긍정이었다. 자신이 뱀파이어라고 인정했다.

바하문트는 갑자기 뒷골이 아렸다.

네스토가 말을 덧붙였다.

"이제 내 말뜻을 알겠지? 다른 사람은 너를 배신할지 모르지만 이르드는 배신 못해. 뱀파이어는 루흘 연합국의 우선 척결 대상이거든. 다시 말해서 네가 우고트 왕국에 잡혀가면 이르드의 목숨도 위험하다. 자, 어떠냐? 이제 너는 만드라고라 길드 지부장의 약점을 움켜잡았다. 이것이 바로 내가 주는 세 번째 선물이다."

얼핏 생각하면 좋은 선물이었다. 만드라고라 길드 지부장의 약점을 넘겨받은 셈이니까 꽤 유용했다.

하지만 바하문트는 총명했다. 이 세 번째 선물의 양면성을 곧바로 파악했다.

"흥, 위험한 선물을 줘놓고 생색내지 마시구려. 대신 나도 귀찮아졌소. 만약 이르드가 루흘 연합국에 잡혀가면 나도 위험할 것 아니겠소? 내 비밀을 저 여자가 몽땅 알고 있는데 어디 발 뻗고 자겠느냐 말이오."

"잘 파악했다. 복수에 미친 바보가 되지 않는지 걱정했는데, 다행히 머리가 잘 굴러가는구나."

네스토의 장난치는 듯한 말투가 바하문트의 신경을 긁었다. 바하문트는 퉁명스레 쏘아붙였다.

"지금 날 놀리는 거요?"

"그럴 리 있겠느냐? 어쨌거나 이제부터 너와 이르드는 서로의 약점을 하나씩 움켜쥔 셈이다. 그러니 살아남으려면 서로가 서로를 보호해야 한다."

세상엔 그런 속담이 있다. 적의 적은 친구라고.

바하문트와 이르드의 관계가 그랬다. 그들은 루흘 연합국이라는 공통의 적을 둔 파트너가 되었다.

바하문트는 그다지 탐탁지 않은 표정으로 이르드를 흘겨보았다. 이에 비해 이르드는 생글생글 웃었다.

뱀파이어와 플루토나이트.

이 둘을 저울질하면 당연히 플루토나이트 쪽으로 무게추가 기울었다.

플루토나이트란 그만큼 엄청난 존재였다. 그러니 이번 거래는 압도적으로 이르드가 이익이었다. 거꾸로 바하문트는 손해 본 듯한 느낌을 받았다.

네스토는 불만이 가득한 바하문트를 향해 한 마디 던졌다.

"바하문트, 그렇게 모래 씹은 표정 짓지 마라. 만드라고라 길드는 네가 생각한 것보다 더 쓸모가 많다. 더구나 이르드는 루흘 연합국의 감시망을 피하는데 능숙해. 그녀의 도움을 받으면 죽음의 덫을 벗어날 확률이 높다."

네스토의 충고가 옳았다. 뱀파이어들은 무려 천 년이 넘도록 루흘 연합국을 피해서 도망 다녔다. 그들의 축적된 경험을 전수받는다면 바하문트도 우고트 왕국의 추적을 벗어날 가능성이 높았다.

"좋소."

바하문트는 이르드를 파트너로 인정했다. 이어서 네스토에게 네 번째 선물을 요구했다.

"그럼 내가 받을 네 번째 선물은 뭐요?"

"마지막 선물은 바로 모달이다."

"모달이라고?"

바하문트의 눈이 가느다란 선을 그렸다.

네스토는 크게 고개를 끄덕였다.

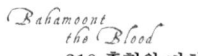

"바하문트, 내게 몇 년간 시간을 다오. 어차피 너는 향후 4년 동안 우고트의 눈을 피해서 숨어 다녀야 한다. 그동안 내가 모달을 훌륭한 마법사로 키우마. 장차 네게 도움이 될 수 있도록 말이다. 그런 다음 모달을 다시 네 곁으로 보내주마."

네스토의 제안은 엉뚱했다.

바하문트는 뭐라고 즉답을 주지 않고 입을 꾹 다물었다.

솔직히 말해서 바하문트는 모달과 떨어지기 싫었다. 빈이 죽은 이후, 모달은 바하문트가 마음을 열 수 있는 유일한 사람이었다. 곁에 모달이 없으면 허전했다. 하지만 이내 생각을 고쳐먹었다.

'모달은 네스토 곁에 남는 편이 더 좋다. 네스토에게 새로운 마법도 배울 수 있고, 무엇보다 그편이 안전해.'

바하문트는 마음속에서 억지로 모달을 떼어놓았다. 앞으로 그가 가야할 길은 험난한 가시밭이다. 지옥을 횡단하는 최악의 여정이다. 우고트 왕국에 쫓기고 세상 전체를 적으로 돌리는 그 위험한 행로에 친구를 끼워 넣을 순 없었다.

그렇다고 네스토를 백 퍼센트 믿을 수 있느냐 하면 그건 또 아니었다. 바하문트는 네스토를 떠봤다.

"허면, 일레나 여왕을 어떻게 설득할 생각이오? 여왕의 성격이라면 모달을 잡아 죽이려고 들 텐데?"

확실히 일레나의 성격이라면 모달의 목을 베고도 남았다. 여왕은 배신자를 용서하는 너그러운 군주가 아니니까.

네스토는 쓸쓸하게 머리를 가로저었다.

"나는 여왕폐하의 곁에 남아 있을 수 없다. 너도 알다시피 내 얼굴은 우고트 왕국 플루토나이트들에게 노출되었거든. 난 폐하께 폐를 끼치지 않도록 멀리 떠날 생각이다. 그러니 모달이 여왕폐하와 마주칠 일은 없다. 설사 마주친다 하더라도 내 목숨을 걸고 모달의 신변안전을 지키마."

"약속할 수 있소?"

"약속하마."

네스토는 모달의 안전을 단단히 약속했다. 바하문트는 비로소 마음을 놓았다.

어슴푸레한 새벽녘, 두 사람의 거래가 끝났다. 바하문트는 나이드 백성을 위해서 위험을 짊어졌고, 네스토는 그 대가로 네 개의 선물을 내어놓았다.

염부의 총수 크라눔이 나이드 왕국에 도착하기 딱 40시간 전의 일이었다.

Chapter 1

"잠깐."

바하문트가 네스토를 붙잡았다.

네스토는 눈을 껌뻑이면서 물었다.

"뭐가 더 남았나?"

"하나만 더 물읍시다. 내가 수도로 되돌아올 줄은 어찌 알았소? 아버지의 시체를 훔쳐가지 않았다면서, 어떻게 내가 여기로 돌아올 것을 알고 온 거리에 현상수배를 내걸었느냐 말이오."

네스토는 말로 대답하는 대신 품속에서 둥글넓적한 수정판을 하나 꺼냈다. 그리곤 그것을 바하문트에게 던져주었다.

바하문트는 고개를 갸우뚱거리며 수정판을 받았다.

"이게 뭐요?"

"아르곤이다. 그 수정판을 눈에 쓰고 테두리에 마나를 주입해 보거라."

바하문트는 네스토가 시키는 대로 아르곤을 착용했다. 그런 다음 테두리에 마나를 주입했다.

갑자기 수정판 정중앙에 밝은 빛망울 다섯 개가 깜박였.

네스토가 설명했다.

"좌표 값이 [0,0,0]으로 나오지? 그리고 중앙에 빛망울이 다섯 개가 보이지? 그건 네가 서 있는 바로 그 위치에 플루토 다섯 기가 존재한다는 뜻이다."

"아!"

바하문트는 나직하게 탄성을 터뜨렸다.

네스토가 말을 이었다.

"아르곤의 탐색범위는 무려 15킬로미터가 넘는다. 15킬로미터 이내에 플루토가 들어오기만 하면 어김없이 잡아낼 수 있지. 아르곤 덕분에 난 다 알고 있었다. 어제 네가 수도에 발을 디딘 순간부터 모두 파악하고 있었어. 그러니 네가 아무리 머리를 깎고 다른 사람인척 변장해도 소용없다."

"크웃!"

바하문트는 다시 한 번 아르곤의 무서움을 절감했다. 네스토는 쐐기를 박으려는 듯 최근 바하문트의 행적을 줄줄 읊었다.

"어제 너와 모달은 수도 서편의 여관에 방을 잡았지?"

"끄응······."

바하문트는 짧은 신음을 흘렸다.

"그리고 밤이 되자 왕궁 북문에 갔었지? 그것도 모두 알고 있다. 아르곤에 네 움직임이 상세하게 찍히거든."

"끄응······."

바하문트는 좀 더 긴 신음을 토했다.

"심지어 네가 북문 앞에서 만드라고라 길드원과 접촉한 사실도 파악했다. 나는 그 사실을 보고받자마자 이르드에게 연락했다. 어쩐지 네가 이곳으로 이르드를 만나러 올 것 같더라. 아니나 다를까, 내 예상이 딱 맞았지."

"끄으응······."

바하문트는 한 번 더 무거운 신음을 내뱉었다. 이젠 놀랄 기운도 없었다.

머리를 깎고, 변장을 하고, 별짓을 다했건만 결국은 네스토의 손바닥 안에서 놀아난 셈이었다. 괜히 화가 났다. 스스로가 한심스러웠다.

자책하는 바하문트를 향해 네스토는 위로의 말을 던졌다.

"바하문트, 그렇게 자책할 필요 없다. 결코 네가 부주의해서 들킨 것이 아니야. 아르곤 때문에 네 행적이 들통났을 뿐이다."

"그야 그렇지만……."

바하문트는 아랫입술을 살짝 내밀면서 말꼬리를 흐렸다. 네스토에게 한 방 먹은 것 같아 기분이 불쾌했다.

하지만 어쨌거나 그건 과거의 일이었다. 앞으로 4년 동안은 아르곤에 대한 걱정을 접어도 좋았다. 네스토에게 받은 약품을 플루토 반지에 바르면 향후 4년간은 안전할 테니까.

'그 4년이 내 목숨을 좌우한다. 그 시간을 허송세월로 보내선 안 돼. 4년 안에 안전한 방어책을 마련해 놓지 못하면 난 끝장이다.'

바하문트는 골똘히 생각에 잠겼다.

이르드도, 그리고 네스토도 바하문트의 깊은 몰입을 방해하지 않았다.

6월 24일은 나이드 왕국이 세워진 건국기념일이었다.

매년 이맘때면 거리에 축제인파가 넘쳐흘렀다. 낮에는 음악단이 흥겨운 노랫가락을 연주했고, 밤이 되면 사람들이 나이드 왕실을 상징하는 장미등(Rose Lamp)을 걸어놓고 그 아래서 그윽한 술판을 벌였다.

이것이야말로 온 세상 호사가들이 입방아를 찧는 장미축제였다.

나이드 왕국의 장미등과 장미축제는 정말 유명했다. 축제가 시작되면 관광수입을 왕창 벌어들일 수 있기에 나이드 수도 전역은 잔뜩 들떠 있었다.

헌데 최근 참담한 소문이 나돌아 축제분위기에 찬물을 끼얹었다.

'우고트 사절단이 나이드 왕국의 죄를 물으러 온다.'

때 아닌 날벼락에 백성들이 술렁거렸다. 모처럼 장미축제를 구경하려고 왔던 여행객들은 썰물처럼 빠져 나갔다.

소문이 다시 돌았다.

이번엔 좀 더 구체적인 내용이 담겼다.

'나이드 왕국의 누군가가 비밀리에 무서운 병기를 개발했단다. 그걸 진압하기 위해서 우고트의 군대가 파병되었다더라.'

민심이 흉흉하게 돌변했다. 백성들은 전쟁의 냄새를 맡고 몸을 사렸다.

농부들은 올 가을에 추수나 할 수 있을지 걱정했고, 상인들은 물건이 팔리지 않을까봐 한숨을 내쉬었다. 겁먹은 아낙네들은 아이들을 집 밖에 내보내지 않았다. 텅 빈 거리엔 떠돌이 들개들이 몰려다니며 컹컹 짖었다.

왕국의 기사들도 발칵 뒤집혔다. 기사들은 소문이 말하는 '무서운 병기'가 무엇인지를 놓고 떠들었다.

혹자는 공성병기일 거라고 주장했다. 혹자는 70미터 넘게 날아가는 신형 활을 언급했다. 또 어떤 사람은 조심스레 플루토를 입에 담았다.

하지만 플루토 주장은 곧 주변으로부터 면박을 당했다. 나이드의 기술력으로 어디 플루토가 가당키나 한가. 대부분의 기사들은 플루토는 아닐 거라고 확신했다.

한편 귀족 사회도 떠들썩했다. 그들에겐 '무서운 병기'가 무엇인지는 중요하지 않았다. 과연 '누가' 그걸 개발했는지가 관심사였다.

만약 일레나 여왕이 주도해서 무기를 개발했다면 큰일이었다. 그럼 우고트 왕국은 여왕을 전범으로 몰아서 강제로 폐위시킬 테니까.

만약 여왕의 사촌동생인 노폭 공작이 신무기를 개발했다면 그 또한 큰일이었다. 여왕은 노폭 공작을 용서하지 않을 테고, 노폭 공작도 신무기로 사병들을 무장시켜서 반기를 들 테니, 나이드 왕국은 심각한 내전에 돌입할 것이다.

이때 우고트 왕국이 어느 편에 설지도 문제였다. 우고트의 지지를 받는 쪽이 내전에서 승리할 테니까.

귀족들은 벌써부터 어디에 줄을 대야 할지 걱정했다.

높게는 군왕으로부터 시작해서 낮게는 노예들에 이르기까지 나이드 왕국 전체가 피 말리는 긴장감에 휩싸였다.

사람들은 불안한 눈빛으로 우고트의 파병 병력이 도착하기를 기다렸다. 기다리면서도 한편으론 우고트가 오지 않기를 기도했다.

6월 24일 밤 8시.

마침내 우고트의 사절단이 나이드 왕국 수도에 입성했다.

뿌우우우—

수도 성벽에서 울린 긴 나팔소리가 사절단의 예방을 알렸다.

백성들은 집 창문을 살짝 열고 사절단의 모습을 훔쳐보았다. 모두들 창칼과 갑옷으로 중무장한 대규모 행렬이 줄지어 들이닥칠 거라고 우려했었다. 하지만 그건 기우였다. 의외로 우고트의 사절단은 단출했다.

총 인원이 고작 52명.

이 52명 가운데 행정절차를 처리할 문관이 서른여덟 명이었고, 통역관이 두 명, 가면을 쓰고 검은 망토를 두른 염부의 플루토나이트가 열 명이었다. 거기에 크라눔, 크라엔 형제를 더해서 간신히 52명을 채웠다.

왕국을 대표하는 사절단치고는 굉장히 소규모였다. 초강대국인 우고트의 사절단이라고는 더더욱 믿어지지 않았다.

하긴, 규모가 작을 수밖에 없었다. 우고트 사절단엔 별도의 호위병이 딸리지 않았다. 짐꾼이나 하인, 노예도 없었다. 그저 사절단원 52명이 각자의 말을 타고 파견되었을 뿐이다. 그래서 볼품없고 초라했다.

그나마 플루토나이트 가운데 한 명이 우고트를 상징하는 황소 깃발을 높이 들었기에 망정이지, 그 깃발이 아니었다면 이게 우고트 사절단인지 그냥 떠돌이 광대패거리인지 구분 못할 뻔했다.

"쳇. 우고트, 우고트 하고 떠들어대더니 막상 겪어보니까 별것 없잖아. 무슨 사절단이 저렇게 초라해?"

백성 중 한 명이 이렇게 소곤거렸다.

다른 사람이 그 말에 동의했다.

"우고트 왕국이 우리 나이드 왕국의 죄를 묻는다는 것은 헛소문이었나봐. 고작 52명의 사절단으로 무슨 죄를 묻겠어? 그냥 일레나 여왕님께 안부인사차 들린 것이 아닐까?"

숨죽였던 백성들은 차츰 긴장을 풀고 고개를 들었다.

"푸하, 그럼 우고트가 우릴 공격한다는 것은 헛소리였네?"

"당연히 헛소리겠지. 저 행렬을 좀 보라고. 자네 눈에는 저들이 우리를 공격할 군대로 보이나?"

"아니. 평화사절단으로 보이는걸. 으헤헤."

백성들은 웃기 시작했다.

이웃 마을에서도 비슷한 소리들이 흘러나왔다.

"저것 좀 봐. 우고트 사절단 가운데 검을 찬 기사는 고작 열 명 남짓이야."

"뭐? 열 명? 열 명이라면 공격병력이 아니라 사절단 호위무사 수준이잖아."

"그럼 그렇지. 내 이럴 줄 알았어. 강대국 우고트가 우리처럼 작은 왕국을 왜 공격하겠어. 뭐 빼앗아 갈 게 있다고 공격하느냐고."

백성들은 머리를 주억거리며 안도의 한숨을 내쉬었다. 전쟁이 머릿속에서 지워지자 갑자기 흥이 돋았다.

무리 중 한 명이 먼저 용기를 내었다.

"나 장미등을 들고 저 사절단을 쫓아가볼래."

"뭐라고?"

"장미등을 들고 사절단 행렬을 쫓아서 왕궁으로 구경 가겠다고. 우고트는 우릴 공격하러 온 것이 아니잖아. 그런데 뭐가 걱정이야. 그리고 이 기회가 아니면 언제 또 우고트의 기사들을 구경할 수 있겠어."

딴은 그럴 듯했다. 다른 한 명이 무릎을 치며 동조했다.

"좋다. 나도 같이 가자. 오늘은 건국기념일이잖아. 축제분위기를 살리는 장미등을 들고 왕궁을 방문하면 여왕폐하께오서 맛난 잔칫상을 내려주실지도 몰라."

"와하하!"

사람들이 웃었다. 손뼉을 쳤다.

"그리고 보니 오늘이 건국기념일이었네."

"아하! 그러니까 우고트 사절단은 우리 왕국의 건국기념일을 축하하러 방문한 거구나. 내가 왜 그 생각을 못했지?"

"맞아. 왕궁에 가면 분명 성대한 파티가 열릴 게야. 나도 쫓아갈래."

무지한 백성들은 어린아이처럼 좋아했다. 사람들은 손에 장미등을 하나씩 들고 우고트 사절단의 뒤를 쫓았다.

처음엔 백성 열 명 정도가 무리지어서 사절단의 뒤를 따랐다. 그들은 헤실헤실 웃으며 사절단을 향해 손을 흔들고, 손가락으로 장미등을 가리키고, 인사를 건넸다.

그 모습을 본 백성들이 추가로 끼어들었다. 장미등을 든 사람들이 합류하고 또 합류했다. 거리를 한 블록 지날 때마다 추종행렬은 눈덩이처럼 불어났다.

오늘은 건국기념일.

순진한 나이드 백성들은 헛소문 때문에 망쳐 버린 축제를 보상받으려는 듯 열광적으로 모였다.

52명의 우고트 사절단과 그 뒤를 쫓는 천여 명의 환영인파가 나이드 왕궁을 향해 우르르 몰려갔다. 밤거리를 밝히는 장미등이 마치 전설속의 드래곤이 기어가는 것처럼 길게 꼬리를 이었다.

사절단의 선두.

하얀 말을 탄 크라옌은 힐끗 뒤를 돌아보았다. 그리곤 피식 웃었다.

"어리석은 백성들이군요. 우리가 여기 놀러온 것으로 알았나 봅니다. 형님, 번잡스러우시면 저들을 쫓아 버릴까요?"

크라눔은 붉은 말갈기를 손으로 쓰다듬으며 무뚝뚝하게 말을 받았다.

"내버려 둬라. 인파가 몰려서 차라리 잘 되었다."

"잘 되었다고요?"

"암, 잘되었고말고. 저들의 여왕 일레나가 왕궁 성문 앞에 마중 나와서 내게 무릎을 꿇고 사죄할 게야. 어리석은 백성들이 그 모습을 똑똑히 목격해야 돼. 그래야 앞으로 불손한 무리가 생기지 않지. 감히 나이드 왕국 따위가 우리를 속이고 몰래 플루토를 개발하다니, 용서 못할 일이지."

크라눔은 살벌하게 말했다.

크라옌은 형의 의견에 수긍하며 크게 고개를 끄덕였다.

"형님 말씀이 옳습니다. 이번 기회에 나이드 놈들에게 우리 우고트의 무서움을 각인시키는 것이 좋을 듯합니다."

둘이 대화를 주고받는 동안 왕궁이 코앞에 다가왔다.

크라눔은 슬쩍 눈을 들어 왕궁 성문을 바라보았다.

그곳엔 예복을 입은 귀족들이 두 줄로 도열해 있었다. 귀족들 뒤편으론 형형색색의 깃발을 든 기사들이 보였다.

기사들 가운데 3분의 2는 성문 밖에 다섯 줄로 진형을 이루었다. 나머지 3분의 1은 성벽 위에 쭉 늘어섰다. 참으로 위풍당당한 모습들이었다.

크라옌은 입꼬리를 살짝 말고는 중얼거렸다.

"어럽쇼? 기사의 수가 얼추 2천 명이 넘네? 흥, 일레나 여왕이 주눅 들지 않으려고 용을 쓰는군. 왕궁 근위기사만으로는 위용이 부족하니까 수도의 기사들을 전부 왕궁으로 불러 모았어."

과연 크라옌은 우고트 정보청 총수다웠다. 나이드 왕국이 얼마나 병력을 보유했는지, 기사가 몇 명이나 되는지 전부 파악하고 있기에 이런 분석이 가능했다.

Chapter 2

크라눔이 동생에게 슬쩍 물었다.
"저들이 왕궁 근위기사단이 아니라고?"
크라옌이 공손하게 대답했다.
"당연히 아닙니다. 나이드의 근위기사단은 그 수가 채 8백 명에도 못 미칩니다."
"그럼 저기 도열한 기사들 가운데 상당수는 여왕을 지키는 근위기사가 아니라 귀족들을 섬기는 사병들이겠군."
"그렇습니다. 혹은 평범한 수비병들에게 기사의 갑옷을 입혀놓았을지도 모릅니다."
"크크크."
크라눔은 가소롭다는 듯 웃었다. 그리곤 고리눈으로 왕궁 성문을 노려보면서 뇌까렸다.
"나이드 여왕이 미쳤군. 땅바닥에 엎드려서 싹싹 빌어도 모자랄 판에, 기사들을 쭉 세워놓고 위엄을 보이시겠다? 크하하, 크하하하하."
웃음소리가 점점 커졌다. 크라눔의 시뻘건 수염이 마구 흔들렸다. 붉게 달아오른 두 눈은 광포한 분노를 머금었다.

"끼랴!"

크라늄은 갑자기 말을 달려 앞으로 튀어나갔다. 시뻘건 말이 콧김을 내뿜으며 치달렸다. 플루토나이트들도 재빨리 총수의 뒤를 따라붙었다.

그 모습을 본 나이드 귀족들이 화들짝 놀랐다. 우고트 사절단이 왜 벼락처럼 들이닥치는지 영문을 몰라서였다.

"이, 이걸 어째?"

발을 동동 구르는 귀족, 얼굴이 하얗게 질린 귀족, 시커멓게 안색이 죽은 귀족, 울상을 짓고 우왕좌왕하는 귀족.

우고트라는 커다란 이름 앞에 나이드 귀족들은 쥐새끼마냥 쪼그라들었다.

질풍처럼 달려온 크라늄은 성문 코앞에서 급하게 말고삐를 잡아챘다.

끼이익!

말발굽에서 긁히는 소리가 나고 불꽃이 튀었다. 크라늄의 말은 앞다리를 일자로 뻗으며 급격히 멈췄다.

희뿌연 흙먼지가 나이드 귀족들의 얼굴을 강타했다.

귀족들은 손을 내저어 먼지를 물리치며 크라늄의 무례한 행동을 욕했다. 물론 입 밖으로 욕을 내뱉는 사람은 없었다. 겉으로는 굽실굽실, 속으로만 투덜거릴 뿐이다.

크라늄은 고리눈으로 나이드 귀족들을 굽어보았다. 그리곤 쇠솥을 긁는 듯한 목소리로 물었다.

"누가 일레나 여왕이냐?"

재빨리 뒤따라온 통역이 나이드 어로 바꿔 말했다.

"이분은 우고트 왕국 염부의 총수이신 크라눔님이시다. 누가 나이드 왕국의 군주 일레나인가?"

순간, 귀족들의 얼굴이 딱딱하게 굳었다. 기사들은 분노한 눈으로 통역을 노려보았다. 감히 여왕폐하의 존함을 함부로 부르다니, 저들의 몰지각한 행동에 치가 떨렸다.

크라눔이 다시 물었다.

"너희들 중 누가 일레나 여왕이냐고 물었다."

통역이 거듭 말을 전했다.

"총수께오서 일레나 여왕을 찾으신다. 여왕은 어디 숨었는가? 어서 앞으로 나와라."

무례했다. 우고트 사절단은 너무나 오만하고 무례했다.

나이드 기사들은 시뻘겋게 얼굴을 붉혔다. 일부 기사들은 검 손잡이에 손을 대었다.

생각 같아서는 당장이라도 검을 뽑아서 오만한 사절단의 목을 베고 싶었다. 단지 우고트와 전쟁이 벌어질까봐 자제하는 것뿐이다.

귀족들은 그래도 기사들처럼 뻣뻣하지 않았다. 귀족들을 대표해서 노폭 공작이 앞으로 나섰다.

"존경하는 크라눔 총수님을 뵙게 되어서 마음 뿌듯합니다. 먼저 제 소개부터 하지요. 저는 클라렌드 혈족의 아들, 노폭인 클라렌드 데 나이드입니다. 오늘 총수님을 맞아……."

젊은 노폭 공작이 말에 멋을 부려가면서 열심히 인사를 하는데, 크라눔이 썽둥 잘라 버렸다.

"무어라고 하는 거냐? 나더러 네 긴 이름을 외우라는 거냐?"

귀하게만 자란 노폭은 지금까지 이런 꼴을 겪어본 적이 없었다. 외교학을 배우고 예절을 공부했지만 이렇게 막나가는 상대는 어떻게 대할지 몰랐다. 당황한 노폭은 웃음으로 얼버무렸다.

"하하, 하하하. 이름을 외워달라는 뜻으로 말씀드린 것은 아닙니다. 그저 제가 나이드 왕국을 지킬 의무를 가진 클라렌드 혈통의……."

"요망한 잡소리는 치워라. 쉽게 물을 테니 쉽게 답해라. 네가 일레나냐, 아니냐?"

크라눔은 노폭을 윽박질렀다.

노폭은 목을 움츠리며 손사래를 쳤다.

"제가 어찌 나이드의 군왕을 자칭하겠습니까. 전 사내입니다. 그리고 현재 군왕이신 일레나 인 클라렌드 데 나이드께서는 여성이시지요. 하하."

"이 쥐새끼 같은 놈!"

크라눔은 말 위에서 버럭 소리쳤다. 사나운 기파가 뻗어서 노폭을 밀쳤다. 깜짝 놀란 노폭은 볼썽사납게 엉덩방아를 찧었다.

크라눔은 눈을 잔뜩 부라리며 다그쳤다.

"내가 네놈의 요망하고 배배 꼬인 혀를 뽑아야 제대로 말하겠느냐? 우고트 인과 대화할 때는 빙빙 돌려서 말하지 마라. 허풍스런 말투로 과장하지도 마라. 정확하고 짧게 답하라. 다시 한 번 묻겠다. 네가 일레나냐?"

"아, 아닙니다. 전 노, 노폭입니다."

노폭은 비로소 제대로 답했다. 대답하는 내내 이빨이 덜덜 떨렸다.

크라눔이 거듭 호통쳤다.

"일레나가 아닌데 왜 앞에 나와서 설쳐? 난 너를 찾지 않았다. 일레나를 찾았다."

"으으으……, 폐, 폐하께오선 왕궁 대전에서 기다리고 계십니다. 이 나라의 공작인 제가 폐하를 대신해서 마중을 나왔습니다."

크라눔은 고개를 홱 돌려서 사신을 찾았다.

"사신."

"옛!"

며칠 전 크라눔의 명을 받고 일레나를 알현했던 사신이 냉큼 달려왔다. 그는 크라눔 앞에 무릎을 꿇었다.

크라눔이 질문했다.

"너, 내가 한 말을 그대로 나이드 왕궁에 전달했느냐?"

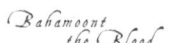
230 흡혈왕 바하문트

"했습니다."

"뭐라고 전했지?"

"오늘 우고트 왕국 염부의 총수님께서 도착하신다고, 일레나 여왕이 직접 왕궁 문 앞에 마중 나와서 무릎을 꿇고 기다리라고 전달했습니다."

그 말이 끝나기 무섭게 크라눔은 주먹을 휘둘렀다. 손등을 바깥 방향으로 해서 안에서 밖으로 강하게.

빠악!

뼈 으스러지는 소리가 났다. 사신은 얼굴에 강한 충격을 받고는 거의 4미터를 데굴데굴 굴렀다. 하지만 아픈 척도 못했다. 곧바로 벌떡 일어나더니 크라눔 앞으로 달려왔다. 사신의 오른쪽 뺨은 어른 주먹 크기로 퉁퉁 부어올랐다.

나이드 귀족들은 찔끔 놀랐다. 그들은 다짜고짜 부하에게 폭력을 휘두르는 크라눔의 행동에 기가 질렸다.

나이드 기사들도 기겁했다. 기사들은 크라눔의 무력에 놀랐다.

크라눔은 분명 말 위에 앉아 있었다. 그리고 사신은 말 아래, 그러니까 크라눔으로부터 한 3미터쯤 떨어진 곳에 무릎을 꿇고 있었다. 그런데 크라눔이 손을 휘두르자 3미터 밖의 사신이 강한 타격을 받고 나가떨어졌다.

대체 크라눔은 뭘 어떻게 한 것일까?

기사들은 제 눈을 의심했다. 심지어 크라눔이 무슨 마법을 쓴 것 아닌가 생각했다.

그 사이 크라눔이 목청을 높였다.

"거짓말! 너는 내 명을 거역했을 것이다. 네가 똑바로 전했다면, 일레나가 왜 여기 나타나지 않았겠느냐?"

"아닙니다. 분명 똑바로 전달했습니다. 제 말을 믿어주십시오."

사신은 파랗게 질린 얼굴로 항변했다.

크라눔이 다시 확인했다.

"정말이렷다? 일레나에게 왕궁 성문 앞에 무릎을 꿇고 있으라고 전했다고?"

"분명 그리 전달했습니다. 나이드 왕국 대신들에게 물어보십시오. 제가 일레나 여왕에게 말을 전할 때, 저자들도 함께 있었습니다."

사신은 나이드 귀족들을 손가락으로 가리키며 강하게 주장했다.

나이드 귀족들의 얼굴이 하얗게 질렸다. 귀족들은 루흘어에 익숙했다. 굳이 통역이 없더라도 크라눔의 말을 잘 알아들었다. 크라눔이 사신과 무슨 말을 주고받는지도 놓치지 않고 전부 들었다.

크라눔은 한바탕 연극을 하는 중이었다. 사람들이 보는 앞에서 부하를 때린 것은 일레나를 윽박지르려는 수단이었다. 눈을 부라리고 호통을 친 것도 나이드 귀족들을 꼼짝 못하게 억누르려는 술책이었다.

아니나 다를까, 이제 크라눔은 여세를 몰아 일레나를 직접 겨냥했다.

"사신이 내 말을 전했다면, 그건 사신의 말이 아니라 내 말이다. 염부의 총수가 일레나에게 보낸 경고다. 허면, 일레나가 이 크라눔의 경고를 무시했다는 거냐? 일레나가 우리 우고트 왕국을 우습게봤느냐?"

크라눔의 서슬 퍼런 목소리에 성벽이 우르르 흔들렸다. 나이드 귀족들은 몸을 떨었고 기사들은 눈동자를 떨었다.

크라눔은 한층 기세를 올렸다.

"일레나여, 당장 내 앞에 나와서 무릎을 꿇고 죄를 빌어라. 그리고 플루토 개발에 관련된 자들을 모두 끌어내라."

"억! 플루토!"

노폭 공작의 입에서 비명이 터졌다.

귀족들은 눈을 휘둥그레 떴다. 기사들도 입을 쩍 벌리고 다물지 못했다. 뒤따라온 백성들마저 부르르 몸서리를 쳤다.

역시 그 흉험한 소문이 사실이었다. 나이드에서 비밀리에 병기를 개발하다가 우고트 왕국 정보망에 걸렸다는 소문.

그 비밀병기의 정체는 바로 플루토였다. 일레나 여왕은 신하들을 속이고 플루토를 개발 중이었다.

비밀이 폭로된 순간, 사람들은 경악에 빠져 목소리를 내지 못했다.

크라눔이 그 침묵을 깼다.

"일레나, 네가 자리가 좁아서 못 나오는 것이냐? 그 궁색하고 좁은 왕궁 안에 박혀서 나를 보지 못하겠다는 것이냐? 그렇다면 내 너를 위해서 넓은 자리를 마련해 주마."

크라눔이 고개를 뒤로 돌리자, 가면을 쓴 염부 플루토들이 일제히 말에서 뛰어내려 일렬로 섰다.

크라눔이 명을 내렸다.

"플루토나이트들이여, 수줍은 일레나를 위해 자리를 마련해라."

"옛!"

열 명의 플루토나이트가 한 목소리로 답하며 검을 뽑았다.

후와앙—

검날에서 시뻘건 불기둥이 치솟았다. 플루토나이트의 검이 엿가락처럼 늘어나는가 싶더니 이내 허공에 거대한 플루토 열기가 모습을 드러내었다.

가슴과 방패에 박힌 또렷한 황소 문장!

투구 위로 돋은 기다란 외뿔!

투구 속에선 시뻘건 불덩이 두 개가 이글거린다. 어깨받이에 돋친 빼곡한 뿔에선 피비린내가 풍긴다.

"플루토다! 우고트의 플루토다!"

"아아악!"

귀족들은 비명을 지르며 도망쳤다. 백성들은 설설 땅바닥을 기면서 제자리에 엎드렸다. 기사들도 놀라서 엉덩방아를 찧었다.

4.5미터나 되는 거대한 플루토가 열 기나 등장하자, 그 앞에 놓인 나이드 왕궁은 수수깡 집처럼 허술해 보였다.

크라눔이 우렁차게 신호를 보냈다.

"일레나가 나오기 좋도록 성벽을 치워라."

그 말이 떨어지기 무섭게 염부 플루토들이 3미터짜리 거대한 검을 휘둘렀다.

부왁!

열 개의 검이 동시에 공간을 횡단했다. 검에서 쏟아져 나온 시뻘건 화염이 이십여 미터 영역을 휘감았다.

성문이 그대로 잘렸다. 성벽도 매끈하게 갈렸다. 플루토의 검이 지나간 자리엔 시커멓게 탄 자국만 남았다. 검에서 뿜어진 고온의 화염은 나무를 불태우고 벽돌을 녹였다.

이글거리는 열기가 주변 공기를 급속도로 데웠다. 뜨거운 공기가 상승하면서 세찬 바람이 불었다.

단 한 번의 휘두름.

그것으로 상황은 끝났다. 플루토의 위력은 상상을 초월하게 강력했다.

나이드 왕궁을 방어하는 높다란 성벽은 새까맣게 그슬린 채 박살났다. 탑이 무너졌다. 울퉁불퉁하던 지형은 완전 평지로 변했다.

"으아악!"

성벽 위의 기사들은 순식간에 화염에 휩싸였다. 성벽이 무너져서 발밑이 꺼지고, 불이 갑옷 안으로 넘실거리며 들어와 살을 태웠다.

비명소리가 귀청을 찢었다. 한꺼번에 백 명이 넘는 기사가 몰살당했다.

백성들은 오줌을 싸며 벌벌 떨었다. 귀족들은 혼이 빠진 채 땅바닥에 주저앉았다.

갑자기 길이 열렸다. 높은 성벽이 평지로 변하면서 성벽에 가렸던 왕궁이 시원하게 드러났다.

크라눔은 뻥 뚫린 왕궁을 향해 우렁차게 소리쳤다.

"내가 자리를 마련했다! 일레나는 당장 나와라!"

왕궁은 침묵했다.

크라눔은 딱딱 끊어지는 목소리로 마지막 경고를 던졌다.

"일. 레. 나. 이것만으로는 부족하냐? 네 얼굴 보기가 이리도 힘드냐? 나이드 백성들의 시체로 거대한 제단을 쌓고, 나이드 기사들의 몸뚱어리로 제단 계단을 만들고, 나이드 귀족들의 목을 잘라 제단 주변을 장식해야 네가 나올 것이냐? 정원한다면 그리 해 주마."

일레나로서는 난생 처음 들어보는 끔찍한 폭언이었다. 크라눔이 사절단을 이끌고 온다고 했을 때부터 걱정을 하긴 했지만, 이렇게 다짜고짜 무력시위를 벌일 줄은 몰랐다. 여왕은 왕궁 깊은 곳에서 귀를 틀어막고 몸을 웅크렸다.
추웠다.

Chapter 3

나이드 왕궁 남문 일대는 폐허로 변했다.

크라눔은 폐허 위에 화려한 의자를 놓고 그 위에 앉았다. 시원한 바람이 불어와 크라눔의 시뻘건 머리카락과 수염을 간질였다.

평소 같으면 제아무리 크라눔이라도 이렇게 과격한 무력시위는 못했을 것이다. 나중에 나이드의 플루토나이트들이 우고트 왕국으로 쳐들어와서 보복하면 곤란할 테니 말이다.

물론 나이드 왕국이 감히 크라눔에게 직접 보복한다는 뜻은 아니다. 나이드의 소형 플루토로는 도저히 크라눔을 꺾을 수 없다.

하지만 직접 크라눔을 노리지 않고도 얼마든지 복수가 가능했다.

이를테면 우고트의 백성들을 대신 공격한다던가, 우고트의 건물을 파괴하고 농지를 짓밟는다던가, 이런 일들은 굉장히 유용한 복수의 방법이었다.

그렇게 백성들의 피해가 쌓이면 크라눔에게 비난의 화살이 돌아갈 테고, 정치적인 입지도 좁아질 것이다.

따라서 플루토 개발이 어려울 뿐이지, 일단 개발에 성공해서 정식으로 플루토를 보유하면 천하의 우고트 왕국도 함부로 건드리지 못했다. 일레나와 네스토는 그 점을 노리고 플루토 프로젝트에 착수했었다.

헌데 지금 국면은 일레나의 예상과는 다르게 흘러갔다.

크라눔은 나이드 왕국에 플루토가 있다는 것을 알면서도 개의치 않았다. 복수할 테면 해 보란 식으로 으르렁거렸다.

'속사정이야 어떻든 간에, 우리 나이드는 플루토 보유국으로 알려진 상태다. 그런데 이렇게까지 과격하게 핍박하다니, 뭔가 이상해.'

일레나는 크라눔의 행동을 이해할 수 없어서 겁을 내었다.

사실 크라눔의 속셈은 다른 곳에 있었다. 크라눔은 3미터짜리 조그만 플루토들은 염두에 두지 않았다.

그의 목적은 오로지 신비의 플루토 언디텍터블이었다. 얼마 전 조론이 목격했다던 언디텍터블을 끌어내리려고 일부러 과격한 무력시위를 감행했다.

그러나 언디텍터블은 나타나지 않았다. 대신 나이드의 여왕이 시녀들의 부축을 받은 채 비틀비틀 걸어나왔다.

크라눔의 눈가에 실망의 기색이 스치고 지나갔다.

'언디텍터블이 나이드 왕국과 직접적인 관련이 없단 말인가? 내가 헛짚었나?'

크라눔이 고민을 하는 사이, 일레나는 크라눔 앞에 무릎을 꿇었다. 나이드 왕국의 여왕은 자존심을 버렸다.

긍지도 접었다. 그저 겁에 질린 어린 새처럼 파르르 떨며 염부의 총수를 향해 허리를 숙였다.

"아아……."

나이드 백성들은 여왕의 굴욕적인 모습에 놀라 가느다란 신음을 흘렸다.

일부 백성들은 손에 든 장미등을 바닥에 떨어뜨렸다. 나이드의 귀족들은 고개를 돌려 치욕의 순간을 외면했고, 기사들도 차마 눈 뜨고 볼 수 없어서 두 눈을 질끈 감았다.

오늘은 나이드의 건국기념일이었다. 허나 내년부터는 국치일이 될 것이다.

크라눔은 오만한 눈길로 일레나를 훑어보았다.

"어여쁘구나. 군왕이라기보다 애첩으로 어울린다."

크라눔의 희롱은 끔찍했다. 이건 도저히 일국의 군왕에게 할 말이 아니었다. 일레나는 속으로 이빨을 꽉 물었다.

허나 겉으로는 반발하지 못했다. 우고트 플루토의 위력을 목격한 순간, 꼿꼿하던 성깔은 풀이 죽었다. 기가 꺾인 일레나는 뽀얀 목덜미를 드러내며 깊숙이 고개를 숙였다. 그리곤 능숙한 루흘어로 응대했다.

"어여쁘게 봐주셔서 고맙습니다."

일레나는 여왕이라는 높은 지위에도 불구하고 크라눔에게

존칭을 썼다.

크라눔은 고리눈으로 일레나를 굽어보았다. 그리곤 물었다.

"너는 사신이 전한 말을 듣지 못했느냐? 네가 마중 나오지 않고 고집을 부리는 탓에 나이드 성벽이 박살났느니라."

"성벽은 다시 지으면 그만입니다. 그리고 저는 죄 지은 것이 없다고 생각해서 총수의 뜻에 따르지 못했습니다."

배짱 좋게 말을 마친 뒤, 일레나는 참았던 숨을 내뱉었다. 그녀의 손이 바들바들 떨렸다. 이마엔 식은땀이 흘렀다.

이제부터가 중요했다. 이제부터 말을 조리 있게 잘 하고 크라눔을 설득해야 살 수 있으리라. 조금이라도 삐끗하면 그걸로 끝. 그땐 지옥행 마차가 기다릴 것이다. 일레나는 바짝 긴장했다.

크라눔은 입술을 비틀면서 비꼬았다.

"죄가 없다고? 거 참 당돌한 계집이군. 하긴, 그러니까 여자 주제에 왕 노릇을 하겠지."

'계집'이라던가 '여자 주제에'라는 말은 무례한 폭언처럼 들렸다. 그러나 사실은 철저하게 계산된 말이었다.

크라눔은 일부러 일레나의 속을 긁어서 떠보는 중이었다. 자존심이 상한 일레나가 어떻게 나오나 두고 보려는 것. 한편으론 이렇게 여왕을 모욕하면 언디텍터블이 나타나지 않을까 기대했다.

물론 크라눔의 기대는 충족되지 않았다. 아무리 주변을 살펴보아도 언디텍터블이 등장할 기미는 없었다.

일레나는 입술을 꽉 깨물면서 억지로 웃었다.

"죄가 없는데 어찌 있다고 하겠습니까? 사실 저도 참 난감했답니다. 총수의 말씀에 따르자니 없는 죄를 있다고 인정하는 꼴이고, 그렇다고 따르지 않자니 총수의 진노를 살까 두려웠습니다."

"어허, 계속 죄가 없다고 우기는구나. 너는 우리 우고트 왕국을 우습게보지 않았더냐? 그래서 감히 플루토를 만들고 플루토나이트를 육성했다. 그게 네 죄다!"

크라눔은 이미 모든 것을 다 알고 있다는 표정으로 추궁했다.

물론 일레나는 딱 잡아떼었다.

"저는 그런 짓을 한 적이 없습니다."

"네가 아니면 누가 했느냐? 저기 노폭이라는 애송이가 한 짓이냐?"

크라눔은 손가락으로 노폭을 가리켰다.

노폭이 펄쩍 뛰면서 손사래를 쳤다. 자기는 절대 아니라는 뜻이었다.

크라눔이 다시 일레나에게 고개를 돌렸다.

"너도 아니고 노폭도 아니라면, 대체 누가 플루토를 개발했을꼬?"

일레나는 살짝 한숨을 내쉬고는 나긋나긋하게 고했다.

"저도 아직 상황을 전부 파악하지는 못했습니다. 다만……."

"다만?"

"다만 저희 왕국의 수석시중을 의심하는 중입니다."

일레나는 목숨을 부지하기 위해서 네스토를 팔았다.

크라눔은 고개를 돌려 동생을 보았다. 크라옌이 얼른 다가와서 수석시중에 대해 읊었다.

"나이드의 수석시중은 네스토라는 자입니다. 그가 어디 출신인지는 모호합니다만, 15년 전 일레나가 즉위할 때 혜성처럼 나타나서 여왕의 측근 노릇을 해 왔습니다. 네스토는 정치력도 뛰어나지만 마법에도 익숙하다고 알고 있습니다."

크라옌의 정보수집능력은 기막혔다. 그는 이미 나이드의 정치상황과 인물들을 속속들이 꿰뚫고 있었다. 일레나는 저도 모르게 몸서리를 쳤다.

크라눔이 일레나에게 고개를 돌렸다.

"일레나, 너는 수석시중이 수상하다고 주장하는 것이냐? 그럼 이 자리에 그놈을 데려와 봐라. 내 직접 대질심문을 하겠다."

일레나는 슬픈 표정으로 고개를 가로저었다.

"총수. 참으로 민망한 말입니다만, 안타깝게도 수석시중은 어제 새벽에 감쪽같이 사라졌습니다. 저는 네스토가 왜 갑자기 자취를 감췄는지 영문을 몰랐었는데, 이제 와서 생각해 보니 그자가 감히 죄를 짓고는 우고트 왕국의 처벌이 두려워서 도망친 듯합니다."

"크하, 지금 나더러 그 말을 믿으라는 거냐? 플루토를 개발한 주모자가 도망쳤다고? 그리고 너는 플루토 개발 사실을 까맣게 몰랐다고?"

"감히 믿어달라는 말은 못하겠습니다. 하지만 총수께서 직접 조사해 주실 것을 부탁합니다. 총수의 밝은 눈이라면 제 무죄를 밝혀낼 것이라 믿습니다. 플루토 개발이라니요? 미약한 나이드 왕국으로서는 감히 꿈도 꾸지 못할 일입니다."

일레나는 고집스레 무죄를 주장했다.

크라눔은 이 아름답고 당찬 여왕이 마음에 들었다. 뭐, 그렇다고 이번 사건을 대충 눈감아줄 생각은 없었다. 그래서 오만하게 다리를 꼬면서 추궁했다.

"나더러 직접 조사해 달라고? 내가 그런 수고를 할 이유가 있느냐? 여왕 자리를 유지하고자 한다면 너 스스로 무죄를 증명해야 한다. 한 번 기회를 줄 테니 최선을 다해서 나를 설득해 보거라."

일레나는 입술을 꼭 오므리며 머릿속으로 생각을 정리했다. 그리곤 어제 아침에 네스토가 일러준 것을 되새기며 하나씩 증거를 내놓았다.

"허면 총수께 묻겠습니다. 그 문제의 플루토가 어디서 발견되었습니까?"

"나이드 남동쪽, 보윈 왕국과의 국경지대에서 처음 발견했다."

"그럼 그곳 근처에서 플루토가 개발되었을 가능성이 높겠군요. 우고트의 우수한 정보력이라면 플루토가 등장하자마자 바로 알아차렸을 테니까요."

일레나는 은근슬쩍 우고트의 정보력을 치켜세웠다.

크라눔은 차마 아니라고 말하지 못했다. 체면상 우고트의 정보력을 깎아내릴 수는 없었다.

"나도 그리 생각한다. 아마 그 근처에서 플루토를 개발했겠지."

크라눔이 고개를 끄덕이자마자 일레나가 말을 이었다.

"총수, 상식적으로 생각해 보십시오. 보윈 왕국은 우리 나이드의 원수입니다. 양국은 서로 수백 차례나 전쟁을 치러온 사이고, 지금도 수시로 국경을 넘나들며 상대 왕국에 첩자를 보내고 있습니다."

"그런데?"

"제가 미치지 않고서야 그 위험한 보윈 국경 근처에서 플루토를 개발했겠습니까?"

크라눔은 동생 크라옌을 보았다.

크라옌은 일레나의 주장에 아무런 반박을 하지 못했다. 그러자 크라눔이 다시 일레나에게 질문했다.

"좋다. 그 점은 인정한다. 하지만 그것만으론 네 무죄를 증명할 수 없다."

일레나는 곧바로 두 번째 증거를 댔다.

"사신이 그러더군요. 우고트 왕국의 정보망에 발각되었을 당시, 문제의 플루토나이트들은 자기들끼리 치고받고 싸우던 중이었다고요. 제 말이 맞습니까?"

"맞다."

"뭔가 이상하지 않습니까? 제 자랑 같지만, 우리 나이드의 기사들은 충성심이 대단하답니다. 지금까지 우리 나이드에선 기사들이 반역을 일으킨 적이 단 한 번도 없었답니다. 게다가 결속력도 뛰어나서 기사들끼리 분란을 일으킨 적도 없었지요. 이 사실은 총수께서도 잘 아실 겁니다."

크라눔은 고개를 끄덕였다. 크라눔도 나이드 기사들의 강한 충성심과 결속력에 대해선 들은 바가 있었다.

일레나는 거보란 듯 주장했다.

"생각해 보십시오. 만약 제가 플루토나이트를 육성했다면, 당연히 가장 충성심이 강한 자들로 뽑았을 겁니다. 그런데 플루토나이트끼리 내분이라니요? 이건 말도 안 됩니다."

듣고 보니 그럴 듯했다. 대부분의 왕국에서 플루토나이트는 군사력과 권력의 핵심이었다.

우고트처럼 플루토나이트가 여러 명 있는 곳이라면 모를까, 평범한 왕국에서는 플루토나이트 한 사람이 왕권을 좌우할 정도였다. 따라서 플루토나이트를 선발할 때 가장 중요한 기준은 충성심이었다.

크라눔은 손으로 수염을 쓰다듬으면서 곰곰이 생각했다.

'나이드의 기사들은 심성이 올곧다고 들었다. 일단 군왕에게 충성을 맹세하면 죽을 때까지 변하지 않는다고 했어. 그런 자들이 일레나에게 피해가 갈 것을 알면서도 저희들끼리 다퉜을까? 아니야. 그럴 가능성은 희박해.'

생각할수록 일레나의 말이 옳았다. 크라눔의 마음은 좀 더 일레나 편으로 기울었다.

그 짧은 순간, 일레나는 뭔가 분위기가 바뀐 것을 느꼈다. 싸늘하던 공기에 조금 온기가 감돌았다.

'여기서 쐐기를 박아야 한다.'

일레나는 승부수를 띄울 때라고 판단했다. 대뜸 시녀를 불러서 초상화 두 장을 가져오라고 명령했다.

시녀가 초상화를 대령했다.

일레나는 그것을 크라눔에게 보여주었다.

"혹시 몰라서 수석시중의 초상화를 그려오라고 시켰습니다. 한 번 보십시오."

크라눔은 흥미로운 얼굴로 네스토의 초상화를 들여다보았다. 그리곤 크라옌에게 보여주었다.

크라옌이 고개를 끄덕였다.

"나이드의 수석시중 네스토가 맞습니다."

크라눔은 염부 서열 3위인 조론도 불렀다.

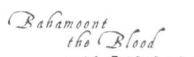

"너도 한 번 보거라. 혹시 이자의 얼굴을 아느냐?"

"네, 잘 압니다. 얼마 전 저희가 나이드의 플루토와 부딪쳤을 당시, 그 현장에 이 늙은이가 있었습니다."

"허! 수석시중이 현장에 직접 나와 있었다고?"

"네."

조론은 자신 있게 대답했다.

이것으로 한 가지는 확실하게 증명되었다. 수석시중 네스토는 플루토 개발에 깊게 관여했다. 플루토나이트 육성도 네스토가 도맡은 듯했다.

그럼 과연 그것이 네스토 혼자서 한 일일까? 아니면 일레나가 배후에서 시킨 일일까?

크라눔은 이 점을 고민했다. 그러다 슬쩍 일레나를 떠봤다.

"너와 네스토는 긴밀한 관계라고 들었다. 네스토가 너 몰래 그런 큰일을 저지를 수 있었을까? 나는 그 점이 궁금하다."

일레나는 선뜻 고개를 끄덕였다. 그리곤 한껏 슬픈 표정으로 중얼거렸다.

"잘 아시네요. 맞습니다. 저는 수석시중과 가까웠습니다. 수석시중을 철석같이 믿었지요. 그래서 찢어지게 마음이 아픕니다. 네스토가 저 몰래 플루토를 만들고 있었을 줄은 꿈에도 몰랐으니까요. 수석시중은 신하들 가운데 으뜸이었는데, 대체 무엇을 더 얻으려고 플루토 같은 마물을 만들었을까요?"

일레나의 뺨 위로 눈물이 방울방울 흘렀다. 우는 모습이 참

고혹적이었다.

크라눔은 흔들리는 마음을 애써 가다듬었다. 그리곤 짐짓 눈매를 가늘게 좁히며 추궁했다.

"그러니까 넌 플루토 개발을 전혀 몰랐었단 말이지?"

일레나는 답답한 듯 주먹으로 가슴을 두드렸다.

"아직도 절 못 믿으시는군요. 차라리 총수님께 제 가슴을 열어서 보여드렸으면 좋겠어요."

가슴을 열어서 보여준다는 말이 묘한 뉘앙스를 풍겼다. 크라눔의 눈이 아주 짧게 흔들렸다. 그 짧은 시간 동안, 크라눔의 눈동자는 일레나의 봉긋한 가슴 부위를 훑고 지나갔다.

일레나는 상대의 탐욕스런 눈빛을 느꼈다. 이제 50퍼센트쯤 살았다.

크라눔은 헛기침을 하며 서둘러 화제를 돌렸다.

"험험, 좋다. 그럼 거기 두 번째 종이를 보자."

"여기 있습니다."

일레나는 두 번째 종이를 펼쳐보였다. 바하문트와 모달을 수배한 벽보가 크라눔 앞에 활짝 공개되었다.

옆에 있던 조론이 갑자기 펄쩍 뛰었다.

"저놈입니다. 저 두 놈이 현장에 있었습니다. 왼쪽 놈이 플루토나이트였고, 오른쪽의 빡빡머리 해골은 마법사였습니다."

"그래?"

크라눔의 눈이 번쩍 빛났다. 크라눔은 뜨거운 눈길로 바하문트의 초상화를 응시했다. 그리곤 머릿속에 바하문트의 얼굴을 단단히 새겨놓았다.

그 사이 통역은 벽보에 적힌 죄목을 읽었다.

"수배자 바하문트. 키 183센티미터. 약간 마른 체형에 팔다리가 긴 편임. 몸은 근육질. 얼굴이 갸름하면서도 선이 굵음. 눈썹은 일자로 쭉 뻗었음. 죄목은…… 높으신 분의 영애 여러 명을 성적으로 착취하고 유린한 파렴치범임. 변태 성향이 다분함. 외모는 반듯하게 잘 생겼지만 속은 간악함. 그러니 절대 대화를 나누지 말고 발견 즉시 시중부로 연락할 것. 현상금은 20골드."

"허어!"

크라눔이 어이없다는 눈빛으로 일레나를 보았다.

Chapter 4

"허어! 이거 대단한걸? 이 바하문트란 녀석은 플루토나이트잖아. 그런데 감히 플루토나이트에게 변태, 파렴치범이라는 더러운 죄목을 붙였어?"

크라눔은 뼛속까지 기사였다. 그의 상식으론 이 현상수배를 도저히 이해할 수 없었다.

기사란 명예에 살고 명예에 죽는 족속들이었다. 기사들은 명예가 더럽혀지는 것을 가장 싫어했다.

평범한 기사들도 그렇거늘, 하물며 기사 중의 기사로 불리는 플루토나이트라면 말할 필요도 없었다. 플루토나이트의 자긍심은 하늘보다 높았다. 산악보다 꼿꼿했다.

헌데 그 고고한 플루토나이트에게 변태, 파렴치범이라니? 크라눔은 기가 막혀서 말이 나오지 않았다.

크라옌과 조론도 고개를 좌우로 흔들었다. 심지어 나이드의 기사들마저 어이없다는 표정이었다.

크라눔은 가만히 생각했다.

'과연 일레나가 저 현상수배를 내걸었을까? 만약 그게 사실이라면 확실히 제 발등을 도끼로 찍은 격이다. 명예를 짓밟힌 바하문트는 당장 일레나의 곁을 떠날 게야. 혹은 수치심을 견디지 못하고 자결해 버릴지도 모른다. 원래 기사들이란 그런 부류니까.'

생각하면 생각할수록 어이가 없었다. 보물처럼 떠받들어도 시원치 않을 플루토나이트를 저렇게 황당하게 내쫓는 경우는 없었다.

급기야 크라눔은 혀를 찼다.

"쯧쯧. 대체 누가 이런 현상수배를 내렸나? 아무리 적이라지만 보는 내가 다 민망하군. 자존심 강한 플루토나이트에게 이런 얼토당토않은 죄목을 붙이다니. 쯧쯧쯧!"

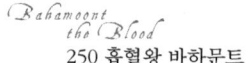
250 흡혈왕 바하문트

"그 벽보의 내용은 수석시중 네스토가 직접 작성했습니다. 네스토는 이 바하문트라는 자를 꼭 잡고 싶었던 모양이에요. 그래서 이런 수치스러운 죄목을 붙이고 높은 현상금을 내걸었 겠지요."

일레나는 처연한 목소리로 대답했다.

크라눔은 가만히 고개를 끄덕였다. 일레나의 주장에 수긍이 간다는 뜻이었다.

이제 일레나는 80퍼센트쯤 살았다. 조금만 더 노력하면 완전히 의심에서 벗어날 듯했다. 일레나는 확실하게 일을 마무리 짓기 위해서 열심히 잔머리를 굴렸다.

'무엇을 더 말해야 하지? 어떻게 해야 완전히 의심을 풀 수 있을까?'

한창 고민하던 중, 생각지도 않게 일이 풀렸다. 일레나를 궁지에서 빼내준 사람은 다름 아닌 바하문트였다.

일레나를 섬기는 시중 한 명이 헐레벌떡 달려왔다. 시중은 일레나 앞에 털썩 엎드리더니 두 손으로 종이뭉치를 올렸다.

일레나는 대뜸 눈살을 찌푸렸다.

"이런 눈치 없는 것을 보았나! 나는 지금 우고트의 총수님과 더불어 중요한 일을 논의 중이다. 하찮은 장계를 읽을 때가 아니란 말이다! 치워라. 장계는 나중에 받겠다."

시중은 머리를 좌우로 흔들었다.

"폐하, 하찮은 장계가 아니옵니다. 벽보이옵니다. 괴문서이

옵니다."

"괴문서? 무슨 괴문서?"

"바하문트라는 자가 수도 곳곳에 이런 망측한 괴문서를 붙였나이다. 이미 수많은 백성들이 괴문서를 읽었는데, 그 내용이 너무나 요망해서 저잣거리가 발칵 뒤집혔사옵니다."

시중은 어쩔 줄 모르겠다는 표정으로 머리를 굽실거렸다.

"뭐? 바하문트?"

일레나는 소스라치게 놀랐다. 바하문트는 플루토 개발에 관한 비밀을 꿰뚫고 있었다. 그가 입을 열면 큰일이었다. 일레나는 눈앞이 캄캄하고 가슴이 철렁 내려앉았다. 그리고 저 눈치 없는 시중이 정말 미웠다.

'저 시중 놈은 하필 이럴 때 보고를 올리고 지랄이야. 이 중요한 자리에 바하문트에 관련된 자료를 가져오면 어떻게 해? 저 종이뭉치를 어떻게 없애지?'

일레나는 시중이 들고 온 종이뭉치를 노려보다가 슬쩍 크라눔의 눈치를 살폈다. 그러다 크라눔과 눈이 딱 마주쳤다.

모든 것을 꿰뚫어 보는 듯한 크라눔의 눈!

순간 일레나는 심장이 멎는 줄 알았다.

크라눔이 손을 뻗었다.

"그거, 이리 가져와라. 무슨 내용인지 좀 보자."

역시 크라눔은 호락호락하지 않았다. 일레나는 파르르 손을 떨면서 괴문서를 크라눔에게 건넸다. 마음속으로는 이 문서를 가져온 시중을 갈가리 찢어 버리는 중이었다.

크라눔은 괴문서를 바닥에 쫙 펼쳐놓았다. 그리곤 손가락을 까딱거려서 통역을 불렀다.

통역이 잽싸게 튀어나왔다. 통역은 종이뭉치를 내려다보면서 낭랑한 목소리로 읽었다. 바하문트가 썼다는 글은 무척 과격했는데, 내용은 다음과 같았다.

바하문트가 쓴다.
일찍이 나는 음탕한 일레나 여왕을 대신하여
나이드의 왕이 되리라 결심했었다.
내 꿈이 허황되다고 말하지 마라.
나와 내 동료들은 고대의 던전을 발굴했고,
그 안에서 다섯 기의 플루토를 입수했노라.
이만한 전력이라면 한 번 세상의 권세를 노려볼 만하지 않은가.
플루토를 발견한 것은 하늘이 나를 왕으로 선택했다는
증거이리라.
헌데 나는 치명적인 실수를 하나 범했다.
야심가 네스토와 손을 잡은 것이 패착이었다.
나와 내 동료들은 플루토는 있으되 정보와 군자금이 부족했다.
그때 왕궁의 수석시중 네스토가 정보와 군자금을
대어주겠다며 우리에게 접근했다.
그는 탕녀를 상전으로 모시기 힘들다면서 한탄했다.
탕녀 일레나는 수시로 네스토와 몸을 섞었으며,
그것으로도 부족해서 수십 명의 미소년들을 곁에 두고
온갖 황음한 짓거리로 밤을 지새운다고 했다.

나와 내 동료들은 네스토를 불쌍히 여겼다.
매일 밤 미소년들과 나뒹구는 음탕한 계집을 여왕으로
떠받들려니 얼마나 비참했겠는가.
그런 계집의 잠자리 시중까지 들어야 하니 얼마나
괴로웠겠는가.
하지만 알고 봤더니 네스토는 탐욕스런 야심가였다.
그는 여왕을 폐위시킨 뒤 스스로 왕이 되려 했다.
네스토의 이간질 때문에 나와 내 동료는 서로에게 검을 겨눴다.
그 치열한 싸움 도중, 우고트 왕국 플루토 두 기가 들이닥쳤다.
어느새 우고트 개자식들이 냄새를 맡고 달려온 것이다.
이제 나는 망했다.
우고트가 개입한 이상, 왕이 되려던 꿈은 큰 장애물을 만났다.
허나 나 바하문트는 이대로 쓰러지지 않는다.
하늘은 내게 왕이 될 운명을 내렸다.
그런 이 몸의 앞길을 방해하는 자,
세상 그 누구라도 용서하지 않겠다.
일레나가 방해가 되면 내 그 천박한 계집의 가랑이를
찢어놓을 것이요,
우고트가 내 앞길을 방해한다면 내 용기를 내어
황소의 뿔을 꺾어 버릴 것이니라.
믿어라, 세상아!
이 순간부터 나 바하문트는 진정한 왕이 되었음을 선포하노라.
따르라, 가여운 백성들아!
진정한 왕 바하문트를 너희들 가슴 깊이 새기고 따르라.
물러나라, 우고트!
감히 내 일에 끼어들지 말고 좋은 말로 할 때 돌아가라.

내 일찍이 너희들의 플루토를 두 기나 깨부순 적이 있느니라.
그 비참했던 기억을 벌써 잊었느냐? 너희가 새대가리냐?
망신 톡톡히 당하고 싶지 않으면 당장 손을 떼어라.
나는 너희들과의 전쟁을 두려워하지 않으며
우고트라는 이름에 겁먹지 않는다.
정신 똑바로 차려라, 크라눔!
뭘 얻어먹을 것이 있다고 여기까지 기어왔느냐?
고국으로 회군하지 않는다면 네 붉은 수염을
몽땅 뽑아 버릴 테다.
마지막으로 경고한다.
나는 자비를 모르는 왕이다.
나에게 대적한 자는 누구든 불벼락을 맞으리라.
그 증거로 네스토의 목을 베어 북문 앞 기둥에 걸어놓는다.
죽은 네스토를 보고 나의 무서움을 깨달으라.

바하문트가 적은 괴문서는 참으로 직설적이었다. 게다가 난폭했다.

통역은 괴문서를 읽는 내내 몸을 떨었다. 특히 우고트 왕국과 크라눔에 대한 이야기를 할 때는 아예 진저리를 쳤다.

나이드의 기사들은 입을 딱 벌렸고, 귀족들은 얼굴이 하얗게 질렸으며, 백성들은 두려움에 질려 귀를 막았다.

일레나도 잔뜩 뒤흔들렸다. 음탕한 탕녀라는 말이 나올 때마다 두 눈을 질끈 감았다. 네스토와 몸을 섞었다는 대목에선 입술을 부들부들 떨었다.

바하문트는 플루토 프로젝트에 대한 진실을 폭로하진 않았으되, 대신 일레나에게 참혹한 누명을 씌웠다.

여왕이 수석시중과 스캔들이 있었다고?

이것이야말로 얼토당토않은 누명이었다. 그리고 이것이야말로 현재 바하문트가 할 수 있는 최선의 복수였다.

일레나는 이 괴문서가 거짓이라고 항변하지 못했다. 진실을 증명하려면 플루토 프로젝트를 적나라하게 밝혀야 하는데, 그건 불가능했다.

그저 꿀 먹은 벙어리마냥 앉아서 당할 수밖에 없었다. 너무나 분하고 치욕스러워서 눈물이 났다.

그러다 마른하늘에 날벼락 떨어지는 소리를 들었다. 일레나는 저도 모르게 중얼거렸다.

"뭐? 수석시중이 죽었다고? 바하문트가 수석시중의 목을 베어서 북문 앞에 걸어놓았다고?"

갑자기 눈앞이 캄캄했다. 네스토는 일레나를 지탱하는 마음속의 기둥이었다. 기둥을 잃은 일레나는 손으로 머리를 짚으며 휘청거렸다.

그 사이 크라눔은 수염을 부들부들 떨었다. 그리곤 목젖이 보이도록 웃어젖혔다.

"크하하, 크하하하, 크하하하하!"

쩌렁쩌렁한 웃음소리가 사람들의 고막을 울렸다.

크라눔의 웃음은 웃음이 아니었다. 그건 웃음의 탈을 쓴 분

노였다. 웃음의 탈을 쓴 진득한 살기였다.

"바하문트가 미쳤구나. 그게 미친놈이었구나. 조론, 네게 일곱 명의 플루토나이트를 내주겠다. 그들을 지휘해서 바하문트를 잡아와라. 나이드 수도가 박살나도 좋다. 앞을 가로막는 것은 다 때려 부숴라. 감히 사자의 콧수염을 건드린 발칙한 하룻강아지가 있다. 그 새끼를 잡아다가 내 앞에 대령해!"

"네넷!"

조론은 찔끔 놀라며 허리를 숙였다

크라눔은 고개를 휙 돌려서 크라옌을 노려보았다.

"크라옌, 정보청도 힘을 보태라. 나이드에 파견된 조사관들을 총동원해서 그 앙실방실한 놈을 찾아내."

"물론입니다. 3미터짜리 플루토를 찾기 쉽도록 이미 아르곤의 세팅을 끝내 놓았습니다. 놈은 어디에도 숨지 못합니다."

크라옌이 싸늘한 미소를 머금은 채 대답했다.

이제 바하문트는 항아리 안에 든 쥐다. 플루토나이트와 정보청 조사관들을 총동원했으니 바하문트는 곧 잡힐 것이다.

모두들 이렇게 생각했다.

크라눔도 그리 믿었다. 그런데도 분이 풀리지 않았다. 홧김에 손바닥을 번쩍 들었다가 그대로 땅을 내리찍었다.

콰앙!

땅이 꺼지는 듯한 폭음이 터졌다.

지진이라도 만난 것처럼 땅거죽에 금이 갔다. 균열은 크라늪을 중심으로 방사형으로 퍼졌는데, 그 반경이 무려 수십 미터에 이르렀다.

이건 인간의 힘이 아니었다. 사람들은 크라눔의 가공할 무력에 놀라 몸서리를 쳤다.

같은 시각.

바하문트는 남쪽 대로를 따라 이동 중이었다.

네 마리 말이 끄는 마차는 덜그럭덜그럭 밤길을 달렸다. 바하문트는 마차 의자에 비스듬하게 기댄 채 나이드 수도가 위치한 북녘을 응시했다.

맞은편에서 이르드가 말을 걸었다.

"긴장했어요?"

바하문트는 슬쩍 눈동자를 움직여 이르드를 바라보았다. 그리곤 되물었다.

"긴장한 것처럼 보이나?"

"약간."

"긴장하지 않았다고 대답하면 거짓말이겠지. 우고트 왕국을 상대로 싸움을 시작했는데 어떻게 멀쩡하겠어? 심장이 두근두근해."

바하문트는 손을 상의 왼쪽 부분에 쑥 집어넣더니 불뚝불뚝 심장 뛰는 동작을 해 보였다.

이르드는 희미하게 웃었다.

겉으론 웃었지만 속으론 조금 놀랐다. 우고트의 추격을 받는데 이런 여유를 가진다는 것이 놀라웠다. 새삼스레 바하문트가 달라보였다.

 바하문트도 물끄러미 이르드를 응시했다.

 따가운 시선이 부담스러웠는지 이르드는 눈을 피했다. 그리곤 화제를 돌렸다.

 "그나저나 조금 의외였어요. 네스토님의 머리통을 북문 앞에 내걸은 것 말이에요."

 바하문트는 어깨를 으쓱했다.

 "그 가짜 머리통 말이야? 참 정교하게 잘 만들었더군. 내가 봐도 진짜 네스토의 머리 같아."

 "당연하죠. 우린 만드라고라 길드예요. 시체를 조작하고 다루는 일이라면 네크로맨서들을 제외하면 우리 길드가 최고라고요."

 이르드는 새침한 표정으로 길드를 자랑했다.

 북문에 전시한 네스토의 머리는 가짜였다. 바하문트는 이르드에게 부탁해서 가짜 머리를 만들었다. 그걸 북문 앞 기둥에 걸고 도시 전체에 벽보를 붙였다.

 그 일을 떠올리자 갑자기 유쾌했다. 바하문트는 호탕하게 지껄였다.

 "지금쯤 나이드 수도가 발칵 뒤집혔겠지? 우고트 놈들, 그 벽보를 읽고서 열 좀 받았을 거야."

옳은 말이다. 지금쯤 우고트 사절단은 길길이 날뛰고 있을 것이다. 일레나 여왕은 수석시중과 동침했다는 누명을 쓴 채 주먹으로 가슴을 치고 있을 테고, 그 누명에 같이 얽힌 네스토도 한 방 먹었다는 표정이겠지.

바하문트는 미약하나마 멋지게 복수했다. 그 생각을 하자 갑자기 속이 후련했다.

이르드도 생글생글 웃었다. 그러다가 바하문트를 슬쩍 떠봤다.

"북문에 머리를 걸어놓은 것, 네스토님을 위해서 한 행동이었나요? 이제 사람들은 네스토님이 죽었다고 생각하겠죠. 덕분에 네스토님은 우고트 왕국의 마수에서 벗어나서 안전할 테고요."

"글쎄…… 복합적이야."

"복합적이라고요?"

바하문트는 진지한 얼굴로 대답했다.

"일종의 애증이라고나 할까? 나와 네스토의 관계는 복잡해. 네스토는 내 생명의 은인인 동시에 아버지를 돌아가시게 만든 원수거든. 난 네스토를 증오하지만, 그렇다고 그 늙은이가 우고트 왕국으로 끌려가는 꼴을 보긴 싫었어. 복수를 하더라도 내가 해야지."

"헤에……."

이르드는 가만히 머리를 끄덕였다.

바하문트가 말을 이었다.

"그리고 사실 이번 행동은 네스토를 위한 것이 아니었어. 내 친구 모달을 위해서였지. 우고트 녀석들이 네스토 영감을 추격하면 모달도 위험할 테니까…… 그래서 미리 선수를 쳤을 뿐이야."

바하문트의 말투에선 친구에 대한 우정 냄새가 물씬 풍겼다.

'이 사내!'

이르드는 반짝이는 눈으로 바하문트를 응시했다. 그 사이 바하문트는 고개를 돌려서 먼 북쪽 하늘을 바라보았다.

이르드의 옆자리엔 꾸루가 묵묵히 앉아 있었다.

꾸루는 무릎을 세워서 양팔로 끌어안은 채 마차의 흔들림에 몸을 내맡겼다. 그리곤 언니와 바하문트의 대화에 귀를 기울였다.

얼핏 보기에 꾸루는 심통이 난 듯 무표정했다. 하지만 바하문트와 눈이 마주칠 때마다 바르르 눈꺼풀을 떨었다. 아직 놀람이 가시지 않은 탓이었다.

솔직히 꾸루는 바하문트가 두려웠다.

얼마 전 푸줏간 고기창고에서 바하문트에게 칼침을 맞았던 기억이 아직까지 생생했다. 고기 걸어놓는 갈고리에 거꾸로 매달렸던 기억도 끔찍했다.

물론 육체의 상처는 벌써 다 나았다. 꾸루는 이르드와 마찬가지로 뱀파이어였고, 뱀파이어의 세포 재생력과 회복력은 놀라웠다. 덕분에 칼침을 맞았던 자리는 감쪽같이 아물었다.

허나 정신적인 충격은 아직 치유되지 않았다.

차가운 금속이 살 속으로 푹 파고들었던 경험은 꾸루의 뇌 속에 충격으로 남았다. 그래서인지 바하문트를 흘겨보는 꾸루의 눈빛은 무척이나 복잡했다.

바하문트와 두 뱀파이어 사이에 침묵이 감돌았다.

덜그럭덜그럭 마차바퀴 굴러가는 소리가 적막감을 더했다.

마차엔 은은한 달빛이 내려앉았고, 그 위로 바하문트를 따르는 하얀 수리부엉이가 날개를 쫙 펴고 날았다.

Chapter 1

홀쩍 3년이 지났다.

지난 3년간은 큰일이라고 할 만한 것들이 거의 없었다.

유일하게 한 가지를 꼽는다면, 3년 전 초여름 즈음에 발생한 황당한 사건이 사람들 기억에 남았다.

당시 나이드 왕국엔 바하문트라는 허풍쟁이가 등장했었다. 놀랍게도 바하문트는 스스로 왕이 되겠노라고 선포했다.

고대의 던전을 발굴해서 플루토를 손에 넣었다나 뭐라나.

그것만으로도 기가 막힐 일이었다. 그런데 바하문트는 한 술 더 떠서 감히 우고트 왕국에 도전장을 내밀었다.

그뿐 아니라 거리 곳곳에 벽보를 붙여서 일레나 여왕과 화염의 사자 크라눔을 공개적으로 깎아내렸다. 게다가 나이드 왕국의 수석시중의 목을 베어서 저잣거리에 내걸기까지 했다.
 미치광이가 아니고서야 할 수 없는 행동들이었다.
 당연히 나이드 왕국이 발칵 뒤집혔다.
 일레나 여왕은 군사를 풀어서 바하문트를 잡아오라고 명했다. 화가 잔뜩 난 크라눔도 플루토나이트를 동원해서 바하문트를 추적했다.
 크라눔의 동생 크라옌은 정보청 조사관들을 풀어서 나이드 전역과 인근 왕국들을 차례로 뒤졌다.
 사람들은 숨을 죽였다. 금방이라도 우고트 왕국과 바하문트 사이에 싸움이 벌어질 것 같았다.
 플루토와 플루토가 맞붙는 엄청난 싸움!
 긴장감은 최고로 올라갔다. 호기심도 절정에 달했다.
 헌데 그게 끝이었다. 바하문트는 싸움만 걸어놓고는 감쪽같이 모습을 감췄다.
 사람들은 허탈감에 젖었다. 왕이 되겠다고 자신 있게 벽보를 붙일 땐 언제고, 그 뒤론 코빼기도 비치지 않고 튀어 버린단 말인가?
 여기저기서 바하문트를 욕하는 소리가 들렸다. 어쩌면 바하문트가 겁이 나서 자살했을 거라는 소문도 나돌았다. 모욕감을 느낀 일부 기사들은 나이드 왕국을 망신시키지 말라며 바하문트를 성토하는 격문을 붙였다.

그래도 바하문트는 나타나지 않았다.

화를 못 이긴 크라눔은 나이드 왕궁 건물의 절반을 때려 부쉈다. 그런 다음 고래고래 욕을 퍼붓곤 우고트 왕국으로 복귀했다.

눈이 빠져라 바하문트를 찾던 크라옌도 시간이 흐르자 김이 새 버렸다. 크라옌도 고국으로 돌아갔다.

한편 일레나 여왕은 울화병이 생겨서 머리를 싸매고 앓아누웠다.

나이드 백성들은 동요했고, 귀족들은 권위를 잃은 여왕을 걱정했으며, 기사들은 자긍심에 타격을 입은 채 무기력증에 빠졌다.

그리고 나이드 저잣거리에선 '이 바하문트 같은 놈!' 혹은 '바하문트스러운 자식!' 이라는 최악의 욕이 생겨났다.

이 욕은 주로 허풍 세고 비겁한 사람을 일컬을 때 사용되곤 했는데, 의외로 묘한 중독성이 있어서 나이드 왕국뿐 아니라 이웃 왕국까지 널리 퍼졌다.

3년 전 초여름, 나이드 왕국에서 벌어졌던 파문은 그렇게 신종 욕 하나를 남긴 채 마무리되었다.

바하문트라는 미꾸라지 한 마리가 두 왕국을 진흙탕으로 만들어 버린 황당한 사건 이후로 세상은 한동안 조용했다.

"아버지, 지금 나더러 바하문트스러운 놈에게 시집가라는 거예욧?"

비질리의 딸 필리아는 두 손을 허리춤에 얹은 채 뾰족하게 소리쳤다.

비질리는 짐짓 노여운 표정으로 딸을 꾸짖었다.

"필리아, 말이 지나치다. 누마하는 장차 남백이 될 사람이다. 그런데 감히 허풍쟁이 바하문트에게 빗대서 욕하다니! 누가 들을까 무섭구나."

비질리의 꾸짖음에도 불구하고 필리아는 들은 척도 안 했다. 오히려 더 크게 반발하며 이번 혼사에 대해 강한 거부감을 보였다.

"누마하 같은 바보 멍청이가 어떻게 남백이 될 수 있어요? 그 허여멀건한 애송이가 어떻게 남백이 되겠느냐고요."

"못 될 이유도 없지. 우리 랑팡 가문이 적극적으로 밀어주면 누마하도 얼마든지 남백이 될 수 있다. 누마하는 장차 셰로키 가문의 신임 가주이자 셰로키 성을 지배할 남백이 될 것이니라. 암, 그렇고말고."

남백.

남쪽을 지키는 백자이라는 뜻이다. 다른 지방에는 없는 남백이라는 독특한 지위를 이해하려면, 먼저 이 지역의 특성을 알아야 한다.

이 도시엔 세 개의 성이 우뚝 섰다.

시가지 중심부에 위치한 웅장한 로롤스 성.

도시의 서북방을 지키는 랑팡 성.

남쪽 구릉에 자리를 잡은 셰로키 성.

이 세 곳의 성채를 중심으로 무려 40만 가구가 북적거리는 커다란 연합시가지가 형성되었다. 한 가구당 구성원이 다섯 명씩이라고 가정하면 이 지역의 인구는 얼추 200만 명에 육박했다.

이쯤 되면 도시가 아니라 하나의 왕국이라고 불릴 만했다. 사람들은 이 거대한 연합시가지를 '로롤스'라고 불렀다. 가장 큰 로롤스 성으로부터 이름을 따온 것이다.

그렇다고 로롤스 성이 도시의 주인은 아니었다. 권력은 철저하게 분리되었다.

로롤스 성을 다스리는 로롤스 가문과 랑팡 성의 주인인 랑팡 가문, 그리고 셰로키 성을 지배하는 셰로키 가문이 도시를 세 개 구역으로 나눠서 통치했다.

한 가문이 다른 가문의 구역을 침범하는 일은 금기였다. 가문끼리 내정간섭하지도 않았다. 그저 세 가문이 힘을 합쳐 평화롭게 공존할 뿐이었다.

세 가문의 가주들은 공평하게도 똑같은 백작의 작위를 사용했다.

로롤스의 가주는 '중앙백'이란 호칭으로 불렸다.

랑팡의 가주는 '서백'이라는 명칭을 사용했다.

마지막으로 셰로키의 가주는 시의 남쪽 방어를 전담한다는 의미로 '남백'이라고 칭했다.

사람들은 중앙백과 서백, 남백을 도시의 공동주인으로 여겼다.

헌데 최근 남백의 자리에 변고가 생겼다. 전임 남백이 병마에 시달리다 죽었다. 셰로키의 원로들은 새로운 남백을 뽑으려고 고민하는 중이었다.

남백이 될 후보는 모두 세 명이었다.

전 남백의 조카 오로겔.

전 남백의 양녀 무밧지.

전 남백의 서자 누마하.

원래 로롤스 가문과 랑팡 가문은 세 명의 후보 가운데 누가 남백이 되건 간섭하지 않았었다. 셰로키 가문의 일은 셰로키 사람들이 알아서 할 거라고 생각했으니까.

그러나 곧 충격적인 사실이 드러났다. 글쎄, 세 후보 가운데 한 명인 오로겔이 숙적 피에타 가문과 손을 잡았다는 것이다. 알고 봤더니 오로겔의 부인이 피에타 가문의 여자라던가.

이 소식을 접하자마자 로롤스 가문에 비상이 걸렸다. 랑팡 가문도 발칵 뒤집혔다.

다들 당황할 수밖에 없었다. 피에타는 자유무역동맹을 쥐고 흔드는 강력한 가문이다. 그곳의 역대 선조들은 호시탐탐 이 도시를 노려왔다.

지금까지는 로롤스와 랑팡, 셰로키 가문이 서로 힘을 합쳐

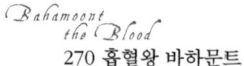

서 피에타의 탐욕을 물리쳐 왔었다.

하지만 앞으로는 어찌될지 몰랐다. 만약 오로젤이 남백의 자리에 오르면 세 가문 사이에 균열이 갈 테고, 피에타의 힘이 셰로키 성으로 물밀듯이 스며들어 올 것이고, 결국엔 도시 전체가 피에타의 손에 넘어갈 가능성도 충분했다.

랑팡의 가주 비질리는 그 꼴을 두고 볼 수 없어서 방비책을 세웠다.

비질리가 세운 계획은 단순했다.

현재로서는 셰로키 가문 후계자 문제에 끼어들 명분이 없다. 로롤스 시의 세 가문은 서로 내정간섭을 할 수 없다고 약조했으니까.

따라서 일단 둘째 딸 필리아를 누마하와 결혼시켜서 연결고리를 만든다. 그런 다음 누마하가 차기 남백이 되도록 적극적으로 지원한다.

이게 계획의 전부였다. 무척 단순하지만, 그만큼 강력한 방법이었다.

헌데 비질리의 계획은 첫 단추부터 어긋났다. 누마하와 결혼해야 될 필리아가 막무가내로 고집을 부린 탓이다.

"흥! 난 이 혼인을 치를 수 없어요. 누마하는 절대 내 남편감이 못 된다고요."

필리아는 거듭 못을 박았다.

비질리는 딸의 완강한 태도에 한숨이 나왔다.

"휴우우, 정말 힘들구나. 필리아, 넌 왜 그렇게 누마하를 깔보는 것이냐? 애비 속 좀 그만 썩여라. 그리고 제발 부탁이니 그 말괄량이 같은 태도부터 바꿔."

"제가 뭐 어때서요? 그리고 깔볼 만하니까 깔보죠. 그놈이 어찌 남백이 되겠어요? 그리고 남백이 된다고 해도 누마하랑은 결혼하기 싫어요. 그까짓 남백, 개나 주라고 하죠."

"이 녀석! 이 무슨 막돼먹은 소리야?"

탕!

비질리는 손바닥으로 탁자를 세차게 내리쳤다. 그리곤 짤막한 수염을 부르르 떨면서 설교를 늘어놓았다.

"남백은 셰로키 가문의 가주를 뜻한다. 그리고 셰로키는 우리와 더불어 이곳 로롤스 시를 떠받드는 기둥이란 말이다. 그걸 잘 아는 녀석이 세 가문의 우정을 깨뜨릴 소리를 해? 그까짓 남백이라니? 개나 주라니? 그 따위 소리를 하려거든 당장 가문을 떠나라. 아무리 내 딸이라고 해도 용서할 수 없다!"

비질리가 말한 것처럼, 남백을 모욕하는 것은 셰로키 가문을 모욕하는 것과 똑같았다.

제 실수를 깨달았는지 필리아는 목을 움츠리며 혀를 살짝 내밀었다.

그렇다고 필리아가 고집을 꺾은 것은 아니었다. 필리아는 말투를 약간 순화해서 비질리를 설득했다.

"아버지, 남백을 모욕한 것은 제가 잘못했어요. 하지만 제

심정도 이해해 주세요. 여자는 존경할 수 있는 남편을 만나야 행복한 거잖아요. 제가 어떻게 허약해빠진 누마하를 존경할 수 있겠어요?"

"누마하가 왜 허약해?"

"허약하잖아요. 세상이 다 아는 사실을 왜 부인하세요?"

필리아는 단호하게 누마하를 폄하했다.

비질리는 어쩔 수 없이 딸의 주장을 받아들였다. 틀린 말이 아니니까 반박하지 못했다.

"좋다. 이 애비도 인정한다. 뭐, 누마하가 체력이 좀 떨어지고 맥아리가 없긴 하지."

"거 봐요."

"하지만 사람 성격은 얼마든지 변할 수 있잖느냐. 남자는 여자 하기 나름이라는 명언도 있고. 필리아, 제발 부탁이니 마음을 고쳐먹어다오."

"안 돼요. 싫어요. 저는 누마하처럼 허약하고 음침한 사람을 경멸해요. 사람들 앞에서 얼굴도 못 들고 움츠러드는 바보랑 결혼하다니, 바하문트스러운 멍청이를 남편으로 삼다니! 상상만 해도 구토가 난다고요. 우웩, 우웨엑."

필리아는 실제로 구토하는 시늉을 했다.

비질리는 눈살을 찌푸렸다. 더 이상 딸을 설득할 자신이 없었다.

그렇다고 이대로 세로키 성의 후계자 문제를 나 몰라라 방치할 입장도 아니었다. 시간이 흐르면 피에타 가문의 지원을 받는 오로겔이 유리해질 테고, 그걸 내버려 두었다간 이곳 로롤스 시 전체가 위험에 빠질 것 같았다.

비질리는 별수 없이 강압적으로 윽박질렀다.

"필리아. 가주로서 명령한다. 넌 반드시 셰로키 가문으로 시집가야 돼."

"싫어요. 절대절대, 절대절대절대 싫어요."

필리아는 '절대'라는 말을 다섯 번이나 연거푸 강조했다. 약해빠진 누마하 따위는 생각하는 것만으로도 짜증이 났다.

탕!

딸이 말을 안 듣자 비질리는 다시 한 번 손바닥으로 탁자를 내리쳤다. 그리곤 부리부리한 눈으로 필리아를 노려보았다.

필리아도 양보하지 않았다. 아버지의 눈을 똑바로 쳐다보며 입술을 오므렸다. 죽으면 죽었지 누마하에겐 시집가지 않겠다는 강한 의지가 드러났다.

비질리는 머리가 딱 아팠다. 더 말해도 소용없을 터, 비질리는 엄지로 관자놀이를 꽉 누르면서 딸에게 그만 나가보라고 손짓을 했다.

필리아는 아버지에게 혀를 쏙 내밀고는 제 방으로 돌아갔다.

Chapter 2

딸이 집무실에서 물러난 뒤, 비질리는 금색 종을 두드렸다.
딸랑딸랑.
종소리가 나고 잠시 후, 깔끔한 복장의 집사가 집무실 안으로 들어왔다.
"서백님, 찾으셨습니까?"
"자네, 가서 호겐을 좀 불러오게."
"호겐님 말씀이십니까? 지금 성채의 하수도 개선 문제로 중요한 회의 중이십니다."
"하수도보다는 이 일이 더 급해. 그러니 당장 불러와!"
비질리는 엄한 목소리로 명했다.
집사는 찔끔 놀라더니 얼른 목례를 하며 대답했다.
"네. 호겐님께 급한 일이라고 전하겠습니다."
"그래. 어서 가봐."
비질리가 손짓했다. 집사는 서둘러 밖으로 나갔다.
집무실에 홀로 남은 비질리는 엄지손톱을 물어뜯으며 방 안을 서성거렸다. 고집이 센 둘째 딸 필리아를 떠올리자 울화가 치밀었다.
"내가 필리아를 너무 오냐오냐 키웠어. 어떻게 된 녀석이 제 고집을 꺾을 줄 몰라? 이 불효막심한 녀석!"
비질리는 분기를 참지 못하고 딸을 욕했다. 그러다가 다시 손톱을 물어뜯으며 방 안을 서성댔다.

욕을 해도 속이 시원하지 않았다. 손톱을 잘근잘근 씹어도 마음이 개운하지 않았다. 하지만 호겐이 오자 답답했던 체증이 풀렸다.

"서백님, 찾으셨습니까?"

"오! 호겐, 어서 와라. 하수도 문제로 한창 바쁜데 내가 찾았지?"

"서백님께서 부르신다면 아무리 바빠도 달려와야지요."

호겐이 싱글싱글 웃으며 대답했다.

비질리는 흡족하게 입꼬리를 실룩거렸다. 그리곤 고민을 털어놓았다.

"내가 너를 찾은 이유가 뭐냐 하면 말이다……."

호겐은 비질리의 막내 동생이었다. 혈육이기에 가문의 부끄러운 일까지, 심지어 딸의 혼사문제까지 모두 의논할 수 있었다.

게다가 호겐은 랑팡 가문의 두뇌라고 불릴 만큼 머리회전이 빠르고, 지혜롭고, 안목이 넓었다. 비질리는 중요한 결정을 내릴 때미다 호센의 의견을 참고했다. 결국 이번 혼사도 호겐의 머리를 빌리는 수밖에 없었다.

"호겐, 너도 알다시피 우리 로롤스와 랑팡, 세로키는 특별한 관계가 아니냐. 세 가문 사이에 틈이 벌어져선 곤란해."

호겐은 머리를 끄덕이며 동의했다.

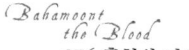
276 흡혈왕 바하문트

"물론입니다. 세 가문이 단단히 결속해야 숙적 피에타의 야욕에 맞설 수 있지요."

"그렇다. 헌데 요새 셰로키 가문이 좀 소원하더구나. 로롤스와 우리 랑팡은 사돈을 맺었는데, 셰로키만 따돌림을 당하는 느낌이었나봐. 게다가 셰로키의 가주 후보 가운데 한 명인 오로겔은 피에타 가문의 여자와 결혼했다지? 만약 오로겔이 남백이 되면 어떻게 되겠냐? 나는 로롤스 시가 흔들리지나 않을까 걱정이다."

"맞습니다. 로롤스 시의 평화를 위해서는 오로겔이 남백이 되어선 곤란하지요. 하지만 그렇다고 해서 우리가 셰로키 가문 후계자 문제에 함부로 끼어들 수도 없지 않습니까?"

호겐은 어깨를 으쓱하며 난처한 표정을 지었다. 가주 선출은 셰로키 가문의 내부문제여서 끼어들기 조심스러웠다.

비질리는 조심스레 자신의 계획을 털어놓았다.

"그래서 말인데, 나는 필리아를 남백 후보 중 한 명인 누마하와 짝지어 주려고 생각했다. 그럼 오로겔을 밀어내는데 도움이 될 것 같더라고."

"오! 그거 참 묘수군요."

호겐은 손뼉을 쳤다.

비질리가 으쓱한 표정으로 말을 계속했다.

"오늘 아침 셰로키 가문 원로에게 넌지시 의향을 물어보았더니, 그쪽 반응도 좋더라고. 그런데 문제는……."

비질리는 말을 하면서 호겐의 눈치를 살폈다.

아니나 다를까, 호겐은 단번에 속사정을 짐작해냈다.

"문제는 필리아군요. 누마하가 허약하다며 이번 혼사를 거절했을 것 같네요."

"역시 호겐이다. 네 추측이 맞다. 필리아 고것이 도무지 애비의 뜻에 순종하질 않아. 세로키 가문에서도 이번 혼사를 은근히 기대하는 눈치던데, 이거 이러다가 두 가문의 사이가 더 틀어지는 것은 아닌지 걱정스럽구나. 그래서 내 너를 불렀다."

비질리는 기대가 가득한 눈길로 호겐을 보았다.

호겐은 부담스럽다는 듯 어깨를 으쓱해 보였다.

"서백님, 저는 다른 것은 다 괜찮은데 필리아를 설득할 자신은 없습니다. 게다가 누마하는 워낙 소문이 안 좋아서 저도 꺼려집니다."

호겐은 무 자르듯이 잘라 말했다.

비질리는 손으로 이마를 짚었다.

"끄으응, 확실히 누마하에 대한 소문이 안 좋긴 하지. 그래도 호겐, 너마저 이러면 어떻게 하냐? 필리아가 네 말이라면 좀 듣잖아. 그 말괄량이를 한 번 잘 설득해 봐."

"설득한다고 될 일이 아닙니다. 필리아가 어디 보통 고집입니까? 괜히 강요하다간 오히려 일만 그르치지요."

호겐은 말을 하면서 귀를 씰룩거렸다.

호겐이 이런 동작을 할 때면 무언가 묘책이 있다는 뜻이다. 비질리는 눈을 반짝거리며 재촉했다.

"필리아에게 강요하지 말라고? 좋아. 그럼 어떻게 하면 될까? 어떻게 해야 필리아를 누마하에게 시집보낼 수 있을까?"

호겐은 비질리를 물끄러미 바라보았다. 그리곤 신중한 표정으로 질문했다.

"서백님, 먼저 한 가지만 묻겠습니다."

"뭔데?"

"이번 결혼이 전적으로 랑팡 가문만을 위한 겁니까? 필리아가 불행하건 말건, 가문을 위해서 꼭 시집보내야 합니까?"

비질리의 얼굴이 딱딱하게 굳었다. 호겐에게 아픈 곳을 찔린 탓이었다.

비질리는 한동안 입을 열지 않았다. 침묵 속에서 스스로에게 물어보았다. 이번 혼사를 가주의 입장에서 결정한 것인지, 아니면 아버지의 입장에서 결정한 것인지.

한참 만에 답이 나왔다.

"솔직히…… 나는 필리아에게 미안한 마음뿐이다. 하지만 어쩔 수 없었어. 가주는 자기 직계가족만 챙길 수는 없거든. 언제나 가문 전체, 그리고 도시 전체의 안전과 이익을 염두에 두어야 해. 그래서 필리아에게 강압적으로 결혼을 강요했다. 허나……."

비질리는 숨을 잠시 멈췄다가 말을 이었다.

"허나, 나는 이번 결혼이 필리아 그 아이에게도 좋을 거라고 믿는다. 장차 누마하가 남백이 되면 필리아는 남백의 부인이 되는 셈이니까."

호겐은 가만히 머리를 끄덕였다. 그러면서 머릿속에는 누마하에 대한 생각을 가득 채웠다.

'누마하 셰로키라, 누마하 셰로키…….'

3년 전 셰로키 가문에 불쑥 나타난 허약한 사내 누마하의 이름이 호겐의 혀끝에서 뱅뱅 맴돌았다. 성채의 하수도를 개선하는 문제는 어느새 싹 잊어버렸다.

Chapter 3

호겐은 길게 고민했다.

"호겐……."

비질리가 조심스레 이름을 불렀다.

호겐이 퍼뜩 고개를 들고 대답했다.

"네, 서백님."

"내가 생각을 방해한 것은 아니지?"

"아닙니다. 말씀하세요."

"그래 무슨 묘안이 떠올랐나? 필리아를 누마하와 맺어줄 방법 말이야."

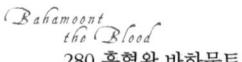

호겐은 약간 머뭇거리다가 천천히 답했다.

"둘 사이에 인연을 만들어 주려면 우선 두 가지를 해결해야 합니다."

"두 가지라?"

"그중 첫 번째는 필리아의 마음을 여는 일입니다. 필리아는 어려서부터 무술에 푹 빠졌었지요. 그 때문에 장래의 남편감도 무술이 능한 사람으로 생각해 왔습니다."

호겐의 말처럼, 필리아는 어려서부터 무술과 가까이 지냈다. 덕분에 현재 필리아의 무술실력은 상당한 수준에 올랐다.

비질리는 고개를 주억거리며 맞장구쳤다.

"그야 그렇지. 녀석은 허구한 날 제 언니를 만나러 로롤스 성으로 놀러갔었잖아. 뛰어난 기사들이 득실거리는 그곳에서 필리아가 뭘 배웠겠어? 게다가 필리아의 형부가 누구야? 로롤스 가문이 자랑하는 플루토나이트잖아."

비질리는 딸만 두 명을 두었다. 두 딸은 서로 나이 차이가 꽤 났다.

보통 나이 차이가 나는 자매들은 서로 데면데면하기 쉽지만, 올리비아와 필리아는 예외였다. 두 자매는 서로를 끔찍하게 아꼈다.

하긴, 그럴 만도 했다. 어린 필리아를 키운 사람이 바로 언니 올리비아였다. 어머니를 일찍 여의는 바람에 올리비아가 엄마 노릇을 할 수밖에 없었다.

랑팡 가문의 두 자매는 자매라기보다 모녀처럼 지냈다. 올리비아는 엄마를 대신해서 살뜰하게 동생을 돌봤고, 필리아도 언니를 엄마처럼 여기고 따랐다.

그러다가 9년 전, 혼기가 꽉 찬 올리비아는 좋은 봄날을 맞아 로롤스 가문의 맏아들 이튼에게 시집갔다.

그 후 필리아는 틈만 나면 로롤스 성을 방문했다. 언니를 만나기 위해서였다.

올리비아도 필리아가 놀러오는 것을 반겼다. 이튼도 어린 처제를 귀여워했다.

비질리로서는 고마운 일이었다. 자매간에 우애가 깊고 서로를 아끼고 살피니 아비로서 더 바랄게 없었다. 사위인 이튼에게도 고마웠다.

헌데 이게 꼭 좋은 것만은 아니었다. 사춘기를 지나고 나이가 들면서 필리아의 눈높이는 형부를 기준으로 자리매김했다.

사실 이튼은 최고의 신랑감이었다. 우선 그 배경부터가 최고였다.

이튼은 장차 중앙백의 뒤를 이어 로롤스 성을 다스릴 후계자다. 로롤스 시의 모든 여성들이 선망하는 대상이라는 뜻이다.

게다가 이튼은 성품이 반듯하고 몸과 마음이 강건했다. 더불어 로롤스 가문이 자랑하는 플루토나이트기도 했다. 이튼의 무술실력은 로롤스 시에서 최고였고, 자유무역동맹을 통틀어서도 몇 손가락 안에 꼽혔다. 낭창낭창한 창을 휘두르는 이튼의 솜씨는 환상적이라는 평을 받았다.

가문 좋지, 성격 서글서글하지, 능력 있지, 무력 최고지, 가정적이지.

한마디로 말해서 이튼은 완벽했다.

필리아는 백만 명에 하나 날까 말까한 완벽한 형부를 곁에서 보면서 자랐다.

그게 필리아의 발목을 잡았다. 눈만 잔뜩 높아진 탓에 어지간한 사내는 성에 차지 않았다.

호겐은 그 점을 꼬집었다.

"필리아는 강한 남자를 선호합니다. 제 형부의 영향을 받았기 때문이겠죠. 이에 반해, 누마하의 체력이나 무력은 거의 밑바닥 수준이라고 알고 있습니다. 결국 필리아가 희망하는 남자와 누마하 사이엔 커다란 차이가 납니다. 그러니까 우선 이 간격을 메울 방도부터 찾아야 합니다."

"그러니까 그 방도가 뭐냐고. 비실비실하던 누마하가 어느 날 갑자기 뛰어난 무술가가 될 리는 없잖아."

"물론 그건 불가능하겠죠."

비질리는 답답하다는 듯 가슴을 치면서 되물었다.

"그럼 무슨 수가 있나?"

"약하다는 것은 누마하의 단점입니다. 이게 단점이 아니라고 아무리 우겨봤자 필리아에겐 통하지 않습니다. 그럴 바에는 솔직하게 단점을 인정하는 겁니다. 대신 단점이 장점이 되도록 잘 활용해야죠."

"어떻게?"

"예를 들어서, 누마하가 몸이 허약하다는 점을 잘 활용하면 필리아의 보호본능을 이끌어낼 수 있을 겁니다."

드디어 호겐이 방법을 제시했다. 비질리의 눈이 살짝 커졌다.

"보호본능이라?"

"네, 보호본능. 솔직히 필리아는 당당한 여기사로 인정받고 싶어 했습니다. 하지만 그동안 서백님께서 무시하셨지요."

"당연하지. 내 딸이 거친 여기사가 되는 게 뭐가 좋겠어?"

비질리가 부루퉁하게 대꾸했다.

호겐은 싱글싱글 웃으면서 제안했다.

"서백님, 이참에 필리아를 여기사로 인정해 주십시오."

"뭐라고?"

"여기사로 인정한 뒤, 필리아를 설득하는 겁니다. 서백님, 기사의 덕목이 무엇입니까? 약한 사람을 보호하는 것 아닙니까? 필리아에게 이 점을 강조해야 합니다."

비질리는 비로소 호겐의 말뜻을 알아들었다. 눈이 반짝 빛났다.

"호오, 그러니까 뭐야. 일단 필리아를 여기사로 인정한 다음, 너는 여기사니까 비실비실한 누마하를 보호해 줘야 한다.

이렇게 우기자고?"

"맞습니다. 일단 필리아가 누마하를 불쌍히 여기기만 하면, 이번 혼사가 이루어질 가능성이 높습니다."

호겐은 자신 있게 말했다.

허나 비질리는 여전히 걱정스러웠다.

"정말 그 방법이 통할까?"

"서백님, 필리아는 사려 깊은 아이입니다. 로롤스 시가 평안하려면 어떻게든 피에타의 침투를 막고 셰로키 가문을 끌어안아야 한다는 사실을 잘 알고 있습니다. 아마 필리아도 지금쯤 이번 결혼에 대해서 심각하게 고민 중일 겁니다. 결국 그 아이에게 필요한 것은 마음의 문을 열 계기겠지요."

"맞아. 그럴 거야."

비질리는 저도 모르게 고개를 끄덕였다. 호겐의 말을 듣고 보니 그럴 듯했다. 과연 호겐은 사람의 감정을 분석하는 능력이 탁월했다.

호겐이 말을 계속했다.

"그러나…… 역시 동정심 하나만으로는 부족합니다."

"뭐가 더 필요하지?"

"서백님, 처음에 제가 말씀드렸었지요? 이번 결혼을 성사시키려면 두 가지를 해결해야 된다고요."

"그랬지. 그중 첫 번째는 필리아의 마음을 여는 거라며. 보호본능을 자극해서 말이야."

"분명 그리 말씀드렸지요. 하지만 보호본능 외에 한 가지가 더 필요합니다."

"뭔지 말해 보게."

비질리는 바싹 다가앉으며 재촉했다.

호겐은 잠시 뜸을 들였다. 그리곤 갑자기 화제를 누마하에게 돌렸다.

"누마하의 첫인상은 크게 세 가지로 나뉩니다. 첫째, 비실비실하다. 둘째, 어딘지 모르게 음침하고 그늘졌다. 셋째, 우울해 보인다."

"음. 맞아."

이 점은 비질리도 인정했다.

누마하는 어깨가 축 처졌고 비실비실 걸었다. 게다가 눈동자가 이리저리 흔들려서 자신감이 없어 보였다. 더구나 누마하의 눈 밑엔 짙은 그림자가 드리웠다.

뺨도 홀쭉했다. 그 탓에 병자 같았다. 혹은 음침하다는 느낌을 받았다. 또 누마하는 잘 웃지도 않아서 우울한 분위기를 자아내었다. 곱씹어 볼수록 누마하의 느낌은 안 좋았다.

호겐이 지적했다.

"그렇지만 누마하에게도 뭔가 장점이 있을 겁니다. 필리아에게는 누마하의 장점을 찾아낼 기회가 필요합니다. 그러자면 우선 누마하와 가까이 접촉해야겠지요."

하긴, 지금까지 필리아는 누마하랑 말 한 마디 못 나눠보았

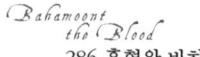

다. 먼발치에서 얼굴 한 번 본 것이 전부다.

그런데 덥석 시집가라고 윽박지르니 반발할 수밖에. 남녀관계가 발전하려면 우선 접촉할 기회부터 만들어 주어야 했다.

비질리는 방법을 물었다.

"두 사람을 자연스럽게 붙여줄 방법이 뭐 없을까?"

호겐이 답했다.

"왜 없겠습니까? 누마하는 오페라 광이라고 들었습니다. 때마침 시내 극장에 좋은 오페라가 내걸린다지요?"

"오호라! 오페라를 이용하자?"

비질리는 무릎을 탁 쳤다.

호겐이 싱글싱글 웃으면서 말을 받았다.

"네. 다행히 필리아도 오페라를 좋아하지 않습니까. 이번 오페라 공연이 계기가 되도록 제가 작전을 세워보겠습니다."

호겐의 얼굴은 어쩐지 신나 보였다. 마치 조카 시집보내는 데 한 팔 걷어붙이겠다는 표정이었다.

비질리도 한시름 덜었다는 듯 소리 내어 웃었다.

같은 시각.

필리아는 방에 틀어박혀서 고민했다.

"누마하랑 결혼하라니, 생각만 해도 짜증나. 그 따위 녀석에겐 절대 시집가지 않을 거야."

아버지를 위해서라면, 그리고 랑팡 가문을 위한다면 누마하와 결혼하는 것이 옳았다.

형부 이튼이나 언니 올리비아를 위해서도 누마하의 짝이 되는 편이 좋았다. 세로키 가문과 랑팡 가문이 결합해야 도시 전체가 편안할 테니까.

필리아도 이 사실을 잘 알고 있었다. 허나 아무리 애써도 마음이 따라주지 않았다. 누마하는 도저히 자신의 신랑감이 아니었다.

"내 눈이 높은 게 아니야. 누마하가 너무 못난 탓이야."

필리아는 이렇게 중얼거렸다. 가족들은 필리아가 눈이 너무 높다고 걱정하지만, 사실 필리아도 얼토당토않은 잣대를 내세우지는 않았다.

'형부처럼 뛰어난 신랑감을 어디서 또 찾겠나. 백마 탄 왕자만 기다리다가는 평생 노처녀로 늙어죽을 거야.'

이렇게 생각한 필리아는 나름대로 합리적인 타협점을 찾았다.

형부 이튼과 비교해서 100퍼센트 수준이면 대만족, 80퍼센트 수준이면 그냥 만족, 70퍼센트 수준이면 보통.

즉, 필리아는 형부의 70퍼센트 정도 되는 남자라면 남편감으로 고려해 보겠다는 입장이었다.

허면 누마하는 점수가 얼마나 될까?

필리아는 나름대로 항목을 만들어서 객관적인 수치를 매겼다.

누마하의 배경은 100점.

만약 누마하가 셰로키 가문의 가주가 된다면, 배경이나 지위는 최고였다.

누마하의 성격은 10점.

필리아는 누마하가 음험하고 속을 알 수 없다고 여겼다.

뭐, 누마하와 직접 대화를 나눠보진 못했다. 허나 시녀들이 전해 준 소문만 들어도 뻔했다. 필리아는 누마하를 음침한 속물이라고 판정했다.

누마하의 무력은 0점.

병자처럼 하얀 안색에, 눈가에 드리운 그늘에, 늘 비실거리는 모습까지. 심지어 누마하의 손목에는 자살을 기도한 흔적까지 있단다. 필리아는 그런 나약한 바보를 떠올리는 것만으로도 짜증이 났다. 누마하의 무력 항목은 단연코 빵점이었다. 무력뿐 아니라 체력도 빵점을 줄 수밖에 없었다.

누마하의 머리는 50점.

누마하는 의외로 머리회전이 빠르다는 이야기를 들었다. 필리아는 그 소문을 들었으면서도 50점만 주었다.

시녀에게 들은 바에 의하면, 누마하는 잔머리가 발달해서 남의 비위를 잘 맞춘다고 했다. 필리아는 그처럼 약삭빠른 사람에겐 점수를 후하게 주고 싶지 않았다.

마지막으로 누마하의 호감은 0점.

누마하에겐 눈곱만큼도 호감이 가지 않았다. 그래서 이 항목도 빵점을 주었다.

필리아는 위의 다섯 가지 점수를 모두 더해서 평균을 냈다. 그렇게 계산한 평균점수는 32점이었다.

32점이라면 70점의 절반에도 못 미친다. 장래의 남편을 70점 이상으로 못 박은 필리아로서는 도저히 받아들일 수 없는 수치였다.

"안 돼. 안 되는 건 안 되는 거야. 난 절대 누마하에게 시집 못 가."

필리아는 몇 번이고 이렇게 곱씹었다.

제8화

누마하 세로키

Chapter 1

 자유무역동맹은 땅덩어리가 넓었다. 농업, 축산업, 가공업, 임업, 광업 등이 골고루 발달한 덕분에 인구도 많았다.
 종교는 제각기 달랐다. 자유무역동맹의 사람들은 다양한 종교와 사상을 자유롭게 받아들였다. 특히 도시와 도시를 잇는 상업의 발달은 동맹 전체를 부유하게 만들었다.
 한편 자유무역동맹의 정치체제는 영지 중심의 봉건주의에 기초했다. 특별히 왕을 섬기지는 않았으며, 왕 대신 각 성의 영주, 혹은 각 가문의 가주들이 각자의 영토를 관리했다.
 상업의 발달과 봉건주의.
 이 두 가지는 서로 모순이었다.

대다수 상인들은 봉건주의를 싫어했다.

왜냐?

봉건주의 사회에서는 영주들이 텃세를 부리기 때문이었다. 예를 들어, 상단이 영지를 통과할 때마다 영주에게 통행세를 바치고 뇌물을 먹여야 한다면 상인들로서는 정말 질색할 일이었다.

이에 반해, 왕정 체제라면 군왕 한 사람에게만 잘 보이면 되니까 좋았다.

따라서 상업이 발달한 지역은 차츰차츰 봉건체제가 붕괴되었다. 그런 다음 빠르게 왕정체제로 옮겨갔다. 상인들이 모든 힘을 왕에게 몰아주니까 당연한 일이었다.

영주가 힘을 잃고 나면, 대부분의 영지는 번화한 도시로 발전했다. 상인들은 왕실에서 허가받은 통행패 하나로 어느 도시건 가리지 않고 자유롭게 돌아다녔다.

즉, 상업이 번창하면 영지가 붕괴되고 도시가 만들어진다는 것이 학계의 정설이었다.

헌데 자유무역동맹은 이 원리를 정면으로 거슬렀다. 정치는 철저한 봉건주의면서 상업 활동은 눈부시게 발달했다.

바로 '가문 중심의 통치'라는 독특한 지배구조 덕분이었다.

자유무역동맹엔 수많은 가문들이 난립했다.

어떤 가문은 성채를 짓고 백성을 다스렸다. 어떤 가문은 광산과 광부들을 소유했다. 또 어떤 가문은 강에서 물고기를 잡

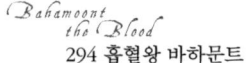

아서 팔았다. 어떤 가문은 농사를 짓고, 어떤 가문은 말, 소, 돼지를 키우고, 어떤 가문은 상단을 운영했다. 이런 가문들이 씨줄과 날줄로 얽히고설켜서 자유무역동맹의 독특한 체제를 빚어내었다.

자유무역동맹에선 영주와 상인이 서로 다르지 않았다.

여타 왕국이라면, 영주처럼 높은 귀족이 왜 하찮은 상인이 되냐며 비웃을 것이다. 그러나 자유무역동맹에선 영주가 상인인 경우가 얼마든지 있었다.

상인 가문의 가주가 돈을 많이 벌어서 성채를 짓고 용병을 고용하면 그게 바로 영주였다. 광부 가문의 가주가 미스릴 광맥을 발견해서 대박을 터뜨리면 곧바로 영주가 될 수 있었.

그러나!

자유무역동맹도 결국은 사람 사는 곳이었다. 사람은 사회적 동물이어서 서열을 매기기 좋아했다. 힘 센 권력자에게 줄서는 데 민감했다.

자유무역동맹에서는 상인이나 광부도 능력에 따라 얼마든지 가문을 세우고 영주가 될 수 있었지만, 그래도 **뼈대** 있는 가문을 능가하긴 힘들었다.

뼈대 있는 가문은 커다란 성을 가졌고, 충성심 높은 기사들과 병력을 육성했으며, 가문 대대로 전해져 내려오는 독특한 무예를 계승했다. 또 일부 가문들은 악마의 병기 플루토마저 보유했다.

이들이야말로 자유무역동맹을 이끄는 진정한 권력자들이었다.

이를테면 동부의 피에타 가문.

플루토를 세 기나 보유한 피에타 가문은 어지간한 왕국보다 더 힘이 셌다.

북부의 실리 가문도 무지막지하게 강력했다. 실리 사람들은 맨손으로 겨루는 박투에 능했다. 그들이 보유한 타격기술과 관절꺾기기술은 우고트 왕국에서도 배워갈 정도였다. 특히 실리 가문의 플루토는 무기를 쓰지 않는 것으로도 유명했다.

중부의 에반스도 무시 못할 가문이었다. 에반스는 강가에서 번성한 가문답게 배 위에서 싸우는 전투에 능했다. 무기는 세 갈래로 갈라진 삼지창을 사용했다.

이 밖에도 용병집단으로 유명한 로베르토 가문, 무지막지하게 해머를 휘두르는 이트로 가문, 사슬낫과 그물을 쓰는 우메 가문, 마법의 헤로타이 가문 등도 강력한 세력을 형성한 채 각자의 영토를 다스렸다.

한편 자유무역동맹의 동남부 일대에선 피에타 가문과 경쟁관계인 로롤스 가문이 번성했다. 로롤스의 기사들은 창대가 부드럽게 휘어지는 독특한 연창을 애용했으며, 집단전투와 공성전에 능했다.

로롤스와 이웃한 랑팡 가문도 충분히 강했다. 랑팡의 기사들은 묵직한 햴버드(Halberd; 창대에 도끼를 매단 무기)를 주무기로 사용했다.

이웃의 셰로키 가문도 강자였다. 셰로키의 무사들은 펠타(Pelta; 초승달 모양의 방패)와 투창, 그리고 마카이라(Machaira; 끝이 앞으로 굽은 커다란 한손 검)를 함께 사용했다. 그들은 이 기본 무장을 바탕으로 철저하게 훈련했으며, 때로는 갈고리를 손등에 착용해서 적을 공격했다.

바로 이 셰로키 가문에서 폭풍이 불기 시작했다.

셰로키의 전 가주는 병마와 싸우던 끝에 죽었다.

허면, 누가 다음 가주가 되느냐?

이것이 골치 아픈 문제였다. 셰로키 원로들이 머리를 맞대고 고민했다.

답은 나오지 않았다. 중요한 가주의 자리를 비워놓은 지 벌써 한 달이 지났다.

현재 가주 후보는 모두 셋이었다.

4분의 1 가량의 원로들은 전 가주의 조카 오로겔을 차기 가주로 밀었다.

오로겔은 두툼한 마카이라를 이쑤시개처럼 휘두르는 전형적인 돌격대장이었다. 오로겔은 저돌적이고 용감하고 추진력이 강했다. 무력도 확실했다. 오로겔 파벌은 그의 사내다움과 강한 무력을 강조했다.

한편 오로겔의 부인은 피에타 가문 출신이었다. 대대로 셰로키와 피에타는 서로 좋은 사이가 아니었다. 하지만 일각에서는 막강 피에타와 손을 잡는 편이 셰로키 가문을 위해서 좋다고 주장했다.

이렇듯 강한 무력과 든든한 배경이 오로겔의 장점이었다.

그러나 오로겔은 장점만큼이나 약점도 뚜렷했다.

우선 성격이 너무 급했다. 오로겔은 병법과 전략에도 어두웠다. 무사장이라면 모를까 가주의 재목은 못 되었다.

뿐만 아니라 오로겔은 적도 많았다. 셰로키 성에는 아직까지 피에타 가문을 싫어하는 사람들이 꽤 많았는데, 그들은 극렬하게 오로겔을 반대했다.

오로겔에 맞서는 원로들 가운데 일부는 전 가주의 양녀 무밧지를 가주로 추천했다.

무밧지는 원래 전 가주의 호위무사였다. 그러다가 몇 년 전에 전 가주의 목숨을 구한 공로를 인정받아 양녀가 되었다.

호위무사 출신답게 무밧지의 무술실력은 압도적이었다. 무밧지는 각종 무기를 골고루 다룰 줄 알았다.

가문의 무술기반인 투창과 마카이라는 말할 것도 없고, 창, 핼버드, 도끼 등의 중병기에서 시작해서 단검과 채찍 같은 가벼운 병기도 능숙하게 다뤘다. 심지어 활과 석궁까지 자유롭게 사용했다.

특히 무밧지의 기형칼 다루는 솜씨는 압권이라고 칭찬받았다. 그녀의 무력이 오로겔을 능가한다고 평하는 사람도 많았다.

게다가 무밧지는 병법도 밝고 계략이나 음모에도 강했다.

공평하게 점수를 매긴다면 당연히 무밧지가 가주의 재목이었다.

허나 그놈의 출신이 문제였다.

오로겔은 셰로키 가문의 혈통을 정식으로 이어 받았다.

반면 무밧지는 양녀였다. 핏줄로 이어진 관계가 아니기에 충성을 거부하는 원로들이 꽤 되었다.

게다가 무밧지의 성별도 문제가 되었다. 셰로키의 가법을 살펴보면, 여자라고 가주가 못 되라는 법은 없었다. 하지만 대다수 원로들은 여자 가주를 선뜻 내켜하지 않았다. 결국 출신과 성별이 무밧지의 최대 걸림돌이었다.

오로겔과 무밧지 파벌을 제외한 나머지 원로들은 누마하를 추천했다.

누마하는 전 가주의 서자였다.

전 가주는 누마하를 남몰래 숨겨서 키워왔다고 알려졌다. 아마도 하나뿐인 아들이 살벌한 권력다툼에 휘말릴까봐 겁냈던 것 같았다. 그래서 측근들에게도 말하지 않고 몰래 아들을 양육했을 것이다.

헌데 2년 8개월쯤 전, 전 가주의 병이 갑자기 심각해졌다. 눈의 시력이 크게 악화되어 사람을 구별하지 못했고, 정신도 오락가락 혼미했다.

그러자 전 가주는 어쩔 수 없이 아들 누마하를 셰로키 성으로 불렀단다.

충성스런 호위무사들이 전 가주로부터 직접 명령을 받고 누마하를 모셔왔으니 틀림없는 사실일 것이다.

누마하는 그렇게 세로키 성으로 들어왔다.

처음에 사람들은 누마하를 떠오르는 샛별로 여겼다. 비록 서자지만, 어쨌거나 가주의 피를 물려받은 친아들이니까.

헌데 곧 누마하의 단점이 드러났다.

모계혈통이 나쁜 탓일까? 누마하의 성격은 어둡고 음침했다. 슬금슬금 사람 눈치나 보고, 힘있는 사람 앞에선 고개도 못 들었다.

체력도 너무 약했다. 그 비실비실한 걸음걸이하며, 무기를 손에 잡지 못하는 겁쟁이 같은 체질하며, 병색이 완연한 얼굴하며, 자살을 기도했던 흔적하며, 어느 모로 보나 누마하는 남백의 자리엔 어울리지 않았다.

그래도 전 가주의 아들이라는 것이 강력한 장점이었다. 전 가주와 친했던 원로들은 못내 누마하의 편을 들어주었다.

또 일부 원로들은 누마하가 약해서 좋아했다.

'가주가 허약하면 우리 원로들의 힘이 강해진다.'

속이 시커먼 자들은 이렇게 생각했다.

하긴, 누마하처럼 얼뜨기 가주라면 얼마든지 손에 쥐고 휘두를 수 있을 것이다.

주변의 음흉한 속셈을 아는지 모르는지, 누마하는 늘 자폐

증 환자처럼 지냈다. 밤낮으로 방 안에 처박혀 있었고, 식사도 방으로 시켜서 먹었다. 사람들과 말을 섞거나 어울리지도 않았다.

누마하는 철저하게 외톨이였다.

오직 한 가지.

오페라만이 누마하의 유일한 취미였다. 오페라 공연이 있을 때면 어김없이 얼굴을 내밀었다. 하지만 그 외의 시간엔 일체 교류를 거부했다.

그렇게 폐인으로 산 탓일까?

누마하에 대한 평가는 점점 나쁜 쪽으로 흘렀다.

찌질이, 변태성욕자, 자폐증 환자, 바하문트스러운 놈, 원로들 뒤꽁무니에 숨어서 음모를 꾸미는 비겁자…….

누마하에겐 어법에도 맞지 않는 이상한 별명이 마구 생겨났다.

오로겔과 무밧지 파벌은 이런 누마하의 약점을 깊게 찔렀다.

'음침하고 허약한 사람을 셰로키의 가주로 모실 수는 없다.'

이게 반대세력의 논리였다. 동시에 누마하를 지지하는 세력이 가장 고민하는 점이기도 했다.

누마하를 가주로 세우려는 쪽과 반대하는 쪽의 의견은 팽팽하게 대립했다. 서로 삿대질하며 싸워도 결론이 나지 않았다.

누마하 파벌이 가장 많긴 많았으되, 오로겔과 무밧지의 지지 세력을 합치면 결코 밀리지 않았다.

양측의 힘이 비슷하니 해결의 실마리가 풀리지 않을 수밖에. 차기 가주를 뽑는 일은 난관에 봉착했다.

그런데 얼마 전에 갑자기 변화가 생겼다. 뜻밖에도 무밧지가 누마하와 힘을 합친 것이다.

양 파벌 사이에 무슨 거래가 오고갔는지는 알 수 없었다. 하지만 무밧지는 느닷없이 가주 후보를 그만두겠다고 밝혔다. 그리고 앞으로 누마하를 지지하겠다고 선언했다.

Chapter 2

셰로키 성이 들썩였다. 원로들이 발칵 뒤집혔다. 특히 오로겔을 지지하던 원로들이 성질을 냈다.

누마하 파벌에 무밧지 파벌을 더하면 이미 승부는 끝났다. 오로겔은 절대 가주가 되지 못한다.

이걸 뒤집을 방법은 하나뿐이었다.

오로겔은 줄기차게 누마하의 속을 긁었다.

비겁자라느니, 음모자라느니, 정신병자라느니, 어미를 알 수 없는 사생아라느니…….

차마 입에 담을 수 없는 욕설이 동원되었다. 오로겔은 이 자

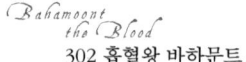
302 흡혈왕 바하문트

극적인 소리가 누마하의 귀에 들어가길 바라는 듯 마구 떠들었다.

전부 다 계산된 행동이다. 오로겔은 누마하가 발끈하기를 기다렸다. 상대가 화를 내고 반발하면, 결투를 신청한 뒤, 마카이라로 단숨에 누마하의 목을 날려 버릴 요량이었다. 죽은 사람은 결코 가주가 될 수 없으니까.

의도는 좋았다. 하지만 오로겔은 뜻을 이루지 못했다. 누마하는 욕을 바가지로 얻어먹고도 꿈쩍 하지 않았다. 비겁자라는 소문을 확인시켜주기라도 하듯, 지지 세력의 뒤꽁무니에 숨어서 얼굴을 내밀지 않았다.

사실 누마하는 가주 쟁탈전 따위엔 관심 없었다. 권력도 원하지 않았다. 오직 책만이 누마하의 마음을 사로잡았다.

누마하는 늘 방에 처박혀서 책을 끼고 살았다.

셰로키 성의 책은 오래 전 나이드 왕국에서 읽었던 책들보다 질적 수준이 한 단계 더 높았다. 특히 가문의 후계자에게 허락된 책은 한 권 한 권이 아주 귀한 정보를 담고 있었다.

누마하는 정보가 탐났다. 지식에 목이 말랐다. 그래서 잠자는 시간까지 아껴가며 책에 파묻혀 살았다.

지난 2년 8개월 동안 누마하가 읽은 책은 무려 2천4백여 권에 육박했다. 하루에 두세 권씩, 또 어떤 날은 세 권, 네 권씩 독파한 덕분이었다.

셰로키 성에 발을 디뎠을 때부터 누마하는 계획을 세워서 체계적으로 책을 읽었다.

처음 1년 동안은 검술교본과 창술교본, 그리고 전략, 전술, 병법서 등을 읽는데 시간을 할애했다.

셰로키 가문은 대대로 검의 일종인 마카이라와 투창, 이 두 가지 무기를 계승해 왔다. 덕분에 고급검술과 고급창술에 관한 정보가 아주 풍부했다. 더불어 병법서적도 책장 한가득이었다.

그 많은 책들이 누마하를 기분 좋게 만들었다.

한 1년쯤 책과 씨름하자 수북하던 검술서적과 창술서적이 모두 동났다. 누마하는 검술과 창술을 뛰어넘어 여러 가지 무술로 관심분야를 넓혔다.

셰로키 가문이 수집한 무술서적은 다양하면서도 깊이가 있었다.

누마하는 처음에 '기형칼 다루는 법'이나 '쇠갈고리 사용법'처럼 비교적 자료가 충실한 분야부터 읽어나갔다. 기형칼과 쇠갈고리는 셰로키 가문의 주무기 가운데 하나니까 아무래도 정보가 자세할 수밖에 없었다.

그 다음엔 칼, 봉, 핼버드, 낫, 곤봉, 도끼, 해머 등을 차례로 마스터했다.

이어서 채찍, 그물, 활, 석궁 등 온갖 무기에 대한 지식을 닥치는 대로 습득했다.

단지 읽는 것으로 끝나지 않았다. 누마하는 책을 읽은 뒤에

꼭 상상을 했다. 의자에 몸을 푹 파묻은 채, 지그시 눈을 감고 뇌세포를 활성화시켰다.

그러면 방금 전 책에서 읽은 무기가 머릿속에 선명하게 떠올랐다.

누마하의 뇌세포 안에서 가상의 적이 탄생했다. 가상의 적은 인간이기도 하고, 괴물이기도 했다. 적의 손에는 방금 전 책에서 읽은 무기가 들려 있었다.

누마하가 신호를 내렸다.

가상의 적은 그 즉시 누마하에게 공격을 퍼부었다. 놈들은 검으로, 칼로, 창으로, 봉으로, 핼버드로, 곤봉으로, 도끼로, 해머로, 낫이나 그물, 채찍으로, 또 어쩔 때는 투창과 활, 혹은 석궁으로 목숨을 노렸다.

그 공격속도가 소름끼치게 빨랐다.

실제로 인간이 무기 휘두르는 속도는 어느 한계점을 넘지 못한다. 일정 속도 이상으로 빨라지면 공기와의 마찰력이 크게 작용하기 때문이다.

하늘에서 떨어지는 유성은 대기권을 통과하면서 마찰력 때문에 닳아 없어지지 않던가.

이와 마찬가지로 공기 중의 물체는 움직일 수 있는 속도에 제한이 있다. 그 속도를 넘어서면 마찰력 때문에 무기가 녹아 없어질 것이다.

허나 누마하의 상상 속에서는 공기마찰이 없었다. 따라서 속도에도 제한이 없었다. 상상 속의 적들은 가공하도록 빠른 속도로, 다양한 각도에서 공격했다.

누마하는 이 무자비한 공세 한복판에 제 모습을 투영했다. 뇌가 만들어낸 가상의 공간에서 가상의 적을 맞아 치열하게 싸웠다.

상상이 어찌나 생생했던지 한바탕 겨루고 나면 근육이 뻐근했다. 적에게 얻어맞은 자리엔 지독한 통증이 뒤따랐다.

참으로 실감나는 가상훈련이었다.

누마하는 이 지독한 수련을 통해 스스로 살아있음을 재확인했다. 치열한 가상훈련을 통해 각종 무기를 맞상대하는 비법을 체득했다. 더불어 다양한 종류의 무기를 고루 익혔다.

마카이라 한 자루를 들고 각종 무기를 맞상대해 보았다.

투창을 들고 온갖 가상의 적들과 싸웠다.

칼로, 창으로, 봉으로, 핼버드로, 도끼로, 해머로, 낫으로, 그리고 활로 되풀이해서 전투를 치렀다. 누마하는 무기가 몸에 익숙해질 때까지 끈질기게 가상훈련을 반복했다. 이런 식으로 무기를 하나씩 정복해 나갔다.

손에 익숙해질 때까지 훈련을 반복하는 것.

무척 단순한 방법이다. 하지만 가장 확실한 방법이기도 하다.

시간이 갈수록 무력이 늘었다. 셰로키 성에 들어온 이래, 누마하는 단 한 차례도 연무장에 나가지 않았다. 손에 무기를 잡은 적도 없었다.

그럼에도 불구하고 누마하의 무술 실력은 나날이 발전했다. 누마하에게는 좁은 서고가 곧 연무장이었다.

그렇게 둘째 해가 지났다. 누마하는 2년이라는 시간 동안 셰로키 선조들이 수집한 무술서적을 몽땅 습득했다. 단지 머릿속에 집어넣은 것이 아니라 온몸으로 체득했다.

해가 바뀌었다. 누마하가 셰로키 성에 온지 셋째 해가 되었다.

올해 들어 누마하는 마법과 주술, 그리고 독에 관련된 책에 손을 대기 시작했다.

사실 이쪽 분야는 정보가 그리 많지 않았다. 뿐만 아니라 관심도 적었다.

'괜히 이것저것 손을 댔다가는 실력만 퇴보할 뿐이다. 차라리 무술 한 가지에 집중하는 편이 낫다.'

누마하는 이렇게 판단했다. 그래서 직접 마법이나 주술, 혹은 독을 배우고 싶은 생각은 없었다.

하지만 이런 것들을 상대할 방법은 익혀두고 싶었다. 적은 언제 어떤 방식으로 공격할지 몰랐다. 그래서 마법과 주술, 독에 관련된 책을 읽고 지식을 축적했다. 이어서 상상훈련을 통해 맞싸우는 법을 체득했다.

그러는 가운데 겨울이 지나고 봄이 왔다. 누마하가 셰로키 성에 온 지 벌써 2년 9개월째에 접어들었다.

이제 읽을 만한 책이 다 떨어졌다. 하지만 누마하는 여전히 책을 손에서 놓지 못했다. 남백이 될 생각이 없으니 딱히 할 일도 없고, 결국은 독서만이 누마하의 위안거리였다.

누마하는 손에 잡히는 대로 잡서들을 읽어나갔다.

우선 뱀파이어 연대기를 추려서 보았다. 이어서 조인족 생태보고서나 설족의 유래 등을 비롯한 각가지 기묘한 전설이나 역사서들을 차례로 탐독했다.

지식 습득이 목표라기보다 개인적인 흥미 때문이었다. 누마하는 역사와 전설을 좋아했다.

언어도 익혔다. 각 왕국의 말들을 조금씩 익혀두었다.

한편으로는 웅변학, 설득의 기술, 궤변론, 유령 뺨치는 상술 등의 처세술 책도 심심풀이로 읽어두었다.

그 즈음 골치 아픈 일이 터졌다.

무밧지가 뜬금없이 가주 후보에서 사퇴했다. 경쟁에서 한 발 물러나는 대신 앞으로는 누마하를 지지하겠다나 뭐라나.

누마하는 펄쩍 뛰었다.

셰로키의 가주가 될 생각은 꿈에도 없다. 귀찮은 일에 말려드는 것은 질색이다. 누마하는 그저 셰로키 성 안에서 조용히 지내고 싶었을 뿐이었다. 그렇게 조용히 살면서 지식을 습득하고 강해지는 것이 목표였다.

허나 뭐라고 변명을 해도 통하지 않았다. 가주가 될 생각이 없다고 말해도 소용없었다. 뇌에 근육만 가득한 오로겔은 이미 누마하를 적으로 간주하고는 온갖 모욕을 주었다.

모욕! 모욕! 모욕!

사내라면 차마 참지 못할 욕설들이 누마하를 노리고 똬리를 틀었다.

오로겔의 속셈은 너무나 뻔했다. 일단 말로 도발을 한 뒤 꼬투리를 잡아서 누마하를 해치려는 것이다.

누마하는 오로겔이 두렵지 않았지만, 주변이 소란스러워지는 것은 싫었다. 그래서 이를 꽉 물고 참았다. 귀를 막고 눈을 감았다.

허나 비굴하게 도망치는 데도 한계가 있는 법이다. 누마하는 끝내 막다른 골목에 몰렸다. 정말 조용히 살고 싶었는데, 빌어먹을 세상은 눈곱만큼도 도와주지 않았다.

Chapter 3

"빌어먹을. 정말 조용하게 살고 싶었는데."

누마하는 낮게 으르렁거렸다.

피할 곳 없이 궁지에 몰리자 독이 잔뜩 올랐다. 자신을 궁지에 몬 자들이 무서운 사자였다면 차라리 덜 억울했을 거다. 헌데 오로겔은 사자는커녕 늑대도 못 되는, 하찮은 쥐새끼다. 그래서 더 짜증났다.

누마하는 눈을 붉게 물들였다.

뭐, 지금이라도 세로키 성을 떠난다면 오로겔을 피할 수 있다. 그러면 귀찮은 일도 안 생기겠지.

하지만 그 방법은 곤란했다. 누마하에겐 이곳 세로키 성에 꼭 붙어 있어야 할 이유가 있었다.

바로 플루토 때문이다. 누마하는 세로키 가문이 보유한 플루토 곁에 머물러야만 했다. 결코 떨어질 수 없었다.

그렇다고 누마하가 세로키의 플루토를 탐내는 것은 아니었다. 그저 세로키 가문의 플루토 가까이에 머무는 것이 누마하의 진짜 소원이었다.

헌데 오로겔과 그 지지자들은 누마하의 소박한 소원을 처참하게 짓뭉갰다. 견제하는 정도를 넘어서 수시로 누마하의 신경을 긁었다.

누마하는 찌릿한 두통을 느꼈다. 신경이 예리하게 곤두섰다.

누마하의 진짜 적은 따로 있는데, 적의 시선을 끌지 않으려고 그동안 조용히 살아왔는데, 별 잡것들이 다 신경을 거스른다.

'오로겔, 이노옴!'

누마하는 하루에도 열 번씩 오로겔의 목을 따는 상상을 했다. 상상 속에서 대신 복수를 하면서 들끓는 분노를 속으로 삼켰다.

310 흡혈왕 바하문트

허나 이젠 그것도 한계에 달했다. 오로겔에 대한 분노는 점차 수면 위로 떠올랐다.

"후우, 마음이 어지러우면 될 일도 안 된다. 우선 평정부터 찾아야 돼."

누마하는 폐에 쌓인 공기를 밖으로 내뱉었다. 그리곤 책장을 덮고 조용히 눈을 감았다.

두근, 두근, 두근.

적막한 가운데 심장박동 소리가 크게 들렸다. 누마하는 심장이 전하는 속삭임에 가만히 귀를 기울였다.

혈관 안을 치달리는 피가 눈에 선했다.

'피!'

언제부터인가 누마하는 '피'라는 화두에 집착했다. 앉을 때도, 설 때도, 식사할 때도, 잘 때도 머리 한구석엔 피가 생각났다. 피를 떠올리면 연한 갈증이 났다.

'뱀파이어를 가까이 둔 탓인가?'

누마하는 조용히 눈을 감은 채 뱀파이어를 생각했다.

때마침 뱀파이어가 누마하를 찾아왔다.

똑똑.

방문 두드리는 소리가 났다.

누마하는 눈을 번쩍 뜬 다음, 닫혀 있는 방문을 응시했다.

방문 밖에 서 있는 여자의 모습이 망막에 투영되었다. 여자는 푸른빛으로 휘감겨 있었고, 형체가 어지러웠으며, 몸에 피가 빠르게 돌았다.

 누마하의 눈은 사물을 꿰뚫어 보았다. 수 센티미터 두께의 방문은 물론이고, 수 미터 두께의 두꺼운 석벽도 그대로 관통해서 들여다보았다.

 물론 곧이곧대로 투영하는 것은 아니었다. 투영으로 읽어낸 이미지는 형체나 윤곽이 희미해서 제대로 분간하기 어려웠다. 상대방 얼굴을 구별할 수도 없었다.

 대신 적외선을 감지하는 것처럼 온도 변화를 읽어내었다. 그리고 상대방 몸속에 흐르는 핏물을 감지했다.

 지금도 방문 너머 문 두드린 사람의 얼굴은 읽을 수 없었다. 하지만 긴 머리카락으로 봤을 때 여자 같았다. 또 몸에서 푸른 빛을 발산하는 것으로 봐서 체온이 사람보다 많이 차갑다는 것을 알 수 있었다.

 더불어 상대는 심장박동이 격하고 혈관에 피가 빠르게 돌았다. 아마도 약간 긴장한 상태인 듯했다.

 누마하는 착 가라앉은 목소리로 물었다.

 "꾸루냐?"

 "맞아요. 안에 들어가도 되요?"

 방문 밖에서 꾸루가 허락을 구했다. 꾸루는 누마하를 섬기는 호위무사이자 뱀파이어였다.

 "들어와."

 누마하가 허락했다.

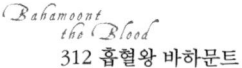

꾸루는 벌컥 문을 열고 방 안으로 들어온 다음, 다시 방문을 꽉 닫았다. 그리곤 누마하에게 다가와서 소곤소곤 정보를 전달했다.

"랑팡 성에서 연락이 왔어요. 중앙 회랑의 극장에서 좋은 오페라가 공연할 예정이니 꼭 참석하길 바란다고 하네요."

"오페라 공연?"

누마하는 귀가 솔깃했다. 모처럼 반가운 소리를 듣자 두통이 조금 가셨다.

꾸루는 얼른 부연설명을 덧붙였다.

"로베르토 시의 악단이 순회공연을 할 예정이래요. 주연배우들과 교향악단까지 합쳐서 총 300여 명이 통째로 방문한다는 소식이에요."

"내용이 뭐지?"

"욘발크의 영웅담 가운데 하나요."

욘발크는 전설 속에 등장하는 무술의 대가였다. 세상 각지에는 민담이나 구전을 통해 전해지는 욘발크 영웅담이 있는데, 그 시기가 제각기 다르고 내용이 허황되었다.

그래서 대부분의 역사학자들은 욘발크가 실존인물이 아니라고 믿었다.

하지만 소수 학파에서는 욘발크를 실제인물로 확신했다. 그뿐만 아니라 욘발크가 창안한 검술이 우고트 왕국 검술의 모태가 되었을 거라고 주장했다.

또 일부에서는 욘발크가 만든 창술이 루나 성국 성기사들의 무예의 발판을 마련해 주었다고 설파했다.

어느 쪽이 진실인지는 알 수 없었다. 그리고 굳이 진실을 찾을 이유도 없었다.

평범한 백성들은 초인적인 영웅 욘발크를 무조건 선망했다. 욘발크가 실제 인물이건 허구건 간에, 그의 인기는 식을 줄 몰랐다. 덕분에 욘발크 영웅담은 책으로 각색되고 오페라로 만들어져서 사람들을 즐겁게 해 주었다.

누마하는 기쁘게 중얼거렸다.

"모처럼 볼 만한 오페라를 하는군. 그런데 왜 극장이 아니라 랑팡 성에서 연락이 왔을까?"

꾸루가 대답했다.

"아무래도 혼사와 연관된 접촉 같아요."

"혼사?"

"지금 당신과 랑팡 가문의 둘째 딸내미 사이에 혼담이 오가고 있어요. 설마 몰랐어요?"

꾸루는 눈을 동그랗게 뜨면서 누마하를 응시했다.

누마하는 잠시 생각에 잠겼다. 그런 다음 천천히 입을 열었다.

"얼마 전에 측근 원로에게 들은 적이 있다. 그 여자, 이름이 필리아라던가? 무술이 뛰어나고 성격도 꽤나 괄괄한 말괄량이라던데?"

"맞아요. 플루토나이트인 형부 이튼에게 창술을 배워서 그런지 제법 실력이 뛰어나다고 소문났어요. 랑팡 가문에서는 이번 오페라 공연을 통해서 당신과 필리아를 상견례시키려는 것 같아요."

꾸루는 담담하게 말했다.

누마하는 깍지 낀 손을 머리 뒤로 두르며 중얼거렸다.

"상견례라……? 지겹겠군."

"지겹다고요?"

"암, 지겹고말고. 망아지 같은 계집과 상견례하는 일이 얼마나 지루하겠어."

누마하의 말은 무례했다. 만약 필리아가 이 이야기를 들었다면 펄쩍 뛰면서 난리가 났을 것이다.

꾸루는 재미있다는 표정으로 생긋 웃었다.

"귀찮으면 완곡하게 거절할까요? 이번 혼사, 없던 일로 해 버려도 그만이잖아요."

"아니. 거절하지 마."

"왜요? 상견례하기 지루하다면서요."

"하지만 오페라는 보고 싶거든. 그리고 필리아도 그냥 만나는 것이 좋겠어. 딱히 거절할 명분도 없는데 혼담을 깼다간 오히려 더 귀찮아질 거야. 괜히 사람들 입에 오르내리면 골치 아파질 뿐이지. 이왕 이렇게 된 것, 이번 혼사를 적극적으로 추진해야겠다. 꾸루, 책임지고 준비 좀 해 줘."

꾸루는 눈을 반짝 빛냈다.

"설마……, 결심이 선 건가요? 겁쟁이 노릇을 그만두고 본모습을 드러내기로 결심했어요?"

"아직은 아니야. 허나 결국은 오로젤의 도발을 피할 수 없을 것 같아. 일을 이렇게 망쳐 버린 무밧지도 한 번쯤 손 봐줘야 할 것 같고."

누마하의 얼굴에 스산한 빛이 감돌았다.

'아싸!'

꾸루는 속으로 쾌재를 불렀다. 그리곤 혹시 누마하가 생각을 바꿀까봐 두려워서 얼른 부추겼다.

"잘 생각했어요. 그동안 얼마나 답답했는지 몰라요. 내친 김에 셰로키의 가주가 되어 보세요. 난 오로젤이 날뛰는 꼴을 더 못 봐주겠어요."

그때,

사사삭—

미세한 소리가 났다.

'누군가 이 방으로 접근 중이다. 빠르고 은밀하게.'

꾸루는 코를 킁킁거렸다. 바람결에 희미하게 금속 냄새가 풍겼다. 알싸한 무기 냄새였다. 그 냄새와 더불어 솜털을 곤두세우는 살기도 같이 뻗어왔다.

누마하도 무언가를 느낀 듯 지그시 눈살을 찌푸렸다.

"오로젤. 정말 가지가지 하는군. 나를 죽이려고 암살자까지

보내?"

낮게 울리는 누마하의 목소리에는 진득한 분노가 묻어났다.

지금 접근하는 암살자들을 누가 보냈을까?

묻지 않아도 답은 뻔했다. 오로겔 외에는 이런 일을 할 사람이 없었다.

꾸루가 재빨리 누마하의 앞을 가로막았다.

"내가 처리할게요."

꾸루의 표정은 단호했다. 누가 뭐래도 꾸루는 누마하의 호위무사였다. 누마하와 단둘이 있을 때는 서로 편하게 말을 하지만, 이럴 땐 목숨을 다해 누마하를 지키는 것이 꾸루의 임무였다.

허약한 아들을 위해 전 가주가 붙여준 강인한 호위무사.

이것이 바로 누마하와 꾸루가 설정한 관계였다. 다른 사람들에겐 철저하게 이 관계에 맞춰 행동했다.

지금도 꾸루는 제 역할에 충실할 생각이었다. 그래서 허약한(?) 누마하를 보호하려고 앞을 막았다.

누마하가 거부했다.

"적은 셋이다. 그 가운데 둘은 네가 맡아라. 하지만 한 놈은 내게 보내. 나도 더 이상은 못 참겠다."

누마하는 의자에 앉은 채 기세를 일으켰다. 바람이 불지도 않건만 하얀 옷이 풍성하게 펄럭였다. 옷 속에 감춰 있던 누마하의 근육이 섬세하게 부풀었다.

때마침 암살자들이 치고 들어왔다.

콰앙!

문짝이 부서져나갔다. 문짝 뒤편에서 복면으로 얼굴을 감춘 암살자 세 명이 동시에 날아들었다. 세 명 모두 손에 마카이라를 들었다.

누마하는 더욱 깊게 분노했다.

오로겔은 마카이라 부대를 이끌고 있다. 이들 세 명은 오로겔의 직속부하들이다.

'뻔뻔하게도 직속부대를 동원했단 말인가? 정체를 숨길 생각조차 없다니, 나를 오죽 만만하게 보았으면 이럴까.'

오로겔의 오만한 태도가 누마하를 자극했다.

사실 우습게보일 만했다. 그동안 누마하는 남들에게 비굴한 바보처럼 보이려고 무던히 노력했었다.

하지만 막상 남들이 우습게보자 화가 났다.

꾸루는 기형칼과 쇠갈고리를 휘둘러서 두 명을 붙잡았다. 마카이라를 휘두르며 달려들던 암살자 가운데 두 명이 꾸루에게 길이 막혔다.

그 사이 세 번째 암살자가 펄쩍 뛰어올라 문턱을 넘었다. 그는 대뜸 누마하를 노렸다.

원래 꾸루의 실력이라면 세 번째 암살자도 충분히 막아낼 수 있다. 하지만 누마하를 위해서 일부러 놓아 주었다.

누마하는 굶주린 사자다. 그것도 3년 가까이 피를 보지 않고 굶주렸다.

또한 누마하는 분노한 사자다. 지금 오로겔 때문에 지독히 화가 났다.

사자의 분노를 풀려면 제물이 필요했다. 꾸루는 일부러 제물을 바쳤다.

세 번째 암살자는 제가 제물이 되었다는 것도 모른 채 신이 났다.

"옳거니! 길이 뚫렸구나. 이제 죽어라, 이 겁쟁이 새끼야!"

욕설과 함께 시퍼런 검날이 날아들었다. 예리한 마카이라 검날은 누마하의 머리를 노렸다. 빠르고 매서운 공격이었다.

허나 누마하는 태연했다. 마카이라가 가까이 파고들어도 눈 하나 깜짝하지 않았다.

적의 검끝이 1미터 앞까지 파고들었을 때, 누마하는 하얀 머리띠를 풀어서 그 양쪽 끝을 두 손에 감아쥐었다.

적의 검이 70센티미터 앞까지 파고들었을 때, 누마하는 의자에서 살짝 일어났다.

꾸부정하게 어깨를 구부리고 있을 땐 몰랐는데, 일단 누마하가 어깨를 쭉 피면서 일어나자 거대한 산악이 솟구치는 듯했다.

순간, 꾸루의 머리카락이 쭈뼛 섰다.

송곳니를 드러낸 광포한 야수 앞에 내동댕이쳐진 느낌!

그 소름끼치는 살기가 어디서 흘러나온 것인지는 뻔했다.

꾸루는 입술을 꽉 깨물면서 누마하를 곁눈질했다.

'예전보다 훨씬 더 무서워졌어! 이제 나 같은 건 발끝도 쫓아가지 못해.'

꾸루가 기겁하는 동안, 세 번째 암살자는 누마하 코앞까지 파고들었다.

적의 무기가 40센티미터 앞까지 다가왔다.

누마하는 아주 짧은 찰나에 벌어진 일들을 느리게 늘여서 보았다. 그리곤 아무렇지도 않게 머리띠를 앞으로 뻗었다.

누마하의 머리띠가 마카이라의 중간 부분을 한 바퀴 휘감았다.

"흥!"

암살자는 비웃었다.

'내 마카이라는 날 두께만 0.7센티미터가 넘는다. 그걸 어찌 머리띠로 막겠나.'

이렇게 생각하곤 묵직한 검날을 그대로 내뻗었다. 누마하를 머리띠와 함께 통째로 두 쪽 내려는 의도였다.

묵직한 검과 하늘하늘한 머리띠.

둘 중 어느 쪽이 이기리라는 것은 불을 보듯 뻔했다. 헌데 결과는 정반대로 나왔다.

쩡!

누마하의 머리띠는 암살자의 마카이라를 매끈하게 잘라 버렸다. 아나콘다가 나무를 휘감아서 뚝 부러뜨리는 것처럼, 강인한 철사가 말랑말랑한 푸딩 속을 파고드는 것처럼, 얇은 머리띠는 두꺼운 검날을 그대로 조여서 두 쪽 내었다.

암살자는 깜짝 놀랐다. 동공을 크게 뜨고 누마하를 바라보았다.

거기서 지옥을 엿봤다.

시커먼 눈!

지옥 밑바닥을 향해 열린 듯한 저 어둡고 끝을 알 수 없는 누마하의 눈!

누마하의 머리띠는 마카이라를 두 동강낸 다음, 빠르게 수평으로 빠졌다.

그 속도가 어찌나 빨랐던지 암살자는 전혀 보지 못했다. 심지어 꾸루마저 아무것도 보지 못했다.

그 직후,

피읏!

옆으로 빠졌던 머리띠가 다시 암살자의 목으로 파고들었다.

하얀 빛이 너울거린다고 느낀 순간, 암살자의 목살엔 가느다란 선이 그어졌다.

선은 가늘고 투명했다. 하지만 곧 굵고 붉은 선으로 바뀌었다. 살 속 혈관이 터지면서 시뻘건 피가 틈새로 밀려나온 탓이다.

암살자의 목젖과 성대가 동시에 잘렸다. 0.07초 뒤에는 목뼈와 신경다발까지 매끈하게 분리되었다.

푸확!

누마하의 머리띠가 훑고 지나간 자리엔 피분수가 솟구쳤다. 시뻘건 피 몇 방울이 누마하의 얼굴에 튀었다.

바닥엔 암살자의 머리통이 데굴 굴러 떨어졌다. 머리를 잃은 몸뚱어리는 서 있는 자세 그대로 우뚝 멈췄다.

장내는 쥐 죽은 듯 조용했다. 꾸루에게 붙잡힌 암살자 두 명은 동료의 죽음에 놀라 입을 딱 벌렸다. 꾸루도 아무 소리 내지 못했다.

누마하가 꾸루를 일깨웠다.

"꾸루, 뭐해?"

"아!"

정신을 차린 꾸루는 기형칼과 쇠갈고리를 서로 엇갈리게 그으면서 허공에 X자를 만들었다.

두 암살자의 살이 매끄럽게 잘렸다. 소리는 나지 않았다.

문 오른쪽으로 들어오던 암살자는 왼쪽 눈썹 위부터 오른쪽 턱 아래까지 기형칼에 베인 채 앞으로 고꾸라졌다.

철퍽.

뇌수와 함께 피가 폭포수처럼 쏟아져서 카펫을 적셨다.

문짝 왼쪽을 밟으며 막 도약하려던 암살자는 오른쪽 눈썹 위부터 왼쪽 턱 아래까지 쇠갈고리에 긁혔다.

푸확!

네 줄기 핏물이 허공으로 솟구쳤다. 암살자는 손을 두어 번

허우적거리다가 바닥에 고꾸라졌다.

이윽고 진득한 액체가 흘러나와 바닥을 흥건하게 적셨다. 조용하고 답답하던 방에 피비린내가 진동했다.

누마하는 하얀 머리띠로 제 얼굴에 묻은 피를 닦았다. 그리곤 다시 어깨를 꾸부정하게 구부리면서 의자에 앉았다.

누마하가 의자에서 일어났다가 다시 앉기까지 걸린 시간은 불과 몇 초도 되지 않았다. 그 사이에 방 안엔 피의 폭풍이 훑고 지나갔다.

누마하가 지시했다.

"꾸루, 이건 모두 네가 한 일이다. 나는 아직 본색을 드러낼 생각이 없어."

꾸루는 떠듬떠듬 대답했다.

"아, 알았어요. 외부에는 세 명의 암살자를 제가 막아낸 것으로 발표할게요."

누마하는 꾸루에게 손짓했다.

"그럼 증거도 확실하게 꾸며야지."

"그래야죠."

꾸루는 고개를 끄덕이면서 누마하가 가리킨 시체를 향해 다가왔다.

방금 전, 누마하의 머리띠에 목이 잘린 시체였다. 꾸루는 시체의 목 단면에 기형칼을 들이밀고는 겹쳐서 칼질을 했다.

이렇게 겹쳐서 베면 기형칼이 지나간 흔적만 남는다. 얇은 머리띠가 베고 지나간 흔적은 그 속에 묻혀 버린다.

 모든 증거를 완벽하게 조작해 놓은 뒤, 꾸루는 동료 호위무사들을 부르러 달려갔다. 증거에 이어 증인들까지 만들려는 의도였다.

 방에 홀로 남은 누마하는 부서진 문짝 저편의 어두운 복도를 응시했다. 그리곤 곰곰이 상념에 젖어들었다.

 '결국 참지 못했구나. 근질거림을 참지 못하고 피를 봤어.'

 답답함을 견디다 못해 일을 벌였다.

 허나 이왕 저지른 일을 후회하지는 않는다. 어차피 주사위는 던져졌다.

 더는 움츠리고 바보처럼 지낼 수 없었다. 오로겔이 문제가 아니다. 무밧지 때문에라도 안 된다.

 누마하는 하루 빨리 이번 일을 마무리 지을 계획이었다.

 "어차피 1년 4개월 남았다. 1년 4개월 뒤엔 지옥이 기다리는데 그걸 좀 앞당긴다고 해서 달라질 것은 없지. 빨리 닥치건 늦게 닥치건 간에 결국 내가 치러야 할 싸움이야."

 누마하는 스스로에게 다짐하듯 되뇌었다. 그러면서 손가락으로는 무의식적으로 글씨를 끼적였다.

 누마하(Noomaha).

 이름이다. 누마하는 손가락으로 제 이름을 썼다. 그리곤 앞에 t자를 붙이고 뒤에 b자를 더했다.

 트누마합(Tnoomahab).

읽기조차 힘든 괴상망측한 단어가 되었다.

누마하는 이 괴상한 단어를 뒤에서부터 거꾸로 읽었다.

거꾸로 읽으면 바하문트(Bahamoont).

바하문트! 바하문트다!

누마하의 정체는 바하문트였다. 나이드 왕국을 발칵 뒤집고 우고트 왕국을 조롱했던 허풍쟁이가 먼 남쪽 셰로키 성에서 모습을 드러내었다.

『흡혈왕 바하문트』 3권에서 계속

작가 팬 카페
http://cafe.daum.net/PoisonNecromancer

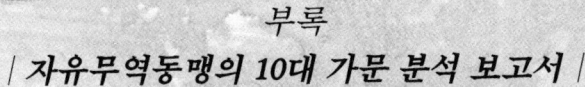

부록
| 자유무역동맹의 10대 가문 분석 보고서 |

권제 설명 : 메터몰퍼시스(Metamorphosis)

불가산 명사.
1. (주로 마력에 의한)모습이나 구조, 본질의 완전한 변화.
2. 외관, 성격, 환경의 현저한 변화.
3. 형태나 용모가 변형, 혹은 변용된 모습을 일컬음.
4. 발육 중인 조직이나 기능의 변태.
    예) 유충이 번데기로 변태, 올챙이가 개구리로 변태.
5. 세포조직(주로 암세포)의 변성이나 변태.

자유무역동맹의 10대 가문 분석 보고서

내부문서 번호 제 12-10214

아래 보고서는 팍스 루홀(팍스 우고트)을 위한
기초정보 획득을 목적으로 작성되었으며,
우고트 왕국의 국익에 밀접한 관련이 있으므로
심층관계자 외에는 열람을 금한다.

고담력 12년 4월 1일
정보청 기반정보조사국장 씀

1. 피에타 가문

- 플루토 보유대수 : 3기
- 플루토 출력 : 세 기 모두 49만 차지
  (플루토의 전장: 4.85미터 두 기, 4.9미터 한 기)
- 플루토나이트 주무기 : 세 명 모두 검을 사용함.
- 플루토나이트 : 메난 피에타(가주의 사촌동생), 조르쥬 피에타(가주의 맏아들), 모라스트 피에타(가주의 둘째아들)
- 기타 병력 : 기사 1,900여 명, 정규군 병사 3만 명.
- 가문의 주력 수입원 : 곡물, 중계무역, 철광산
- 주요 인물 : 아오난트루 피에타(가주), 라파엘 피에타(여행자이자 모험가로 알려졌지만, 실상은 피에타 가문의 정보조직 총수임)
- 가문의 문장 : 세 가닥 번개

2. 실리 가문

- 플루토 보유대수 : 2기
- 플루토 출력 : 두 기 모두 47만 차지
  (플루토의 전장: 두 기 모두 4.7미터)
- 플루토나이트 주무기 : 맨손타격, 관절꺾기 및 레슬링

- 플루토나이트 : 베블로 실리(가주), 마그나 실리(가주의 양자)
- 기타 병력 : 기사 1,000여 명, 정규군 병사 2만4천 명.
- 가문의 주력 수입원 : 축산업, 곡물
- 주요 인물 : 베블로 실리(플루토나이트 겸 가주)
- 가문의 문장 : 푸른 늑대

3. 에반스 가문

- 플루토 보유대수 : 1기
- 플루토 출력 : 46만 차지(플루토의 전장은 4.5미터)
- 플루토나이트 주무기 : 삼지창(배 위와 수중 전투에 능함)
- 플루토나이트 : 드라운 에반스(가주의 남편)
- 기타 병력 : 기사 700여 명, 정규군 병사 2만8천 명.
- 가문의 주력 수입원 : 운송업, 상단, 어업
- 주요 인물 : 제나 에반스(가주, 여자)
- 가문의 문장 : 레비아탄(전설에 나오는 해상괴물)

4. 로롤스 가문

- 플루토 보유대수 : 1기
- 플루토 출력 : 46만 차지(플루토의 전장은 4.6미터)
- 플루토나이트 주무기 : 부드러운 연창
- 플루토나이트 : 이튼 로롤스(가주의 맏아들)
- 기타 병력 : 기사 900여 명, 정규군 병사 1만8천 명.
- 가문의 주력 수입원 : 곡물, 무역
- 주요 인물 : 레글로 로롤스(가주)
- 가문의 문장 : 쌍두사자

5. 랑팡 가문 [로롤스 가문과 친분이 깊음]

- 플루토 보유대수 : 1기
- 플루토 출력 : 45만 차지(플루토의 전장은 4.5미터)
- 플루토나이트 주무기 : 핼버드
- 플루토나이트 : 모타르크 랑팡(가주의 둘째 동생)
- 기타 병력 : 기사 800여 명, 정규군 병사 9천 명.
- 주무기 : 핼버드
- 가문의 주력 수입원 : 곡물, 무역

- 주요 인물 : 비질리 랑팡(가주, 로롤스 가문의 플루토나이트 이튼 로롤스의 장인), 호겐 랑팡(책사)
  - 가문의 문장 : 교차하는 핼버드 두 자루

6. 셰로키 가문 [로롤스 가문과 친분이 깊음]

  - 플루토 보유대수 : 1기
  - 플루토 출력 : 45만 차지(플루토의 전장은 4.5미터)
  - 플루토나이트 주무기 : 현재 플루토나이트 자리는 공석임.
  - 플루토나이트 : 현재 플루토나이트 자리는 공석임.
  - 기타 병력 : 무사 1,200여 명, 정규군 병사 6천 명.
  - 주무기 : 투창, 마카이라, 갈고리
  - 가문의 주력 수입원 : 임업, 무역
  - 주요 인물 : 누마하 셰로키(가주 후보, 원로들의 조종을 받는 꼭두각시라는 설이 있음), 오로겔 셰로키(가주 후보, 피에타 가문 여자와 혼인했음), 무밧지 셰로키(가주 후보)
  - 가문의 문장 : 하얀 표범

7. 로베르토 가문

- 플루토 보유대수 : 0기
- 병력 : 초특급용병 1명, 특급용병 30여 명, 일급용병 1,400여 명, 이급용병 6천여 명.
- 주무기 : 다양함.
- 가문의 주력 수입원 : 용병파견(용병길드와 연결되어 있음), 격투장 및 도박장 운영
- 주요 인물 : 미로 로베르토(가주), 호세 로베르토(초특급용병)
- 가문의 문장 : 코요테

8. 이트로 가문 [실리 가문과 친분]

- 플루토 보유대수 : 0기
- 병력 : 무사 850여 명, 정규군 병사 1만 명.
- 주무기 : 검, 해머, 도끼
- 가문의 주력 수입원 : 광산, 임업
- 주요 인물 : 우롤 이트로(가주, 실리 가문의 가주 베블로의 매제)
- 가문의 문장 : 불곰

9. 우메 가문 [에반스 가문과 친분]

- 플루토 보유대수 : 0기
- 병력 : 무사 700여 명, 정규군 병사 7천 명.
- 주무기 : 사슬낫, 그물
- 가문의 주력 수입원 : 곡물, 임업, 중계무역
- 주요 인물 : 이기즈 우메(가주, 에반스 가문과 사돈)
- 가문의 문장 : 켈베로스(머리 셋 달린 개)

10. 헤로타이 가문 [피에타 가문과 친분]

- 플루토 보유대수 : 0기
- 병력 : 마법사 100여 명, 정규군 병사 3천 명.
- 주무기 : 마법, 검(피에타 가문으로부터 전수받음)
- 가문의 주력 수입원 : 각종 마법아이템 제작, 무역
- 주요 인물 : 스누커 헤로타이(가주), 시뮤 헤로타이(전 가주, 현재 가주의 형)
- 가문의 문장 : 외눈

방수윤 신무협 소설

虛夫大公
허부대공

장르문학 최대 사이트 문피아(MUNPIA)의
독자들을 단숨에 사로잡은

『천하대란』, 『용검전기』, 『무도』의 작가
방수윤의 2007년 최고의 고감도 무협!

이제 허부대공에 의해 구주 무림의 역사가 다시 쓰여진다!
득시공검자지불멸(得時空劍者之不滅)!
시공검을 얻는 자 불멸하리라!

dream books
드림북스

『흡혈왕 바하문트』 출간 기념 드림 빅 이벤트

판타지 문학의 새로운 시대를 여는
전율과 카타르시스의 결정판!

『앙신의 강림』, 『천마선』, 『규토대제』
베스트셀러 작가 쥬논!

2008년을 뜨겁게 달굴
초대형 스펙터클 판타지로 돌아왔다!

흡혈왕
바하문트
Bahamoont the Blood

흡혈왕 바하문트!
악마의 병기 플루토의 절대 지배자!
이제 모든 질서를 파괴하는 피의 전쟁을 선포한다!

✦ EVENT ONE ✦

책을 구입하신 분들 중 추첨을 통해 아래의 사은품을 드립니다.

[사은품]

1등(1명) : 『흡혈왕 바하문트』3권(작가 친필사인) + P2
2등(3명) : 『흡혈왕 바하문트』3권(작가 친필사인) + UP3
3등(20명) : 『흡혈왕 바하문트』3권(작가 친필사인) + CGV영화관람권 2매

[응모요령]

1,2권 띠지에 부착된 응모권을 오려 2권에 들어 있는 애독자 엽서에 붙여 보내주세요.
(응모권은 2개 모두 보내주셔야 합니다.)

✦ EVENT TWO ✦

이벤트를 진행하는 인터넷 서점(yes24,인터파크)에서 책을 구입하신 분들 중 추첨을 통해 20명에게 아래의 사은품을 드립니다.

[사은품]

『흡혈왕 바하문트』3권(작가 친필사인)
        + 문화상품권 1만원

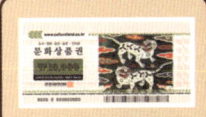

✦ EVENT THREE ✦

『흡혈왕 바하문트』1,2권을 모두 읽고 감상평을 올리시는 분들 중 30명을 추첨하여 사은품을 드립니다.

[사은품] 『흡혈왕 바하문트』3권(작가 친필사인)

[응모요령]

책을 읽고 이벤트를 진행하는 인터넷 서점(yes24,인터파크) 서평란에 올려주시고, 그 내용을 복사하여(이메일, 아이디 기재) 한 번 더 '드림북스 홈페이지 이벤트 게시판' 에 올려주세요.

[이벤트 기간] 2008년 1월 29일~2008년 2월 29일

[당첨자 발표] 2008년 3월 10일(당사 홈페이지 및 장르문학 전문 사이트에 발표합니다.)

☞ 드림북스 홈페이지 http://www.sydreambooks.com
☞ 드림북스 블로그 http://blog.naver.com/dream_books
☞ 문피아 사이트 http://www.munpia.com/출판사 소식/드림북스
☞ 조아라 사이트 http://www.joara.com/출판사 소식

※ 수령하실 사은품은 이미지와 다를 수 있습니다.

조진행 신무협 장편 소설
ORIENTAL FANTASY STORY & ADVENTURE

향공열차
鄕貢列傳

최고의 작품만을 선보이는 무협의 거장!
「천사지인」,「칠정검칠살도」,「기문둔갑」의
베스트셀러 작가 조진행이 심혈을 기울인 역작!

대림사(大林寺) 구마선사가 남긴 유마경(維摩經)의 기연.
월하서생 서문영, 붓을 꺾고 무림의 길로 나선다!

이제, 과거 시험은 작파하고 무공을 배우겠다!

dream books
드림북스